民国武侠小说典藏文库

姚民哀卷

姚民哀

著

山东响马传
盐枭残杀纪

中国文史出版社

"帮会小说之祖"姚民哀

张赣生

　　民国通俗小说作家中，颇有几位"奇人异士"，姚民哀便是其中之一。

　　姚民哀（1894—1938），江苏常熟人。他出生于一个说书艺人家庭，九岁时即随其父在江浙乡镇间流动演出，奔走江湖。当时正值光绪二十九年，由巢湖一带流亡到太湖流域的一伙人，以聚赌、贩盐为事，结为秘密帮会，声势甚盛。姚民哀随其父出入于这些人盘踞之处，对他们的特殊术语及风习十分熟悉。因见帮会中人见义勇为，同党相共患难，意志坚强，深为钦慕。姚氏年稍长，便也投身其中，加盟陶成章之光复会和陈其美之中华革命党为党员。辛亥革命爆发，陶、陈两派系势力均在上海一带发动武装起义，与辛亥义军相呼应，姚氏于此役曾充当敢死队员，与清军作战。

　　民国建立后，转年姚氏入新闻界，在《民国新闻》任职。民国五年（1916），袁世凯僭号洪宪，大约姚氏曾在外地有反袁活动，故逃亡回上海避难，并重操说书旧业。同时，在《小说丛报》《小说新报》等报刊发表笔记和短篇小说。他进入文坛并非偶然，早在辛亥革命时期，姚氏就既参加了秘密会党组织，也参加了陈去病、高旭、柳亚子等发起成立的文学社团——南社，与文坛人士建立了联系。此后，他一面从事说书旧业，一面编辑报刊并撰写小说及其他文章。他的说书以说唱《西厢》著称。他编的报刊有《小说霸王》（不定期刊，1919）、《世界小报》（日刊，1923 创刊）等。所著长篇小说有《山东响马传》（1923）、《荆棘江湖》（1926）、《四海群龙》（1929）、《箬帽山王》（1930）及《江湖豪侠传》《太湖大盗》《秘密江湖》等。

这时，姚民哀已揭出"帮会小说"的旗号。清末的会党受革命潮流影响，与反清志士联络，是民主革命的一支重要武装力量，因而受到姚氏钦慕，并投身其中。民国建立后，会党作为黑社会组织的丑恶一面便日益暴露出来，姚氏也就由钦慕转为厌恶，对其加以口诛笔伐。他在 1930 年为顾明道《荒江女侠》作的序中说："向称膏腴之所、上媲天堂之苏杭二地，近亦不时以盗匪洗劫闻。虽公家防卫方法，舍水陆皆有专司其责之军警外，更益以商民自卫团体。马肥人壮，械充弹足，日夜梭巡，守望相助，无地不郑重其事，诚无懈可击，谁尚口是而腹诽？而匪徒犹能肆意剽掠，挟载以去。苏杭且如是，彼地土枯瘠，人民衣食维艰，而又俗尚武力，虽妇竖小孩亦好暴勇斗狠，向称盗匪渊薮之所，自然尚堪设想焉耶？或曰：捕治既难严厉，试问应以何术驾驭最为适妥？姚民哀曰：治盗善法，莫妙于行侠尚义，则铲首诛心，无形瓦解。唐雎所谓'布衣之怒，伏尸二人，流血五步'，足使鼠辈栗栗心寒，惴惴知戒。一方贤有司更以宽容博爱之经济，导入以正，此风自然渐次湮泯，人人皆为奉公守法之民矣。不侫年来从事于秘密党会著述，随处以揭开社会暗幕为经，而亦早以提倡尚武精神侠义救国为纬。"这便是姚氏作"帮会小说"的动机。

姚民哀的文章洋溢着侠气，并确曾执枪上过战场，但他的形貌却离膀大腰圆差得太远。严芙孙说："他的身体，既小且矮，夹在人丛里，仿佛是个十余龄的童子。""他的脚小得诧异，鞋夹在人丛里，仿佛是个十余龄的童子。""鞋子只穿得五寸六分实尺，比到三寸金莲，只多二寸有余。这件趣事，早已遍传小说界了。"所以当时有人和姚氏开玩笑，拟了一个"挽联"送给他，词云："脚小人小棺材小，名多友多著作多。"他看了一笑置之。张丹斧也曾和他开玩笑，说他这种革命党，"一块钱可买一打"。上述"挽联"说姚民哀"名多"，是指他喜欢变更笔名，如老匏、护法军、乡下人、花萼楼主、天囊、小妖等，不胜枚举；他登台说唱，又化名为朱兰庵。1924 年姚氏患重病，外间传说他已去世，就是因为他经常更换名姓，人们在一段时间内没看到姚民哀这个名字，才做出那种猜测。

姚民哀后来参加了星社。1936 年秋，星社社友在上海聚会，邀姚氏来与大家见面，郑逸梅回忆当时的情形说："十年不见，相惊憔悴，同社诸君乃与之一一握手，询其尚识故人否。民哀或忆或不忆，又复述过去事，令人似温旧梦。"当时姚氏不过四十二岁，已显老态，可见他生活境况不佳。1938 年，抗日战争期间，姚民哀被游击队熊剑东所杀，或云因其附敌。

在姚民哀的著作中，以《四海群龙》及其续编《箬帽山王》较为驰名。《四海群龙》讲的是清末镇江有一位任侠仗义的帮会首领姜伯先，此人曾留学日本，文武全才，回国后私蓄军火，招养志士，专做劫富济贫、行侠仗义之事，后为人陷害，被官府正法。他的朋友闵伟如四方联络帮会首领，全力为姜伯先复仇。《箬帽山王》则另起炉灶，写"四海群龙队中的一条大龙"杨龙海组党的故事。

姚民哀另辟途径，描述帮会内幕，的确使他的作品颇有特色。当时姚氏对帮会的态度也比较客观，他一方面笔伐残害民众

3

的黑社会组织，另一方面对辛亥革命前具有进步性的帮会组织给予热情的赞扬，这自然与他本人亲身的经历有关。

姚氏有些作品或章节写得比较平实，其原因恐怕不在于掌握的真实材料太少，反而在于掌握的真实材料太多，因而扼制了想象。不过，小说之引起读者兴趣，不是出于单一的原因，有时是出于审美，有时是偏于认知。好奇心和求知欲同样能使读者产生浓厚的兴趣，好奇心和求知欲得到满足同样是很大的乐趣，所以小说的艺术味道淡薄，也并不等于它就不能吸引读者。徐文滢在《民国以来的章回小说》（发表于1941年）一文中，论及姚氏"帮会小说"时说："另一个真正以说书为生的侠义小说作家姚民哀，以说书的笔调写了不少江湖好汉的真实故事。这其实不是侠义，而是江湖秘闻了。作者则自己挂上一块招牌：'帮会小说。'这个作家的熟习江湖行当和黑话确是惊人的。他似乎是一个青红帮好汉中的叛党者，'吃里爬外'不断地放着本党的'水'吧。作品有《四海群龙》《龙驹走血记》《江湖豪侠传》《山东响马传》等书。我们不要看轻这些粗浅的题目，从这里，我们看到我们见所未见、闻所未闻的东西，我们多少看见一点儿中国社会的隐伏着的一面了。这些江湖秘诀、好汉豪客的逸事、帮会的组织规律，是真正的中国流氓社会的文化和'国粹'。我们近来懂得它的已很少，可是这种种秘密的广大的组织仍然根深蒂固地存在着。听说这个作家已因某种原因而死于狙击，以后恐怕不容易有同类的熟悉江湖掌故说来头头是道的'黑话大全'出现了。"徐氏对姚氏作品的这一评论，代表着普遍的看法，其基本立足点正是偏于从认知的方面加以肯定，这很符合实际情况。

尽管我认为姚氏小说比较平实，但他在中国通俗小说方面的贡献却非常大，对于这一点，过去的研究者们似乎估计不足。姚民哀是一位作家，可他却喜欢来一点理论上的思考，他写过不少这方面的文章，如《稗官琐谈》《说书闲评》《读书札记》《说林濡染谭》《小说浪漫谈》等。这些文章，有的也一般，不过是重申一些老生常谈，但有的却十分精彩，闪烁着智慧的火花，尤其是《箬帽山王》开篇那个《本书开场的重要报告》，对后来武侠小说的发展有深远影响，其意义不应低估。

姚民哀说："现在大多数人的心理，多喜直截了当，以速为贵。譬如以前没有轮船之际，东南人出门，皆坐民船；西北旱道上，都以骡马牲口、二把小手车儿代步，居然也不觉得缓慢。到了现在，莫说叫人们坐民船、雇骡车赶路，连乘轮船都嫌慢，火车尚且慢车不愿意乘，务必拣特别快车搭乘哩。再往后去，哪怕十里八里路的起码旅行，也必须飞艇或摩托卡来去，连特别快车也不高兴乘坐了。就是著书人自己心上，亦是如此，专想快了还要快，速了更要速。故此小说开场，再要用那序跋、凡例等累赘东西，谁耐烦去细瞧，的确一概删除掉了，来得干净些。"如果严格要求，姚氏这一段话作为理论当然还不够严密，还不够全面，但他能从社会生活和人们的心理的发展趋势着眼，要求小说艺术预见到这种趋势，去适应这种趋势，是应该给予肯定的。特别是联想到八十年代中期前后，在我国文艺界流行的那次关于"节奏问题"的讨论，就更觉得姚氏是前知五十年的"诸葛亮"了。

更重要的是如下这段话，姚氏说："被我探访得确实的秘党历史，以及过去、现在的人物的大略状况，也着实不少。……倘经一位大小说家连缀在一起，著成一部洋洋洒洒的鸿篇巨著，可以称为柔肠侠骨，可泣可歌，足有令人一看的价值。如今出自在下笔头，可怜我学术荒落，少读少作，故此行文布局多呆笨得很。只得有一句记一句，不会渲染烘托、引人入胜，使全国爱看小说诸君尽皆注意一顾。清夜扪心，非常内疚，有负这许多大好材料的。……故便抄袭'五十三参''正法眼藏'的皮毛佛典，预定作一种分得开、拼得拢、连环格局的武侠会党社会说部。……譬如《四海群龙》已有了个小结束，就算它完了吧，如今再来作这《箬帽山王》了。不过名称虽异，内容有许多地方同《四海群龙》依旧遥相呼应、息息相关的。以后如果再作《洪英择婿记》《侠义英雄谱》《关东红胡子》等等，仍依着草蛇灰线例子，彼此互有迹象可寻。……可能这部书的结局，倒安插在那一部书内；此时无关紧要的一句谈话，将来却就为这句谈话，要发生出另一件重要事儿来哩。如此作法，庶读者自由一点，既可以随时连续读下去，又可任意戛然中止。"就姚民哀本人的创作实践来看，这种"连环格局"的小说结构，他运用得还不够精彩，没能发挥出这种结构的艺术魅力。几年以后，还珠楼主、白羽、郑证因、王度庐分别用这种方法写出了他们的"蜀山系列""钱镖系列""鹰爪王系列""鹤—铁五部作"，才把这种"连环格"的潜在魅力充分地发挥出来，构成了规模宏伟又极富变化的艺术画卷。五十年代以后，香港的梁羽生、金庸也走的是这条路。这个功劳不能不归之于明确提出"连环格"这一观念的姚民哀。

如上所说，我认为姚民哀在民国武侠小说的发展史上有重大贡献，是一位重要的人物，他的贡献不仅在于他创作的小说，更在于他在观念上开拓的新道路，这是有超前的先导作用的。对于姚氏的种种设想，应该有更深一步的认识和估价。

目　录

山东响马传

1

盐枭残杀记

民哀说集

山 东 响 马 传

第一回

泰安府中欣逢前辈
山东道上初识异人

　　离开滕县三十六里光景，有一个小镇，叫作龙门观。以前津浦铁路未通的时候，此地乃是苏鲁交界，从徐州府上兖州府的要道。自从火车一通，再也无人走这条路的了。

　　民国十年的四月里，小子奉了公司内洋人之命，从泰安府动身，专诚到这条路上的乡村僻地去调查烟叶。我未尝不知这种地方，真所谓天荆地棘，遍地萑苻，盗贼出没所在，但是为职务关系，不能不去。幸亏泰安府分公司的总理乃是中国人，沧州静海县人氏，前清中过武举，年轻时候也是一条走关东、闯关西的英雄好汉，在直鲁交界地方，提起他大名"刘小辫子"四个字，可称得无人不知。他在青帮里头，乃是钱祖爷麾下悟字辈，江湖上提起二房香的悟字辈和三房香潘祖爷麾下的大字辈差不多，有老官资格。他在红帮里头却是多宝山的看家三爷，他的山主大爷曾国璋昔日在长江一带、黄河两岸都很有手面，后来被徐宝山开招宝山和聚宝山时候并吞掉的。刘小辫子就为曾大爷被徐宝山并吞之后，他看破江湖上混饭一样强吞弱食，说什么义气为先，故而立志洗手，规规矩矩做生意人。他进公司的资格比小子要老十多年，知道我到兖沂一带乡下去调查烟叶，一定要坐骡车，所以他就荐一个赶脚给我，叫我一路上遇着什么困难，不妨请问请问这赶脚。

我听了很为奇怪，怎么叫我请教他呢？一上路，我就和这赶脚有一搭无一搭地瞎交谈，才知这赶脚的姓史，虽然赶车为业，他的爸爸却是历城县有名的大夫，无论疑难杂症，经他调治，可称手到病除，名震晋、豫、鲁、直四省，一生也不知救活了多少人。而且天性怪僻，专医穷苦之人，所以缙绅先生淘内并不推重这史先生，越是贫民小工，无不知道史先生是天医星下凡。年过知非，才得一子，取名叫作宝宝。史先生是晚年得子，自然要欢喜，可是欢喜过度，未免近于溺爱，再加宝宝天资聪俊，十二岁读完四书五经，十三岁幼童进学，虽然末科，终究是秀才。史先生更加快活得不得了，逢人便道自己养着一个好儿子，无论甚事都让宝宝任心妄为，不去禁止他，所以宝宝进学那年，鸦片已经抽上了瘾。他妈极力要管束儿子，被丈夫霸住了，不许管，因此一气就气死。宝宝虽遭母丧，毫不在意，等待明年十四岁，人道一开，简直嫖赌吃着四桩人生大病，宝宝没有一桩不犯。到那时，史先生要管也来不及了，一条老命活活在宝宝身上气死。

宝宝两年里头连遭大故，却毫不介意，在爸爸丧中狠狠地挥霍，不上三年，把史先生一生积蓄和着祖上传下来一些薄薄的产业都断送干净。后来因为实在没有法想生活，宝宝就投到鞭杖行里做赶脚。有人知道了，告诉他们的老亲周子翼，子翼就派人来把他找寻了去，劝他不要干这劳苦营生，既然读书识字，何必干这赶脚生活，岂非玷辱先人？几次三番地劝他，他勉强在天津周子翼家内住了半年不到，又私自逃了回来，仍旧干他老事业。人问他："为甚不在周家享福，反而回来受苦呢？"

宝宝笑道："什么叫作享福？简直是文明囚犯，无论起居饮食，都受别人支配。与其过这种不自由的日子，一些做人的生趣没有，不如我一根鞭子、四个蹄子、两个轮子，今天上东，明天往西，高兴赌就赌、嫖就嫖，要吃什么就吃什么，爱穿什么就穿什么，适意得多。况且大丈夫第一贵重是自立，去依附了他人，自己放弃自立精神，也枉为一世哩。"

这句话传到那些禄蠹财奴耳朵里，自然不赞成，都说他们祖上造孽，所以养出这样不肖的子孙。实在宝宝的话也有理由，不是真正下作坏的口吻。从此以后，他也不去求人家，也不承认他的那些高亲贵眷。自族中一概断绝往来，他过他的快活日子，始而在历城东门外赵家老店做赶脚伙计，后来到底嫌帮人家不自由，自己存心积蓄了近百块钱，买了一条顶好的骡子，名字叫作钻云青，打了一辆车，相依为命。连一定的住址都没有了，有时在泰安，有时又到德州去了，万一到了陌生地方，或者身边没钱投宿，他就把车子当作客寓去停在人家屋旁边，也就过了过去。每天所赚的钱，只要黑白两饭够了，没有别的用途，就顺手散给那些贫苦之人。

而且他脾气的古怪，又是一时找不到第二个的。带重行李的客人不载的；不讲交情，雇了他的车，不以友礼相待，他又不载的；女人、和尚、道士、外国人都不载的。人家问他不载的缘故，他说："和尚、道士是异端，所以不载；女人是祸孽的媒介，所以不载；外国人是非我族类，谁愿意去伺候他？因此也不载。我不过借这赶脚为名，消磨后半世有限岁月，谁真愿意赔着笑脸，热气换人家冷气，想人家多给些车饭钱啊？老实说，我手里整千整万用过，谁把几块几角放在心上？不过借此结交结交四海朋友，性情合适了，不要说争多嫌少，就是不拿钱也不在乎此。倘然费了这一些些，就要摆出上人凌压下人的脸子，那可不愿意。就讲到实际上，我的牲口、车，加上我一个人，尽了趱路义务，也应当享受相当代价的权利，怎好把上司对付下属眉眼来对付吾辈？所以声明在前，不以友礼相待，还是不做这票交易为妙，否则彼此要伤和气。至于重行李为甚不载呢？一来害那牲口负重，太觉不忍；再者我和方圆二千里以内的绿林好汉交情都够得上说话，有的呢还是这人的祖上害了怪病，经咱们的老人家医治好的，也有我赶脚经过他们山头，替他们医治好的，这是一种交情。更有那些未曾据山为王的时节，曾经受过我一宿三餐的周济，又是一种交情。我若载了一个轻装客人，在路上安安稳稳，彼此不犯疆界，太平无事而过；如果载了一个重行李的人，财帛动人心，一时闹出乱子来，三面不讨好，所以不载。"

听了他载客条件，就可以知是一个江湖异人。论他气力，并不见怎样了不得，至于他的体格面相，乃是个五短身材，面貌神气和唱戏的盖叫天相似，不过抽了大烟，面色还要黑些，身体还要瘦瘠狭小些。他虽非镖客，可是坐了他的车，比雇用了保镖还好，山东省内提起"赶脚史大爷"五个字，或者"钻云青史傻小子"七个字，那下流社会和秘密团体的人物没有一个不知道，所以刘小辫子特地替小子雇定他的车，还叮嘱我，遇了困难事情去请教他。我探听明白了他的历史，自然也不敢小觑着他，一路上两个人相交得很觉投机。

第二回

风狂雨急暂息征鞭
夜静更阑同倾客话

在兖州道上行了半个月，那天我记得是四月的二十八日，车子到滕县打尖，赶脚史预算这一天要赶过草帽子山，到沧浪洲投宿。谁知午牌时候乃是光天化日，很好的天气，我们将近未牌离开滕县，赶了一程，望得见右面凤凰岭左边龙爪崖两处的最高峰顶，天忽然打起雷来，一霎时狂风大作，乌云四合，四野昏暝，雨点儿接一连二地打下来。那匹钻云青也长嘶乱跳，我和赶脚史几乎连车都被它掀翻倒地。

又赶了一会儿，地下沙泥湿透，我们身上多溅满了泥浆，车轮被湿泥污遍，再加路上有那断营腐草砌满了车轴，简直像钉住在地上一般，寸步难行。好容易赶脚史赤了足，下地去牵了骡子，一步一滑挨到龙门观，已经酉末戌初，再也不能赶路，就在这龙门观一家许家店住下。

这家店一共五开间三进，黄石的墙头，芦柴盖顶，后面一个枣园，约有二三十棵枣树，因为这里人只知采取枣实，不知培植的方法，所以那树的颜色也憔悴可怜。我住的十二号在第三进，算是最好的超超等房间，在许家店里，这一间屋好比北京东方饭店的三十一号和十六号，最好的了。黄泥饰的墙头，居然用洋松

7

的护壁板，不过只装了离地三尺光景，板上段的泥墙上边涂满了许多歪歪斜斜的字迹，多是"斜月三更门半开"的玩意儿，不知道的还看不懂是什么用意哩。在炕面前的墙上又有一行字迹，写的是：

> 堂堂中国之民族，不能自决何生存，不能自决何生存？坐令百怪海波翻，海波翻，日出入，时将去，嗟何及！

四十个字，下面留有"青州诸葛亭补壁"款识，写得一笔苏字，翻腾飞舞，精神饱满。不料在这个地方看得着这样笔墨，虽然不知诸葛亭是何等样人，想必也是无聊羁旅，遇着磐云如墨，醮柝宵严时候，卧听那羸马残刍，慨然悲感而作。对炕是四扇木板窗，推窗一望，就是那个枣园，远望望得见斗山山顶，景致很好。可惜窗外靠左面硬搭出三间草棚，一间是灶间，一间是车间，一间是马厩。灶间里头，炊烟瀹蔚，但闻刀勺声音。这种蜗居蛮屋，骤然间人喧骑嘶，灯火明荧，和平日间的荒凉寂寞景象大不相同，怪不得店中人手脚忙乱。因为雨尚没有停点，那炊烟和着雨丝，跟着那东北风，一阵紧似一阵，往屋内直钻。我住的那间十二号的窗户又是朝南的，所以实在受不了，只好把窗关着，顾不得地下潮湿，那沙泥被人畜杂沓滑迭，类乎膏药，脚都踏不下。炕的后面用两张芦帘夹开着，那一边是八号散铺，我在那芦帘缝内一张，那边横七竖八搁着五六张板铺。本来此地没有包房的规矩，客人投宿，板铺是半吊三十文，炕铺是一吊，每一间房间至少要卖五个客人。小子一个人住一间，还是赶脚史的面子，和掌柜再三商量，叫我一个人出了一张炕铺、两张板铺的钱，才得一个人住了一间，但是床席茶水扇子油盏等等，尚要另外加价，饭食是不必说，当然在外的了。预算一间房住宿一宵的代价至少要两块有零些，比较斜阳古道、官柳行尘的什么旅社、什么饭店的代价，相差也不远了。所以我的房内只有一张炕，那一边就颠横倒竖搁了无数的板铺了。

落店不多一会儿工夫，已经开过晚餐，晚餐之后，大家都准备睡觉。明日但求天晴，大家各奔前程。那时，雨势略觉小些，檐头但闻淅沥之声，不似傍晚时候澎湃直泻了。那天，这许家店里至少要止宿三十多人，这三十多人里头，恐怕除了我一个人是介乎中上社会之外，其余大概都是劳动苦力，或者做金皮利赞走江湖吃空心饭的（金皮利赞，即医卜星相，江湖上切口，以此四字代之）。天下客中的通病乃是岑寂，今天如果投宿的人都是天下贤豪长者，一旦东西南北之人会合一堂，必定大家抵掌高谈，互道奇闻逸事，以消雨夜。那时，我在旁边默而听之，决计趣味弥永，不知道要增我多少学问，添我多少小说资料。如今同客店的多是舆佁厮卒，向来日图三餐，夜图一觉，不会谈今论古，就算有甚交谈，一定不堪入耳之言，就是听到了也乏味得很，哪里知道结果与我的理想适成一个反比例，增长了不少阅历。这是我所预料不到的。而且阖店的谈锋，只有我那间壁八号房间里头最最雄健，因为我的车夫赶脚史是抽烟的，另外再有一个穿一件很短竹布长衫，不过垂到膝盖骨下面，蓬蓬松松的头发，多像晒僵蚯蚓箸了一头，脸色黑内泛青，瘦得石猴似的。他自己说是戳小黑（即测字）出身，现在得了辰州红莲居士的秘本，改卖飞张了（即卖伤药膏），名字叫作先机子，也是鸦片有瘾的。又有一个年近花甲的老汉，一身好筋骨，他自己说是从前济南镇守使署的差遣，复姓鲜于，官印志强，世籍甘肃兰州，神气像很有些蛮力，万不料也是黑籍冤魂，而且瘾头最大。有了这三位烟兄在一起，而且都是三年江湖毒如砒的老相莆，所以格外谈得出些名目。我先听

9

他们布置烟具，点火通枪，忙碌半天，又互相谦让了一会儿，然后次第抽了几口，先谈了半天大家的生意经，又唱几支小曲儿山歌，再说到吴佩孚是白虎星下凡，张作霖是青龙星下降，所以两人是死冤家，一辈子谁不服谁的。这些话多是那个先机子和鲜于志强说的，赶脚史尚没有开口。谈到前清西太后宫闱里头和李莲英的那桩事，赶脚史方才接嘴，毕竟秀才口吻与那二人各别，他讲李莲英是北城剃头出身，被梳头房弄他进宫，如何如何得法起来，都是有系统、有对据的谈话，不像那两个所道的齐东野语，可称不值一笑。

李莲英历史方讲完毕，忽然又走进一个人来道："赶脚史，老崔你认得的吗？他已死了。"

赶脚史道："是不是赤鼻头广肩膀的临清老崔吗?"

那来人道："不错，还有一些驼背的。"

赶脚史道："前月我和他登州碰头，一同宿在通聚福栈房里，我请他喝了两角白干，他请还我四个烟泡，说是青岛带来的大土，怎么说已经死了呢？"

那人叹了一口气道："我对你讲吧。"

第三回

窥玉手崔老儿被害
盗灵参贾小子遭殃

赶脚史又急问道："老崔是得什么病死的?"

那人道："恐怕与你在登州分手之后，不满十天便死了。生病死的倒也罢了，老崔总算在外边跑了也有三四十年，为人也很讲义气，会这样死法，真料不到。他从即墨县接一注长行生意，上定陶。那客人是个大个子，身装很好，随身一个铺盖、一个大蒲包。上路的时候，老崔问那客人，蒲包里是什么东西，那客人说是腌鲤鱼。老崔并不在意。一上了路，那客人不谈别的，单讲什么'黄三太镖打窦二敦''九花娘建造迷人馆'那些绿林故事，不然就谈及河南毛子前辈王天纵手下红旗老五刘大炮，现在不但做什么军的总司令，还兼了什么省的省长，做强盗土匪做到这般地步，也对得住祖先了。那客人越谈越有劲，谈得老崔有些疑惑了。

"一走两天，那蒲包内发出一股稀奇古怪的臭味来，老崔更加多心。那天晚上落店的时候，乘客人不备，戳破了蒲包一角，望内一瞧，倒说里头是两条女人的臂膊，一条臂上还戴着一只很粗的文明金镯、一只金手表。老崔瞧见了，吓得手足战栗。其实呢，就好舍了那票车钱，和那客人分手了，也好保全一条老命。

11

他偏又看不穿，第三天还是送这客人上路，心上是很想不要露出什么痕迹，被那坐车看破机关，致干未便。可是脸上终究隐藏不住，再加那蒲包内的秽味比第二天更加厉害，那些苍蝇小虫四处地飞集上来，包内的血水也渐渐地浸润出来。一到正午，太阳一晒，血水竟然点点滴滴洒洒流出。老崔脸上更加不对。那客人已看出破绽，一味地向着老崔冷笑。

"那天将近傍晚，定陶县快到了，那条路不是在陶山九龙峪口，拐东不到七里，就是定陶的北门外首。谁知车到九龙峪口，客人恶狠狠地叫老崔向西拐弯，老崔哪敢违拗，便向西进了九龙峪。又不知走了多少路，已经将交三更，山路越跑越窄，老崔只顾走路，也不管高低。忽然路旁有一座黄石破窑，客人勃然吆喝道住，老崔自然把车停住。客人下车，向着破窑嘘嘘两声，那窑里钻出两个人来，那时虽有星月光辉，却辨不出那两个人的状貌，帮着那客人把铺盖和着包裹在车上卸下来，拿进破窑里头，那客人也跟了进去。这破窑黑沉沉的，也不知有多少深、多少阔。他们一进去，老崔应该走了，倘然带了车子累赘，连车都丢了。唉！也叫注定他要死了，不知道他有什么丢不下呢，还不知尚想车钱哩，呆候在窑门口。

"隔不多时，那客人又回出窑来，抡眉鼓目，向着老崔道：'你已经偷看着我们秘密，我若饶了你，你回出去到定陶县一报告，明天这时候，我们受了你的累哩。总之，有了你没有我，对不起。'到这个时候，老崔要想逃也逃不了，被那客人的一把匕首前胸穿透后背，可怜死了尚没有人知道。直到前三天，博山县捉住一个响马叫杨大胆，受刑不起，供招出来。这杨大胆就是雇老崔车子的客人，他一共犯十二桩血案，第九桩是福山一个土娼，第十桩就是老崔。"

赶脚史叹道："老崔大约上了年纪，风色都看不出，莫怪要

12

送命。倘然窥破了蒲包内是女人臂膊，就算不嚷出来，也该和客人分手了。"

鲜于志强道："总为舍不得几个车钱，所以送命。常言道'人为财死'，一些不错的。"

先机子道："现在世路真是危险万分，我认得一个做铁板算命的朋友，他专在此地兖、沂两府跑码头，不晓得怎样认识了峄县白庄的孙明甫，跟到吉林去采人参。采参有规矩的，跟去的时候，由领头人供给衣食和盘费。到了那边，然后各人分头到山里头去采取，领头的人是不去的，采着了参拿回来献给领头人，由他估定价目，一半钱归领头人，一半钱给采的人。我那朋友头一回出马就被他采着一支和小儿手指粗细的灵参，好卖两三千块钱。他存了一些私心，藏了起来，没交出去。等到回来时节，大家自然散伙了。不知怎样，被孙明甫侦探着我那朋友得了灵参不报告，到临时分别的那天，照例领头人备了几席酒和大家痛饮一醉，算是纪念。席间，孙明甫忽然指着我的朋友向大众道：'他得了灵参，一个人独吞，不拿出来散福，你们道该罚不该罚？'我那朋友慌忙抵赖说并没有得着什么。孙明甫冷笑了几声，吩咐手下人搜一搜，自然搜着了。我那朋友跪在地上磕头认罪，孙明甫一毫不动心，厉声道：'参你尽管拿去，可是我的垫本须得还我。'你们道还本是还什么？原来拔出一把明晃晃的单刀，把我那朋友一条左臂血淋淋地剁了去了。你们想，这不是惨无人道吗？听说这孙明甫后来投到军营里去，居然也做了官哩。这种人会做官，真是天无眼睛。"

鲜于志强道："斩去一条手臂，这算什么事？不要说男人有这样辣手，就是女人，现在也不比从前了。张少轩在徐州时候，手下有个心腹叫田子忠，这人也很热心的。袁大总统将要做皇帝时候，子忠有一回奉了大帅之命到天津公干，他带的一棚兄弟驻

13

扎在独山湖附近，故而他由徐州动身，先到驻防地方交代了营里的事，然后渡过独山湖，到沙沟上车。谁知在路上瞧见麦田里头有个一丝不挂的少妇蹲在那里，子忠因为见了奇怪，特地脱了一件大褂子，先丢给这少妇遮了身体，然后盘问她为何如此。那少妇说，适从夫家回到母家去，在此间遇见两个妇人，彼等自云卖高粱子的，夫家正需此物，所以令彼等将筐暂停路侧，伊便俯身筐上拣选。彼等篮面上用一幅花布手巾盖着，一妇伸手将花布掀去，少妇的目光刚才注及筐内，被掀布的妇人将布望她面上一盖，两眼完全遮没，旁立的女人便把棉花塞住伊的口，由她们俩将伊摆布，所以上下衣裳统被剥去。子忠听见了，怒气勃发，吩咐那女人：'速去唤了夫家和母家人来，我先替你追上去，把那两个强盗婆追着了再说。'那女人感激万分，急忙去招呼了娘家和夫家的人，一共男男女女有十余个，循着大路寻过去，谁料两个女强盗没有追着，在十余里外光景反发现了田子忠的尸首倒卧在麦田里。手枪袋还在身上，里头的手枪没有了。再往前进一里多路，路旁谁丢一副空高粱子担在那里，想来一定是田子忠追着了那两个女强盗，被她们两个打一个，夺了手枪，就把手枪送了子忠的命，又把子忠的马牵了去，牵了一里多路，嫌那高粱担子累人，就丢在路旁，把抢得来的东西分开袋了，一马双驮地逃去。这件事直过了两年，才知道田子忠确是被那两个女强盗结果的性命。那两个女盗，内中有一个饽饽刘六的妻子，所以下得落这条手。刘六是历城县卖饽饽的，他的饽饽里头和着胡椒，人家吃了它，自然要发咳，刘六趁人家咳得上下气连接不牢之际，便趁势挖人家褡膊。后来案犯得多了，官厅出赏格捉他，他索性跑到江苏、山东、安徽三交界的独山湖内，效学当初猴儿李佩，做水路上的英雄。他的妻小常在鱼台、全乡、城武、沛县、萧县、砀山那几处地方出入，专干三人欺两的事情。你想一个女人尚且

14

杀人不眨眼，何况你说贵友遇见那个孙明甫是个男人，斩掉人家一条手臂，也值得什么?"

赶脚史忽然问那先机子道:"你说峄县白庄的孙明甫是不是崔翰林的女婿孙老大，名叫美珠吗?"

先机子道:"这倒不仔细。"

赶脚史又道:"贵友是不是叫贾金彪?"

先机子道:"是的，你怎样会知道呢?"

赶脚史道:"那孙明甫一定就是飞虎大王孙美珠无疑。你可知虽然斩断了贾金彪一条臂膀，祸是惹得不小，恐怕飞虎大王的性命迟早要断送在贾金彪的手内……"

那时，小子在隔房听见了这一番说话，头绪越理越清，正打足全副精神想听赶脚史讲出孙、贾两人的仇雠不解原因，偏偏后面槽上那匹钻云青和一匹枣骝马争斗起来，嘶声乱叫。赶脚史慌忙奔到后面照料，等到照料舒齐回到房内，那两个人已睡着的了。鸦片也吃完，雨也停了，天也快亮了，他们的谈论也就此终结。

第四回

闻鸽翎仓皇来草冠
答春典谈笑退英豪

那一晚我隔房听他们三人消夜闲话，恨不能要求老天慢一点儿发白，好等赶脚史把白庄姓孙的事情讲个明白。但是天也亮了，雨也止了，大家要预备登程，只好暂把这条好奇心肠搁起。

赶脚史把钻云青牵出店门，喂了一顿细料，招呼别人帮忙，把车子在车房内推出去套好，然后走到我的十二号房门口来，伸头一张，见我已经结束妥当，他就说："爷，咱们算了账，上路吧。赶半个早站，穿过了草帽子山，到红门去吃牛肉粉条儿，那是我们敝省兖沂一带有名的东西。"

我笑道："著名的东西我倒并不稀罕，可是像你昨天晚上在八号房内和那同房各位讲的绿林好汉，我很想见一见。"

赶脚史道："爷要见土码子，一上道也许就看见。"

当下我算开了账，便登车就道，出了龙门观，一路向东北前进。赶脚史终究一晚未睡，坐在车沿上，前仰后合地打瞌睡。起初的路倒很平坦，越走越窄，那地也七高八低，不全是泥土，里头多含着石质，两旁种满着高粱子，可是也不见得丰茂树木，虽有粱条异常。那草帽子山并不见高，和我们江南昆山城内马鞍山那样的高低大小，一共有三个峰头，多是像乡下人莳秧戴的箬帽

16

相似，所以唤作草帽子山。山脉呢还是泰山脉，所以石头的形势生得峻嶒得很。我们车子经过的地方，好似过了很高很高的桥梁，原来是在头峰二峰的夹道里头特地开辟着的这一条路，上去进西南方的山口时节不觉得怎样，等待走过夹道，出东北方的山口，自上而下，山势难免有些嵯峨，而且三四里路光景，只有六七尺广阔，直泻下去，一毫没有回折的坂坡。两旁又是二三丈深的山沟，全山山泉和春潮带雨似的往下流着，耳边厢但听得潺潺汩汩在乱石堆中箭一般冲将下去。万一骡子滑一滑足，或是车轮向何方侧重一些，那车出了什么毛病，便宜些，人从岗上直掼到坡下，一个不留神，连人带车往山沟内一个倒栽葱跌了下去，决计没命活的。所以我不住地喊那赶脚史道："你不要老是打瞌睡，此地险窄得很，当心着车。"

赶脚史张开眼来，向两边瞧了一瞧，微笑道："爷的胆门子太小，此地哪里算得险峻？如果经过日观峰，真比此地要险上万倍哩。孔夫子不是说过的吗？'登泰山而小天下'，这句话真有意思。"

他一面说着，一面把丝缰一理，拿起长鞭来，在那骡子背上拂了一拂，口里打了一声哨子。那匹钻云青好似懂得赶脚史呼哨的意思，两只长耳朵一竖，嘶叫了一声，把头往下一低，四蹄放开，趁着下山势往前没命地蹽跑，耳边厢但闻呼呼风响，直似腾云驾雾一般。我坐在车厢里，好比坐在外洋船上遇到了风浪一般的，倏高倏下，或左或右，颠簸得坐也坐不稳，只好趁了势前仰后合，洒荡不定，三四里的巉岩，呼吸之间已经从岭上跑下了山坡。到了平地，赶脚史方把缰绳一收，口里又是一声呼哨，那骡子的脚步便放缓了。

赶脚史回过头来向着我很得意地道："我这匹脚力可是不坏，它这一蹽蹽发了性，一个辔头要一二十里路哩。今天不过小

17

走走。"

我想回答他:"算了吧,小走走已经把我心魂惊颤,若是发性大走,怕不要吓丢命吗?"

话没出口,忽然头顶上一阵鸽翎声音喤喤地打从逆面而来,在我们车上飞过。赶脚史顿然笑容尽敛,失声道:"哎哟,发利市哩!"赶紧跳下车沿,把一根长鞭子绾了三个抽解结,左手执了,把鞭杆头望着后面,右手搭在车梗上,慢慢地往前进行,一刻不停四面探看。

我道:"干什么呢?"

他向我摇摇头道:"爷,我不回到车沿上来坐,千万莫和我多说话。少停瞧见什么、听得什么,万万要忍耐,莫管闲账。爷也是老出门,总该明白江湖上'开口洋盘闭口相'一句话啊。"我听了,心上猜透了八九成,大约那话儿来了,故此点点头,假装瞌睡样子,闭了双眼,由他牵了骡子,一步步挨上前去。心上却难免有些忐忑,但是已到如此地步,也顾不得什么了,不过时时刻刻偷眼觑探着。

约莫又走了三刻钟时候,路却不过半里有余,我张眼往前一看,我们走的那条路线尽头是一个拐弯,这弯头左右栽满了合抱不交的枫、杨、榆、枣四种植物,起码总要近百年的古树,不然树身不会粗到如此。那树底下站着七八个彪形大汉,都是山东土布短衫裤,有的秃着头,有的用黑布捆扎着脑袋,见了我们的车子,内中一个最最短小的人走在当路一站,口内高声道:"懂规矩吗?"

赶脚史不慌不忙把右手一松,顺便移过去,在钻云青的颈里一拍,那匹钻云青真乖巧,顿然四蹄像钉住了一般,车子一动不动。赶脚史踏前一步,向那人剪拂道:"大哥,咱有多大胆门子,敢栽着油子来闯道。咱一向河海不犯,今天不知大哥们在此地开

18

弓，壳子内装的是瘦骡，可怜做买卖的人也没法闯辕门。大哥能够当家，最好放个洞，让他钻了吧，咱能保得定樱桃不敢畅一点儿半点儿，卖一竿半竿风火，让他吓瘪了吧。"

那短小的人道："不成不成，叫我们喝风？"

彼时那几个也蜂拥上前。我依赶脚史的话，忙把眼闭了，由他们上前来呼喝，只是不开口。有一个伸手在我腰里边摸了一摸，又听一个人道："史大少爷老是哭穷，看在他的放皮手段分上，开了网吧。前头去遇见醢醢刘，少不得要你挂彩哩。"

又嘟哝了好一会儿，我觉得车子又动了。张开眼一瞧，那七八个大汉都望着我们车的后面，兴冲冲地道："有孤雁、肥羊来哩！"那神情都不理会我们一辆车哩。

赶脚史乘这当儿，拉着车辆便走，约莫离开了两箭路光景，料想说话他们总听不见了，我方道："好险呀，不是你天生的赞盘巧江，今天恐怕闹乱子。"

赶脚史奇怪道："爷怎么也懂得春典？你是空的呢，还是有门槛的？"

我说："空的。"

他道："江南人本来玲珑空子多得很，但是今天这件事算不得什么，真的遇见了醢醢刘，那才讨厌哩。"

我说："这般是土地码子，贵省吃了好汉饭的，怎么连规规矩矩的土人都干这勾当呢？"

赶脚史道："一言难尽，待我把镖旗收拾好了，省得前面再啰唆，然后同爷细讲。"

只见他把那根绾结的长鞭杆在那匹钻云青的背上横着一搁，然后在他车沿坐身的褥子底下拿出一根棕绳，把那鞭杆缚住着。可是缚的里头大有讲究，他左一绞，右一绞，缚到那根绳子将完的时节，恰巧在骡子的背上头打的那个结，好似一只蝴蝶躲在那鞭杆头上，和鞭杆上的三个抽解结呼应得着。我虽没有问他用意，可是看也看了出来，明知有缘故的。他缚好鞭杆，重复爬到车沿上坐定，在车棚旁边抽出一支旱烟袋来，装了一袋旱烟呼着了，然后和我细细地开谈，详述山东省里匪源不靖的缘由。

第五回

穷源尽委细述盗踪
追根溯由畅谈匪祸

赶脚史道："苏、鲁、皖、豫四省交界的土匪，自从前清乾隆嘉庆年间一直到现在，好比人身上的疮疖似的，这边好了，又溃那边，简直这一二百年里头没清净过。山东和河南交界地方，风气本来刚劲的，无论上中下三等人家的男女，大约多习练些拳脚，凡是年纪轻、血气方刚之际，懂了什么金枪手、武松脱铐、杨家十八掌、黑砂、红砂那些拳法，多是好勇斗狠，走在路上好似头上出了角的一般，动不动就要开打。不但青年力壮的人如此，连八九岁、十多岁的小孩子都是强凶霸道，三人欺两。往往东村和西村为了小孩子斗口起衅，闹得大人出场，临了大家结了帮械斗起来，结果难免要闹出些人命。生死关系，始而总免不了要法律解决，报官相验，悬赏缉凶。倘然凶手为人恶一点儿，平素人家看他不得，少不得要捉了去论抵结案。或者苦主方面人缘不好，也有势力不够，凶手虽没捉到，可是官厅方面明欺瞒苦主三分，这件事始终变成悬案，也就完了。有时恰巧遇到凶手人缘好，耳目众多，消息灵通；苦主铜钿多，势力大，财势压人，这乱子便闹大哩。一面公事没有出，人倒先走得无影无踪；一面非但必获正凶，还要罗织大狱。但是正凶跑掉之后，免不了株连无辜，正凶一天不到案，株连的人一天不释放，甚至屈打成招，瘐毙狱中。这些事一发生，就激起了乡愚的反抗，再加鲁豫交界地方乃是白莲教、天理教、天地会、八卦教的出产地方，凡是迷信神道、名隶那些教会的乡愚，无论怎样顽悍，他对于本教的信仰和受主教的指挥心却非常坚决的，只要地方上出了什么株连案子，或是遇着了荒年，这些人聚众滋事，便养成了匪患。那些临民官吏大抵尸位素餐，掩耳盗铃，初时哪里放在心上，渐渐事情越闹越大。常言道得好，'涓涓不息，流为江湖''星星之火，可以燎原'。所以那时积久祸作，酿成林清一案，震动朝野，耸人听闻。不过当时那班封圻督抚一个个抱着门罗主义，只要自己境内肃清，再也不想彻底会剿办法。山东余匪窜入了河南，鲁省方面大臣便不顾问的了，河南土匪跑到了山东，豫省文武官吏也不复措意。因此上，我们本省的曹州、兖州两府属和着邻省河南的卫辉、归德两府属竟变了民匪不分家，以强为胜，成为风俗。这一边和安徽、江苏交界地方，淮河南北两岸，西起桐柏，东至灌云，南连英霍，北接曹兖，这一方区域里头，山穷水恶，毫无生产，而且近年来不是水灾便是旱荒，莫说乡民不勤工织耕垦，就是人人思治农桑，无奈没有农桑给你治。数百年因果相循，都是天生成的无业流氓，只要进一步，便是土匪了。行旅出入一定要去求教此辈保护，而且还不能当他们赤眉、铜马看待，须得尊他们一声镖客。他们并不知道自身作奸犯科，还一味地自负英雄好汉，这是地理和人事的各方环境造成这一块产匪之区，天生这一班亡命之徒，青纱帐起，哪一年能太平过去啊？

"讲目下这班码子，势力倒也很发展呢，河南省里分作三大股：豫南一股，南侵商霍，西至嵩洛，他们的老家大约在确山、信阳一带；豫西一股，时常出没潼关内外；豫东一股，老家在归德永城虞邑，一条陇海路线是他们的交易市场。安徽的颍川亳上和河南毗陵，那里有一股，就是河南的分帮，没甚大不了。倒是商夏、霍山、巢湖一带，凭山负固，密菁丛莽，那一股既占地势，人数也最多。江苏的徐州乃是苏省码子的通商埠头，东连淮海，下接镇扬，再加清江浦是青帮的根据地，十二圩和吴淞口外的铜沙洋面海道弟兄都是遥相呼应，盐枭私贩在两淮和长江流域的团结可称根深蒂固。表面是总称江苏一大帮，把徐州府旧府属的砀山、铜山、萧、沛、邳等地做老家，其实四散分布，共有五大帮十三小帮。

　　"讲到山东本省的码子，也分三大帮口，比较起来，猛悍剽犷要胜过豫、皖、苏三省同业，不过地势险要不及安徽，心计规划不及河南，开生码头的卖相不及江苏的出面包漂亮，所以都是守土的多，走线的少。时常在鱼台、全乡、城武一带放哨的乃是水旱两路英雄，老家在微山、独山两个湖里头居多。如果旱路上买卖清淡，那么跑底子、抢顺风、挂招牌全要干的，一股沿胶济路做营生的，在我们本省里头尚要推居第一把交椅，遇到鹰爪、风紧、开鞭起来，做当家的个个身临前线，没命地冲锋。不过他们老家是在青岛，从前是德国人的殖民地，现在日本人所占有，他们靠着租界做护符，平日间倒也安富尊荣惯了，所以锐气一尽，便存隐居享用思想，要四散奔溃，不及别处经久耐苦。一股便在这一条路上，靠那一边的嘉祥、郯城、城武、蒙阴、定陶、曹州、单县，靠这一边的邹滕、费峄、菏泽、沂水，都算是一家的，大约把逾山、抱犊峪两处山崖当作他《水浒》内的梁山泊、《隋唐》里边的瓦岗寨一般看待。里头的人才，别省的不用说，单说我们本省的胶州一路，以前薄子明在博山，吴大洲在周庄，纵横一时，声势浩大，并且有办理外交的专门人才，确是有王业霸图气息。后来薄、吴胆门子小一点，先后踬在上海，孙百万推升了当家，声名虽没减小，可是姓孙的是个亲日派，已经好几回做了日本私人的傀儡，国际交涉幸没有酿成，但是在江湖上的信用就不如从前了。

"那一股水陆并做的码子以前着实出过风头，如今老当家死了，归着砀山孙矮子、徐州的范明新遥领着，也没甚出色人才。至于曹兖和帮里头的人才，可真有些能人。孙大王美珠乃是名声颇大的了，以前冯卯村有个郭泰胜，算得孙当家前一辈好汉，民国七年份上，受了张敬尧的招安，把手下弟兄编成第二混成旅第二团，一同开发到湖南长沙。听说张敬尧给赵恒惕撵走之后，郭泰胜退到湖北。那时，王子春做督军，便把郭团编入湖北省军第三混成旅，嗣后武汉兵变，郭团遭了嫌疑，被王子春指名缴械解散。郭泰胜有了几个钱，不回家乡了，在天津买了住宅过日子。

"郭走了之后，就要推着孙美珠算第一名了。美珠之下，尚有褚思振、郭起才、杜云廷、孙美松、阎守聚、张传德、王守业、刘守廷（即酶酶刘六）、李廷臣、陈金斗、王继香、王如德、董福楼、胡先胜、周天松、周虬龙、周天伦、孙美瑶、孙桂枝、孙玉乾、白老太爷、赵德志、王文钦、郝三怪、阎振山、尹士兴、朱朝圣、丁三、王孝礼、王守义、赵有、徐光西、戎换银、徐大鼻子、刘清源等三十六人，分据着抱犊崮、小马庄、瓦屋北、虎门关、豹虎山、下虎山等许多地方。本则各霸一隅，不通声气，他们也不懂什么叫作大群集合、揭竿发难的字眼儿。自从民国政治不依轨道以来，北方执政发展殖军政策，募匪作兵，于是各省土匪反而见重当道，把他们改编国军或省军之后，受了某师某旅的节制。但是某师某旅总难清一色的嫡亲同乡，一定五方杂处，各殊籍贯，他们一同相处，便又懂得一句'四海之内皆兄弟也'，再加明白了临阵编制方法，目击那些上级官长往往利用成群通电要挟对手方或元首，以及植党营私，都是狼狈而行。那些码子从此多了一种合作容易奏功的经验，有的在伍之际已经互

24

相联络聚众滋事，等待退伍以后，无以为生，也有因为别种关系被迫解散的，又有携枪掳械哗变回来的。只消有一二个小有诡谲的人从中游说，便拥戴着一个稍有名望之人，各个人输出在军经验，部勒队伍，号召同类，互相倚重。本则匪即是民，民即是匪，如今进了一步，变成兵即是匪，匪即是兵，军队不良，便成个土匪教养所，于是土匪潜势力逐渐蔓延出去，竟和明末的流寇要先后媲美起来。那些当局的非但不采取明末联省抚剿办法，并且不似清朝的封圻清境自保主义，只要不引起外交，由得那些苦百姓去填刀头。那中枢握政诸人也多忙着子孙温饱基业，并不注意各省匪患。你想明末流寇初起的时候，孙传庭扼守潼关，防匪西窜，左良玉稳固荆襄，禁阻南下，遥相呼应，背腹夹击，明社尚且因之倾覆，何况现在土匪结帮肇祸之初，上下官吏悉置不闻不问，等待毒焰渐张，依然粉饰太平，随便使拨积欠数月饷糈的军队，枵腹从公，半真半假地剿抚一回就算完了。但是这种军队反足以增加匪势，养大匪胆，毒焰非但不杀，并且因之加甚。那高上位置的军事当局至此地步，不得不派遣一部分留以自壮的亲信军队实行痛剿。可是亲信军队的战斗力虽然充足，无奈匪势紧张，而且狡狯，扼西则窜至东，防南则逃向北，于是亲信军队也疲于奔命。要知道官军有疲乏时候，匪军却依然如故，以致又闹出兵匪互助的奇局。百姓们又觉得兵不如匪，尚有留爱，更加年年政变，甲乙两党之尽具利用悍匪的乖谬主见，就范则等于添招劲旅，不就范则以少数勾买之金耗对手方无限兵力财力，于己总之无害。由是枕戈荷甲之士常常一变而为山林啸聚之雄，田塍果腹之徒亦多相率而为潢池弄兵之盗，环境相逼，胜负早判。即使真有果敢善战的军队分路痛剿，彼因粮于人、因械于敌之土匪，始则遇锐则避，遇弱即扑，奔驰排突，无往不可，沿途裹胁，皆为羽翼。间有占得一未残城郭，则一城之人皆匪党；夺得一要塞

25

巨镇，则一镇之人尽匪类。实在追迫到山穷水尽地步，则匪又退散为民，使兵无从而得匪迹，'抚剿'二字都无从着手。这是我数年来在匪窟里头闯进闯出得来的实地经验，所以连年来匪源不靖，匪毒曼延，我们山东省固然多匪，其实天下皆然，不单是我们一省如此哩。所以要真正肃清匪患，军队的切实痛剿固不可少，但是各种环境上也得有相当纠正，匪患方可消灭。"

当下我听赶脚史口若悬河，滔滔不绝说出这一段匪患总论来，不由我暗暗佩服，不由不肃然起敬道："足下竟是个军事家，对于历史嬗蜕、地势险要、人心向背、行军利害，说得有条不紊，就是议论政局，也切中时病。而且处处有悲天悯人之语常常流露其间，不失仁人之意。兄弟哪敢再把视舆伯厮卒的目光来视足下呢？"

赶脚史听了这几句，扑哧一笑道："实不相瞒，我当初落魄之际，也曾干过这劳什子，因为我冷眼瞧这匪党里头也是窃钩者诛，窃国者侯，资望地位不到，无论请到了大财神，抱了凤凰雏，购到了一等一的快车票，也是替小当家白忙。小当家何尝不是大当家、总当家的功狗？虽然口头讲义气，其实一样的强吞弱食，势利狡诈，绿林中也大不比从前了。总之，叔季之世，山林朝野都是一样不可收拾，所以我丢了那没本钱的营生，来干着餐风嚼雪的生活，倒是自食其力，无求于人，只要当心了我那匹代步就不愁什么。我那匹钻云青虽则说是畜类不通人语，但是我和它交际，只消管好了饥渴两字，别的不用操心，如今要在人类里头寻一个像它那样毫无机械作用的，恐怕不可多得。它享用我一天喂多少料的权利，就尽还我多少相当义务，要它多尽些力，须得多喂些料，一毫不事虚伪，可以放心托胆，不必时刻提防有甚变诈，这个生涯比随便什么事业逍遥自在。爷不要看轻了我那老伴，它四个蹄子可称踏破名缰，踹碎利锁，说什么盖世英雄，夸甚的河山锦绣，大约都和它蹄子上钉的铁灶一样，迟早要被它踏烂了完事。"

　　我听了，益发觉得这人可爱，大有相见恨晚的情形，因此又问道："足下既然投身线上过的，你心目中对于这一辈人才里头可有赏识的人呢？"

　　赶脚史长叹一声道："人是我看对一个。"

　　我说："叫什么名字呢？"

　　赶脚史道："我们昨天晚上尚还谈及此人，乃是白庄孙老大。这人倒很讲义气，可惜好人不长寿，好一条汉子，断送在一个走江湖做算命的手里，真是天道不公。除了这人之外，还有一个孔明先生，我也很敬重，第三个却没有。"

　　我一听这话，暗暗喜悦，可以归结到昨晚的话上去。正打足了精神听他，赶脚史蓦地扭项一瞧，笑道："红门已经到了，我们打个尖，喝他个痛快，回头上了路再谈吧。"

第六回

遵古训避道去危邦
冒朔风轻身来客地

等待红门打尖之后，赶脚史问我："出了红门，有三条岔路，一条一直往东，穿过黑峪到雾家后，北拐上大西庄，渡下十里河横线东北岸，出山南庄，再向东上周村；一条出红门便向北，穿斗山进黄龙岗，今天到索庄歇夜，明天过解牌岭，到北庄西庄，也归到大西庄那条路上；一条乃是出红门便向东南，过润谷山，在梁庄东面、管里西面绕道，到陈家岩，穿北溪山东北方，到羊搁，也是渡下十里河直线，从上下观到周庄，路这条最远，而且最荒凉，不过最太平。请问爷走哪一条路？"

我道："西桥在哪里？上村在哪里？这两处也有敝公司的分销处，要去走一趟。"

赶脚史把舌头伸了一伸，连道："远了远了，西桥在此地极北，到了索庄还要朝北，过胡家沟大安才到。西桥路倒顺的，到了西桥，如果有胆量，我们就从西桥向东，越过抱犊峪的前山，到东山嘴再折北，便到上村了。由上村往南，经过龙凤寺莲花山，到周村倒不远，顺道还可去赏鉴赏鉴响水泉。倘说稳健些，那么由西桥再朝北，到张家店折东，到东红门也可到上村。不过天罡党的总柜在那里，一年到头进出的人看看不少，实在都是那

28

几个熟脸。我是不妨的，我的钻云青曾经载过青山饮牛河两处都总管周二霸天解过柜，可是爷的陌生脸子跑到这一条阎王路上去，我保不住那班初出猫儿活手骱同我开玩笑。况且醢醢刘的老柜就在那里附近赵家庄，不要把爷当作江苏派来的侦探，那乱子闹大哩，我可担当不起。"

我被他说得毛骨悚然，暗想："西桥、上村虽则销路甚佳，论不定担任分销的掌柜也就是绿林好汉，小时候读的《孟子》，记得有一句'君子不立乎岩墙之下'。孔夫子也说过：'危邦不入，乱邦不居。'冒这一冒险，有些不上算。"故而依了他，出红门便向东南那条路上走。赶脚史还觉得不妥当，索性出卓山，走雷村尚岩，往东北进发，所过的峨山口、铁山沟马庙皆有军队驻扎，然后到周村，那是一条驿路，一些小惊吓都没有。但是经过的村镇少，错了打尖，非带干粮不成。路线一长，便觉得途中寂寞，幸亏问他白庄姓孙的话，他便详详细细、一一二二讲出来。他讲得非常细到，很有研究，便不觉路远，不过我记这一节，却要变更体裁，把它装头装脚，做成一篇短篇小说的格局，使读者诸君换换眼光了。

一个衣衫褴褛的中年男子，头上戴了一顶小窃也不贪的青灰呢秋帽，身上穿了件天津爱国布棉大褂，下边已经摘了一个洞，所以棉絮拖在外头，好似人颏下的胡须一样。胸前烧了手掌般大一个香烟焦洞，背心上打了一块蒲扇大小的补丁。居然穿着一双玄色缎子的薄底靴子，但是靴筒倒了，靴帮的线脱了寸半光景，那缎子变成整容匠的磨刀布，油得亮晶晶发光，左足的大脚指头早钻在外面乘凉。

那时正是十月下旬天气，北地苦寒，此地是峄县该管，小地名唤叫白庄，三面是山，一面是水，所以冷得格外厉害。白庄这地方也是个小村集，要不是这样寒冷，绝不至集上的铺子都关紧了门不做生意，街上一个人都没有往来。目下乃是冬天，再加可爱的日光已向西了，好久被那飒飒的朔风吹送来许多墨黑的乌云，一层层地将阳乌遮盖住了，莫说暖气莫有，连光都没有一丝。那西北风又和深山虎啸一般，鼻子、耳朵都要被它吹得并起来，所以男男女女一个个躲在屋子内烤火，街上便鬼都捉得出来。独有这破衣男子，忍着饥寒和朔风奋斗，冒风前进，行路慢得好比蚤爬，一步步挨前来。走到白庄街上的中部，经过一家大人家门口，实在受不住了，一个头眩，身子便软绵绵地倒下去。恰巧倒在这家人家当门口，直挺挺地僵卧着，跌下去时候，尚想挣扎起来再往前去，可是身子一着地，又被风吹了两阵，眼花缭乱，非但爬不起，而且冻得僵了。可怜天一刻暗一刻，又没一个行人经过，越吹越僵，不到半小时，竟昏厥了过去。

又隔了一会儿，将近到断亮时候了，这家人家的门本来关着，此时呀的一声，那门开了，走出个中年男子来。头上戴一顶海龙四喜拉虎帽，身上穿一件玄色华丝葛的麦细尼毛皮大褂，并没纽好，裹在身上。腰里边一条玫瑰紫色湖绉束腰，露出一些青灰鸡葛绉裤管儿，跶着双玄缎薄底快靴。左手掌内托了两个响铁弹，不住地抢着，但听得咯啷咯啷之声一刻不停，右手拿了一根生漆漆的头发丝围绕的藤竿，足有饭碗口粗细。他是预备出来察看一下，若是没有人了，要放狗哩。

这个人是谁呢？那是峄县一带有名的小孟尝君孙美珠，至于他的历史，下回再说吧。

第七回

孙玉振延师课爱子
周天松踏雪递盟书

　　白庄上孙家也是有名的大户，美珠的老子叫孙玉振，一生忠厚，做参贩子的，每三年到关东去趟，采办些货色，勤俭起家，手里头却着实积蓄了些起来。一共养五个儿子，美珠最大，名字叫作明甫，自小就欢喜练练拳脚，讲究讲究枪棒。老二、老三、老四三个兄弟，天性懦弱，吃炒豆怕牙齿响的。只有第五个小兄弟，名叫明亮，表字美瑶，虽然年纪最小，却和老大的志愿、脾气都很相投的，十四岁时候就使得好单刀，走得好拳棒，他们的武艺都是一个湖北人姓毛的教的。

　　那姓毛的从前保镖为活，乃是大刀王五会友镖局出身，和马永真是师弟兄。自从交通便利，人货往来，不是走海道用轮舶装载，便是从火车上挂了货车输送，把他们的保镖一项行业无形取消。姓毛的年纪又大了，改行也来不及，只好带了一个儿子在江湖上闯闯，有时卖卖伤膏药，有时设一个拳场，教几个徒弟，这种生活是很苦的。

　　那一年，恰巧武汉起义，山东道上风声鹤唳，不太平得很，因此上各乡镇的大户都动了公事，得着地方官许可，领了几支老式枪，召集二三十个人，办起团练来。有的取名民团，有的取名

31

公安局，也有称自卫团的，也有称保安局的，居然请了教练，举了团董一样，有条不紊地办理着。那孙玉振虽只一个负贩商人，因为他手头里有钱，再者大儿子已定下了一门亲事，那是峄县城内崔翰林的侄孙女，在这种天高皇帝远的地方，做了翰林的亲家还了得。

白庄居户一共也有六七百家，生命财产合算起来倒也着实可观，别庄上都已募练勇壮，那么白庄上也不得不练了。公推玉振做了领头人，一切听头儿调度。玉振便先到城内去，仰仗亲翁吹嘘，县署照例批准备案，领到三支前膛枪、一支抬铳。回到乡下，借关王庙做了机关，先定了一个守望团名义，然后端正公函，邀请四十里方圆内的各庄团总，请他们吃了一顿，席间讨教了许多创办的暗关节以及团丁满额以后进行手续。大家还说了多少交换识见、联络感情的套话。第二天，召集本庄大户讨论一切，聘请两个教练，也都是本庄人，一个叫董福楼，一个叫郭其才，而且年纪都是很轻，福楼只有三十岁，其才只有二十四岁，年长的当了正教练，年轻的做了副教练。自己的堂房兄弟孙桂枝管理银钱出入。桂枝儿子美松充当侦察，自己大儿子美珠和美琨、美瑛、美琼都在局里办事，连十二岁的小儿子美瑶也加入在内。

有人嫌董、郭的年纪太轻，恐怕不能肩负重责，玉振笑道："你们知道福楼和其才的履历吗？大清光绪三十三年份上，他们俩一同到苏州投效新军，福楼做过江苏第二混成协炮队炮目，其才当过江苏陆军第四十六标排长，一同在宣统二年二月份退伍，军事教育和经验都很好的了。我办这个局子，取公开制度、人才主义，不管年纪大小，只论他的资格如何。"

人家听了，也无言可难。开局了不多几天，竟招了二百多人。恰巧那湖北毛老头儿穷无所归，路经此地，里外里要寻饭吃，所以父子二人便也投局来当团勇。美珠和这一对父子相见，也是天缘前定，觉得非常莫逆，并且和毛老头儿儿子尤觉讲得投机，竟做起拜把子弟兄来。后来，又知道姓毛的好拳脚，美珠即便拜他为师，请教武技。玉振得了这个信，觉得自己儿子拜在团丁门下，面子上不好看。恰巧山东防营里有郭其才的朋友写信来，邀其才去当差使，所以其才辞职走了，玉振就破格超擢，将毛老头儿升为副教练。

民国二年，玉振得病死了，自然贩参事业美珠继续做下去。那时节，守望团撤销的了，董福楼也走的了，只有毛家父子，为着师徒关系、把弟兄关系，被美珠弟兄们苦留在家。美珠虽然是玉振大儿子，可是玉振在日，从未曾带他出过一回门，故而美珠第一次出门还是和师父同去，知道老毛是久闯江湖，与他同去不会吃亏。老毛年纪大哩，邀他出关，他非得把儿子带了同去不可，果然一到东省，老毛终究精力衰迈，受不了风霜劳顿，可怜身死他乡。临死之际，他叮嘱儿子，到陆军部直辖第七师里去投奔一个姓刘的，图个出身，老是在白庄耽搁，衣食虽然不愁，可是自己埋没了自己，今生今世没有出头日子的了。

等待老毛一死，小毛果真依了父命，辞别了美珠，到大同去投奔姓刘的。姓刘的是会友镖局学生出身，那时在第七师师长张敬尧处当一名差遣，因为他和四大人张敬汤很要好，故此在大帅面前也算得一个红人。小毛投奔他，他倒没有忘却江湖上的义气，就替他取名毛思忠，补上一份口粮。毛思忠投效了不多时，第七师便奉着袁世凯的命令入湘图桂。其时谭浩明的前锋马济统率着久胜之师长驱而下，这一股锐气很难抵挡哩。第七师和他在资江流域相持好久，不分胜败。有一回张敬尧察看阵地，只带一百多个护兵，毛思忠也在其内，谁知被敌人得报，用一中队的人来包抄，自然众寡不敌，张敬尧也有些慌了。

毛思忠首先说道："今天拼命是死，不拼命也是死，不如大家拼命，能够保得大帅出险就是了。"

众人身临绝地，被毛思忠这几句话一鼓励，真是以一当百，结果到底被他们冲破了济军东北阵地，安安稳稳地回转大营，一百多个人只死了五六个，伤了三四个，济军却死去近千名，第七师的威势就在这一阵上出名。自后济军真是望风披靡，不多时就被张敬尧把湘南边境肃清，济军只好退守桂边。论功行赏，倒是毛思忠第一，因此上便渐渐地受大帅知遇，一天抖似一天。其时曹锟和蔡锷也在那里相持不下，虽然有从湖北宜昌方面进攻的军队牵制蔡军，无奈蔡锷的滇军都久经训练，本人的资格又饱受日本士官学校的军事教育，曹锟的第三师哪里是他的对手。故而老袁又命张敬尧统率所部移兵鄂西，越武陵山，渡大泸江，攻蔡军的左翼。毛思忠便首告奋勇，领前队渡泸，不到半月，已经连下宜宾、庆苻，直抵泸州。张敬尧这一喜非同小可，便把毛思忠认为义子，改名张继忠，允许他招募一混成团兵士，受他指挥，张继忠居然是个团长身份了。

等待袁世凯死后，黎元洪被督军团所迫，闹成复辟，冯华甫入主白宫，和段芝泉为了和战问题大闹意见，范国璋反戈吓走傅良佐，那第七师又奉调定湘。张敬尧未开拔之先，决定添招三个补充旅，把张继忠那一个团也扩充成旅，派人上山东招募军士。继忠想起白庄孙家当初友谊，便专诚差人送信，招呼美珠弟兄们到来。美珠接了信，不知道张继忠是谁哩，一问根由，方才知道是小毛。当下便把家中诸事委托兄弟和堂叔桂枝，他便和桂枝儿子美松一同到泸州投效。张继忠派他们一个做团副，一个做稽查。

又过了将近一年半光景，张敬尧已做了湘督，因为防备湘南的刘林赵起见，再要招兵，委美珠做了招兵专员。美珠回到家乡，和太叔丈一商量，想出一个收抚土匪，改编为军的办法。凡是当土匪的决计略谙军事，便于训练，家乡地方又可以减少劫掠焚夺之事，真是一得两便。好在以前守望团当副教练官的郭其才，因为投效防营，立下许多缉捕功绩，都被别人冒了去，他气愤不过，即私下掳了军械，开小差跑掉，一跑跑到黄龙洞，聚了二三百个人，往那里落草为寇。美珠便首先托人去招抚他，郭其才听说是孙美珠派人来招抚，小毛在那边已做了一等一的红人，自然一口允许。并且代美珠介绍了双槐谷的诸恩崇，马山的栗凤语，冯卯村的郭泰胜、郭安，都次第受了招安，一同到湖南听张敬尧的节制，当团长的、营长的、连排长的都有，居然都算是官了。

　　谁知民国九年份上，直皖两派不和，张敬尧的督军生生被吴子玉用了一个釜底抽薪之策驱逐掉了，结果张继忠溜之大吉。这许多匪兵退至湖北，依照王占元本心，立刻就要把他们解散，经不起他们苦苦哀求，一共四团人，本来多是隶属湖南陆军第二混成旅一二三四团，王占元减编作一三两团，受湖北陆军第三混成旅旅长节制，分驻黄冈、武穴、罗田、安陆等几个地方。同样当兵，不如在湖南时候适意，处处受人监视，什么都不便，他们这班人是散淡惯了，哪里有真当兵的决心，故此受编了不多时，渐渐变叛。总之，没有一个人还想什么升官发财，尝过了滋味，方知道当兵不如做匪的自在。大家陆陆续续回来，仍旧干他们的土匪生涯，除了郭泰胜在湖南多弄了几个钱，已在天津造好住宅，可以不理旧业过日子，其余还是分据各山，照样做他们的没本钱生意。

　　谁知道一下苦了孙美珠一家了，因为他是白庄上面有名首富，地方上早就有人眼红，再加到湖南去做过官的人，别人说起来，一定说他掳饱，并且他既经和这班土匪做过同事，外边谣言莫有一个不说孙美珠是坐地分赃的好汉。这消息传到那班侦探耳内，便时时来缠扰不清，说什么通同匪类、接济军火、扰乱治安，许多罪名，总之有心寻事，要美珠拿些钱出来买账买账也就没事了。可是一次两次已经应酬过了，他们非但不罢，并且把孙美珠当作好户头，三天两头来索诈。美珠虽然怀恨在心，但也无可奈何。

他自从湖南回来之后，仍旧做他的参贩。他在东三省学来的方法，带了雌雄两头小狗回来，自小就派定一个专人管理和教练，把柴草扎了人的模型，将生牛肉塞在里头，每天两回，教这两头狗，要拖翻柴人才能在这柴人的心口内挖肉吃。心口练会了，再教它咬头部、腰部，总之拣人的要害咬着。那关东一带狗种又大都是长毛尖嘴，没有一个村集不请了一个狗师，养着二三十条猱狮狗，专为防备小股马贼和小窃的，一到晚上人静了，狗师先敲锣警告，人家知道放狗了，家家闭户，不能再在街上游荡。然后把这二三十条狗都放了出来，在村前村后巡逻着，到天明时节，再敲锣示众。好在那些狗晚上听得这锣声，一条条努目耸耳，都齐集在狗房门口，预备狗师来开门出去，到将近黎明时候，锣声一响，那些狗一条条会回进狗房去的。那狗房大抵是把庙宇后院改造，四周用黄白石堆砌了围墙，四面开了八个一尺有余高、七八寸宽的狗窦。因为这一种狗，大的真像我们江南的驴子，所以那狗窦要如此高宽。没事的时候，只开一窦，让它们鱼贯出入，万一有小股马贼来侵犯，必定叫这些狗挡头阵，把四边的门都开了，那些狗窜出去，被它近了身，比人都难敌，而且不怕死。如果马贼开枪击毙了正面几头，他左右包抄来的一毫不知退让，依旧张牙舞爪上前乱咬，被它咬着要害，人的性命也难保的了。不过关东的狗只认定狗师一个人指挥，如今美珠家里的两条狗，除了狗师之外，美珠和美瑶也可以指挥得动。到了晚上，一条前门蹲着，一条后门蹲着，真的比人还要忠心。

这日，美珠瞧见天晚了，又有雪意，料想这种寒冷天气，不见得再有人赶夜拜访，就是那班胥吏爪牙，大约在这几天里头不见得光顾，故此想开门一望，回进去便要放狗了。谁知开门出来，见当门地上横躺着一个人，美珠赶紧走出门口，跑到那人身畔，俯身下去，就把玩弄铁弹的那条左手手背在这人面上一按，觉得鼻孔中还有一丝微气出入，他就赶紧招呼手下人出来，把这人抬进了房门。一面把门关了，一面吩咐生了两个火盆，亲自动手，把那人破衣服卸光，然后先用好高粱在他身上一喷，再用丝棉蘸了姜汁在他周身摩着。摩擦了半天，那人渐渐地周身和暖了，再按摩了一会儿，只觉得那人呼吸动了。美珠吩咐拿两床被卧把这人裹住，又添了一只火盆，自己进去吃晚饭。一顿晚饭吃了，再跑出瞧看那人，恰巧那人苏醒过来，浑身是汗，四肢百骸都已如常，那汗已把被卧湿透，先嚷："一件棉大褂呢？"

美珠吩咐拿给他看。那人见了这件大褂，好似见了珍宝，接过去往身上一披，又赤着身躯坐起来要水喝。美珠吩咐把大碗盛了酒，拿出来给他解渴。那人一口气喝了十分之四，嚷肚子饿了，美珠再关照手下："到里头去拿衣服给他穿，端整面饭给他吃，一切舒齐了，领他到屋子里见我。"

手下人自然答应，分头办理。美珠先走了进去。又隔了一会儿，下人们领着他进来，和美珠搭话，那件破棉大褂仍旧当着衬里小袄般穿在里头。

美珠道："我看你熊腰猿臂，气宇不凡，不像个落魄之人。这种寒冷天气，你单身独自到我庄下何事？你的名字叫什么？快说个明白。"

那人道："足下便是人称小孟尝君的孙美珠吗？巧极了，在下名唤周天松。"

美珠听他说出名字，不觉愣了一愣。若说周天松，以前乃是靠赌吃饭的赌棍，带做断跨，与他哥哥周天伦齐名的，唤作乱把老三、乱把老四。赌赢了和人家很和顺，与寻常赌客无二，若是输了，吹火抢台面、倒脱靴、翻天印，什么都做得出，抢案血案犯了不知多少，靠着生性机警，交游广阔，从未曾破过一回案。在近三年以来，他们弟兄俩索性召集了四五百个游手好闲之徒，往抱犊峪落草去了。今晚到来做什么呢？一面筹思，一面站起身躯，抱拳带笑道："原来是周四哥，少敬少敬。"

天松道："尊称不敢，兄弟今天特地访贤到此，我们弟兄俩平日间的所作所为，想来早在孙大哥的心目里头，不用去说它。我们现在抱犊峪混饭吃，因为人少势孤，常怕鹰爪来抓人。我们那山寨，名是家叔小罗成周上虬下龙管着，做主都是家兄一个人。为了巩固势力，保全我们绿林义气起见，所以想和各山寨的寨主联合起来，有什么风吹草动，大家互相救应。这件事已经筹备好久，到现在方有眉目，但是咱们弟兄俩的资格够不上做头儿，征求多数意见，尽说非得邀请大哥去主持一切，除了大哥，别人也当不了这家。家兄说恐怕孙大哥清白良民，不肯污秽一双手，徐州独山的徐大鼻子说，大哥自从湖南回来之后，受尽官府的肮脏，那张继忠又被政府通缉，四帅被王子春在武昌枪毙，少帅存亡未卜，只要我们大家具着一片至诚去邀请，孙大哥无有不答应。兄弟就是恭请虎驾的专使，还带一纸盟书在此。大哥要是不答应呢，莫怪我们抄袭吴学究相邀卢员外的法儿，也许要大闹大名府哩。"一面说着，一面在破大褂里取出那张盟书，授给美珠。

此刻美珠如遭了晴天霹雳，真觉得进退两难。答应吧，真是辱没祖先；不答应吧，唯恐他们真的串起大名府来，愈加不上算。故而一面接那张盟书，打开观看，一面自己以心问心，想个方法补救。但不知美珠终究行止如何，那张盟书上又写些什么，著书的却要告个罪，休息休息，再行叙述了。

第八回

聚英豪寨中同结义
说俊杰庄上细陈言

却说孙美珠在周天松手里接过那张盟书一看，只见一块杏黄绣龙的袱子，包扎成一个小小的四角包儿，那袱子的一角系着两根秋香色琵琶头飘带，把这包儿牢牢地拴着。美珠便把绾的那个蝴蝶双飞结亲手打开，展开袱子里头，却是一本一英尺长、八英寸阔、紫酱色回文地绫裱木簿面的一本册子。簿面上一条白绫，上盖一条红缎子的标签，签上写着"替天行道"四个魏碑，乃是模仿清道人的张猛龙笔法碑，骨肉停匀，力透纸背，真和天台山农的笔气功夫可以并美，请马子贞写来，恐怕写不到这地步哩。

美珠生平也是最要练字的，当初跟张继忠在湖南当差使时节，和督署副官处杨处长俩闲空没事做，便赌写字玩儿，所以虽则鲁莽之夫，却懂得一些永字八法，没口子赞道："好笔法，是谁的法书？"

天松道："乃是诸葛老三写的。"

美珠道："是不是做过县知事的那位诸葛亭先生？"

天松道："一些不错。"

美珠说着，把那本簿子打开来，里头乃是海月笺纸，用红线格着，每页十行，每行二十五字，写得一笔工楷。美珠暗想：

40

"怪道人家称那临沂兖济一带的土匪叫作梁山弟兄，真有能人在内呢。"停睛把那簿子一看，只见上写道：

　　同人等素具爱国热忱，原不以抢架为本能，然值此无信用之政府、不正当之时代，不得不铤而走险，暂为草泽之雄。目下韬晦蓄养，冀有日之得能扬眉吐气也。

　　同人多军界同胞、家门弟兄，民国成立之初，大多数受官家招安，开拔湘省，为国干城。当此时也，吾等弟兄未尝不额手相庆，欣然色喜，互相告语曰：天生我等以铜筋铁骨，今而后可以效忠于国家，名垂于竹帛矣。

　　初不料勋帅下台，立将吾等遣散，同人等皆一时豪杰，自然郁而不平，不过衡情则然，度势难抗，虽不甘心，而尚冀回籍安度也。不料又被一班人面兽心、衣冠败类之万恶绅董妄造黑白，信口诬讦，一则曰谋为不轨，再则曰治安有碍。昏庸官吏又只图自己邀赏立功，逼迫同人，至于无处可以立足，有家不能归去地步。人非木石，不得不重入大海，而作蛟螭矣。故同人等已分据各山要塞，结队自卫，并将钟山抱犊峪改名君山保主谷。此处一夫当关，万夫莫开，乃天授我等之根据地，故公认之为总柜，彼此联络声气，互相保卫。好在同志同胞皆属父老兄弟，将来官家有真诚无伪之优待，俾同人得大展其志，则同人等当为中国造极大幸福，断不似现军人之贪生怕死，鱼肉乡民也。

　　苟政府若长此无诚意以待黎民，军人长此无统绪以欺士庶，则同人等枕戈待旦，秣马厉兵，既不畏内，

41

又不惧外，丈夫处世，敢作敢当，进退自如，有何慊顾，不特泰兖沂曹永无宁日，行将与中国有志之士共谋王霸之业。倘赞同同人之志愿者，则请签名于后，有渝此盟，明神殛之，忠肝义胆、铁血热心之士，盍归乎来？

山东君山保主谷忠信堂公道保卫盟书

龙飞丙辰年月日

底下已经签名在上的，则有小马庄的褚思振、杜云廷、张传德、陈金斗、戎换银五条好汉，赵家庄刘守廷、阎守聚、王守业、王守义四金刚，青山饮牛河的周二霸天周天松、周天伦和着堂房叔父周虬龙，南芦塘桥大王徐大鼻子，长城狗儿赵百万赵成志，涝坡村骑驴妈妈赵氏和着两个亲生女儿金仙女、银仙女及干儿子高廷举，板泉崖回教教主赵青山和着两个把弟张学礼、张学善，独山湖落马龙王窦二墩、马连山、李廷臣、谢清和、董福楼、严振山、严丙山、郝三怪、丁三七弟兄，外号七煞大王，曹州王家六、虎将王文钦、王孝礼、王继香、王如德、王学理、王景龙和着把兄弟黑白无常尹士兴、朱朝圣、蓬头儿徐光西、开路神刘清源，周村缺鼻子柏老太爷、儿子死不怕柏江、内侄无敌大将靳广志，沛县独脚罗汉胡先圣。这四十三人，孙美珠都约略知道的。以下尚有徐州老英雄范明新、河南老洋人张国忠、红线女韦凤娘、四川的二十六大帮、两湖的十八小帮，孙美珠所不甚知晓的，故此也不再细看，将盟书掩了，依旧包好，交还周天松。

天松道："这本小小册子上头署名的，孙大哥莫轻瞧了，都是三山五岳的好汉、四海八方的英雄。我们自从联合之后，大家也义气为先。那些吃粮不管事的脓包军队也不够和我们开火程度，只有我们军械不敷的时候，向他们去通商些枪支马匹，他们怎敢奈何我们。不过我们好比一家人家，妻儿老小都有，却少一个做主的当家人，因此上我们屡次会议，想举一个替大众担负责任的头儿，像梁山上的宋三爷那么一位执管总柜钱粮，实在我们自己伙伴里头拣不出这样一位竖大拇指的角色。上回诸葛老三自己不远百里投来入伙之后，那是我们的吴加亮先生，论他这一肚子大才，实在可以配得上穿八卦袍、摇鹅毛扇子资格的了。我们便想推举他做总当家，偏偏他不肯担任，说什么随陆无武，万难独当一面。他酸溜溜的说话尚不止这两句，我们爽快人学舌不来，总之说是无能担任，恐误大局。他另外推荐一位茶亭的郭其才郭大哥，说他天生大胆，前清光绪三十三年就在苏州四十五标当兵，后来又进过本省的防营做过第七师补充旅的连长，真是见多识广，去请出来做总当家再配也没有。谁知郭大哥为人很客气，他说，这出入很大，不是当玩的，他不敢挑这一担。那么由他想出孙大哥来，说孙大哥是当今的孟尝君、民国的楚霸王，要是肯答应出山带领兄弟们，真可横行天下，所向无敌。所以兄弟特地不揣冒昧，到府相邀。孙大哥也是在江湖上走走，扛过八斤九两的洋炮，吃过沙泥拌和黄糙米的大锅饭，不像那班笔管生（读书人谓之笔管生），开口诗云，闭口子曰，孔子、孟子、儿子、老子，子一个不清楚的，大概孙大哥不会如此吧。干脆一句话，赞成的就请入伙，不赞成的立刻回绝，让我们毕了心念好，另请贤人。不过像这种有强权无公理的时世，像孙大哥这样一表人才，埋没掉了，着实可惜。莫道我们是啸聚山林专门打家劫舍，做没本营生，毫无出息，可知时势造英雄，英雄造时势，《三国志》里头的甘宁甘兴霸不是长江一带有名的锦帆贼吗？《隋唐》时候的响马二哥秦叔宝、混世魔王程咬金，起初不都是一家草寇，后来一个个辅佐李世民，双铜打成唐世界，单鞭镇定李乾坤，这些人皆变了开国元勋，封王的封王，拜帅的拜帅，凌烟阁上标名，武英殿中图像，腰金衣紫，荫子封妻，何等荣耀！孙大哥正好干一番事业，兄弟鲁莽之言，还请大哥三思。"

第九回

闻密谋弱弟诘阿兄
泄密语主翁责侍仆

当下孙美珠听了周天松这一番说话，自己思忖道："我自从湖南回来之后，常被官府敲索，一会儿说我勾结土匪扰乱治安，一会儿又说我私藏军火谋为不轨，家中弄得时常鸡犬不宁。那班狐假虎威的万恶侦探时常跑来骚扰，用掉些钱呢，倒也不在这上头计较，可是花钱买罪受，心上总有些不愿意。幸亏我的脾气自己晓得，可算得是中华民国的好百姓，如果我和我家老五（美瑶）、大房里的老二（美松）一般生性，早已闹了大乱子，走了这条路哩。如今弄假成真，多蒙郭师父的情，举荐我去当麻子，那不是小孩子游戏的事。想着了祖上都是安分守己的清白良民，轮到自己，军前投效也当过差使，也称过老爷，自己的丈人又是前清的翰林，如今倒去做那风高放火、月黑杀人的勾当，不免划算不通。但是要一口就回绝他，使他有兴而来，败兴而去，这种人也是不大好相与的，不要真的像戏上梁山兄弟邀请玉麒麟那样，实做一回大名府，闹得家破人亡，结果还是落草为寇，那也非上策。如果要把从长计议，往后再说这些套话去拒绝他，那我又变了不漂亮了。他既已经说过干脆一句话，用不着世俗浮文，我仍玩着这一手，岂不是变了个不识时务的私裤子，惹他们笑我耳聋眼瞎吗？"

想了一会儿，早已得了一个主意，便满脸堆笑，站起来向着天松唱个大肥喏，重行归座，开口道："孙某不才，一来蒙郭师父的举荐，二来蒙众兄弟的推爱，三来里头有一半英雄多是跟勋帅在湖南时候的老同事，四来我本被这一班赃官恶吏三天两头出花样地恫吓敲诈，我不趁这种好机会出一出胸头冤气，简直没有报复的时候。常言说得好：'有仇不报非君子。'难道说天生成了我孙美珠六尺之躯，连这些些小事都不思报复吗？这点胆子都没有，还想做甚大事？不过没有退步，不能造次。如今周大哥到此相邀，天缘凑巧，进身有路，再好也没有。依理今晚就该跟了周大哥上山入伙，做一个雪夜奔山的林教头，无奈内人现有身孕五月，不便行动，娘儿们动身已经讨厌，何况再是有孕的人。兄弟年过三十，膝下尚无男女，所以要求周大哥带信给众家好汉，最好让内人临盆之后，兄弟方才心定，再行自己投效前来，倘嫌日子距离太远，也得容我安顿妥了家眷，然后上山。这一个要求，想必能如我所愿，全仗周大哥帮忙。"

说完这一套话，又站起来一躬到地。周天松到底是个莽汉，一听此话，信以为真，便道："既然如此，那么请孙大哥慢慢地安顿宝眷，兄弟改日再来奉邀便了。"说时，便要黄夜冒雪而行。

美珠哪里肯放，道："无论如何，周大哥总得过了一宵再作道理，这种寒冷天气，如何好放大哥登程？客房早已齐备，不嫌怠慢，请住过一宵，明日一早上路。要是不答应呢，便不把我作朋友看待。"

周天松听美珠说出这种话来，未便再辞，况且滴水成冰的天气，雪深三尺，北风吹得房屋都吱吱地响，雪片好似鹅毛般飞下来，口内虽说上路，心上倒也有些害怕呢。既蒙美珠再四地邀留，而且出乎至诚，自然也答应了，不过说："孙大哥，兄弟在山是在法外，下山乃是在法内了。我是个犯法之人，不要有累孙大哥，这是不当稳便。"

孙美珠哈哈大笑道："不是孙某夸口的话，俺虽不能如郭解、朱家那样豪侠，但是复壁藏人，莫说周大哥一位，就是再多几位也不妨。况且在这滕峄两县地界之内，多不敢说，方圆二三百里，兄弟说一句话，还有一点儿小信用，要做什么事，便毅然决然地做，一毫没有顾忌。周大哥在此，莫说耽搁一宵两宵不会出什么乱子，就是十天半月，也没有妨碍。倘有一点儿半点儿风吹草动，姓孙的担负完全责任如何？"

天松忙道："孙大哥何出此言？小弟不过说句玩话，怎说认真发急起来呢？孙大哥要是没种，郭大哥也不会佩服到五体投地。"

美珠又笑道："我要是半吊子，早已趁周大哥冻得人事不省时候捆送官厅去讨赏哩。"

当下两人又是相视一笑。美珠便站起身躯和周天松挽手，一直送到客房里面。周天松安歇了，美珠方回到外间，吩咐那些庄客道："你们不许多话，第一要守口如瓶，免得传扬出去，多生枝节，就是西庄也不准通风，千万不可说给五爷知道。谁走漏了消息，留心狗腿，非把它打折不可。"

手下人自然诺诺连声，都说不敢多话，美珠方才进去睡觉，手下人也各自安息。一到第二天清晨，风雪虽止，冷气逼人。依着美珠，还要留天松住到了光天化日，再行动身，天松哪里肯依，决计要去。美珠见留他不住，那么请他吃了一顿早饭，另外又送了三十块钱程仪，方才分别。

天松走了之后，美珠再叮嘱家中上下，不可走漏一些风声出外。其实若要人不知，除非己莫为，何况这等大事。美珠本来恐怕最小兄弟排行第五名的美瑶知道，谁知偏是他先晓得，隔不到两天，特地从西庄赶来，质问他胞兄，说："我家受那猎狗式的侦探骚扰得也够受的了，如今既有这样路，何妨就暂且走他一走？将来羽毛丰满，势力养成，借此和官厅好开对等谈判，一样可图出身。若说不赞成呢，不应该沽名钓誉，论甚江湖义气，就该把周天松押解到峄县城内，表明心迹，一来省得他们缠绕不休，二来也可使官厅明白我们是清白良民，不干这掳人勒赎的买卖的。大哥为甚走路不拣这两条正的路走？照你这种想两方讨好的手面，简直就是姑息养奸，不要后悔莫及啊！"

美珠叹道："五弟，你可知官厅方面何尝不知我家清白？但是他们想法要我们的银钱，就不得不这样地诬蔑我们，若不给钱给他们用，你说捆送一两个人去，非但得不到功，倒反惹起了军警两界醋意，买通了解去之人，反被咬一口，就算得罪了青红公口三界弟兄。我们住在这种强盗窝内，闯下了这种滔天大祸，真个有灭村赤族之殃，不是我家一门受害而止，连累白庄、茶亭两处生灵涂炭，因此上为兄的不得不如此周旋。五弟，你哪里知道处世的难处啊！倘真的去落草为寇，又污秽了祖宗地下的清白。"

美珠虽苦苦地譬解，美瑶却不住地摇头。等待少停，美瑶走了，美珠立即召集庄汉，查问是谁嘴快去告诉五爷知道。一查，查出一个喂马的小马夫，名唤大根子，今天朝上，美瑶习练马箭，恰巧大根子遛马，在茶亭、白庄交界地方一片广场上碰头，有人瞧见大根子指手画脚和五爷俩大交谈。美珠便厉声诘问大根子，可曾在五爷面前说明此事，大根子口内推说不曾，面色却立时变了。

美珠恨恨道："我因为五爷性子暴躁，肚子内留不住隔宿话，恐怕闹乱子，故此不许你们告诉他。你这小杂种，偏不肯听我的说话，要你假小心瞎殷勤多嘴！看你的神情，哪怕冤枉也不相干，免不了一顿狗腿。"

当下，美珠亲自动手，将大根子揪倒在地，抽了二十下皮鞭，抽得大根子皮开肉绽，鲜血淋漓。美珠因为他始终忍痛没有讨饶，打开之后，余怒未息，又吩咐把大根子撺出门去才休，自己回到上房，还是怒气勃勃。美珠妻子崔氏见丈夫动怒，便慢慢地询问何事生气，孙美珠便将此事根由一五一十告诉崔氏。崔氏虽是女流，颇有见识，忙道："你为着五叔口不紧，所以要瞒他，大根子口快受责这是该打，一些不枉，但是撺了他出去，难道保得定大根子不怀恨在心，不再多话吗？万一遇到了机灵鬼，就把大根子带去做了见证，到衙门出首，闹出祸事来，岂非更不得了吗？"

美珠一听妻子之言不错，赶紧出去唤人分头寻找大根子回来。辰光相差不过半句钟，可是大根子影踪全无，哪里找寻得着？打听到市梢头一家茶棚子内，好容易听那开茶棚的报告说，是亲见大根子跟了一个走江湖的医生出市梢去的。那庄汉回来，依言告诉美珠，美珠听说找不到人，只有茶棚子掌柜瞧见刁奴跟着走方郎中去的，想来不会有甚意外之事发生，不过心上却仍时时提防着。过了一二十天没动静，也就不放在心上了。

哪里知道，这走方郎中却是个很有关系的人，阅者诸君想必尚记得小子第三回书内，先机子口内所说的话，不是有个为了隐匿灵参被孙明甫斩断一条左臂的贾金彪其人吗？按孙美珠的号叫明甫，那贾金彪的臂膀虽断，幸亏灵参到手，就仗了卖去灵参的款子，捐得一个都司虚额，如今投在兖州防营里头，已做了领哨。始而知道孙美珠到湖南去做新军教练官，运道亨通，奈何他不得。后来又知道解散回籍，靠山倒了，贾金彪想着报仇的机会来了，别人攻讦美珠，志在金钱，贾金彪却是简直要美珠性命，以报断臂之仇。志在金钱的，用不着小题大做，只要一角公文，便好达其目的。如今贾金彪暗中对美珠布置的手段完全和什么警署、侦探、新军、稽查等进行方法截然不同，顶要紧是得到真凭实据，然后告发，好把美珠置之死地。所以他不时派人在此踩缉，这个走方郎中就是贾金彪派到白庄、茶亭一带常去侦探孙家动作专员之一，一个月之中必要来几次。孙美珠家中下人有甚感冒，经这人治好的已不知有多少，好在这人诊金有无不计，有时向他买药，药本低昂不算，故此孙美珠家男女下人都和他感情很好。今天大根子被撺来，便去找此人医治腿伤。此人一探听被打被撺原委，真是踏破铁鞋无觅处，得来全不费功夫，便推说药料不齐，要和大根子一同上兖州城内配药，方能医治这腿上伤痕。大根子里外里被撺出外，无处存身，自然一口应承，便跟了这走方郎中走了。但是此一去，管叫有大事发生。要知孙美珠如何抵抗，贾金彪怎样报复，请阅者诸君看下几回全武行打出手的热闹剧吧。

第十回

征尘滚滚递得飞书
墨印油油传来隐语

那一天朝上，天霁云开，雪已融净，那时正是仲冬天气，北道上最最严寒时候那有枝无叶的枫树、榆树上栖着六七只饥鸦，一声高一声低地噪着，山中多年的老鹳也飞出来觅食。白庄一共不过三四十家人家，茅舍竹篱上罩着一层浓霜，茅屋檐边结着二三寸长的冰条，颜色都是惨白异常，映得当空的一轮红日也发不出威来，所以日光也变了白淡淡、黄澄澄的了。太阳照得着的墙角边，老老少少、男男女女，三个一堆，五个一群，席地而坐的，倚墙而立的，蹲在一处不动的，走来走去不定的，种种不一。内中一个老者用手向庄桥外一指道："你们大家各凭目力，瞧到尽头，不是天和地衔接的了？那云看上去还不及我们晚上轮流守望的那座碉楼高呢……咦！你们瞧上西庄的那条岔路上，老早就有不怕冷的弟兄打猎哩。"

大家留神一看，那条上崒县的大道一望平阳，不见个人影，那条上西庄的小路上果然有一个人，背了支鸟枪，全身穿了猴毛的猎衣，蹬着鹿皮靴，跑得很快地向白庄方面而来。大家疑心是土码子的踩盘，所以格外注意，始而距离太远，看不清楚面目，及至行近，仔细一看，原来是孙家美珠老大。正想到庄桥东堍跟首去迎他，那条大路上忽然随风吹来一阵鸾铃声响，留神再一瞧，原来有一个人骑着一匹银蹄雪尾的乌云骓，四蹄放开，正是踏破严霜、踹飞塞土，如同火车一般开过来，风驰电掣，一眨眼已经到了三岔路口。恰巧美珠从小道过来，特地迟行一步，让马先过。谁知马上之人一见美珠，即便勒住马匹，滚鞍下马，走上一步，走到美珠面前，在身畔摸出个信封，一声不响授给美珠。美珠伸手接了那信，那人便退过去，带转马头，扳鞍上骑，只见他两腿一扇，那马又飞一般循着原路去了。这般事情，局外人虽瞧得清清楚楚，却不知此人从何而来，这信是谁寄给美珠，又疑心不是信札，总之莫名其妙。

书中交代，这马上之人乃是美珠太叔丈人崔翰林的护院镖客，唤作一阵风屈德，本来是东三省马贼出身，因为犯了血案，逃入榆关，发誓洗手，在崔家住了四五年了。本来胡子全仗马上功夫，所以骑得出这样好马，这样迅速。此次是崔翰林叫他前来送信给美珠，叮嘱不许多话，恰巧在途中相遇，故此他把信送掉，便翻身而去。美珠见屈德这样匆匆，心上万分疑惑，把那封信姑且在左胁下挂的那口豹皮猎袋内一塞，因为在路上拆观不便，回到家中开拆未迟。两只眼睛却望着马上屈德的背影，也好算是目送飞鸿，直送到看不见了，才向着护庄桥行来。从西边上桥，那东面桥堍上这班曝日闲谈的白叟黄童、村姑农妇，好比接新官上任的衙役三班相似，排列得整整齐齐，有的脱帽弯腰，有的笑嘻嘻道："大爷今天该是一早就往西庄打牲的吗？听说西庄羊角洼的野兔子和山鸡比着往年多上一半，爷背上口袋里饱满满的，敢莫就是那里的行货吗？"

美珠强笑摇头道："不就在三里墩打的？"

有一个人接口道："怪道东方发白之际，被枪声惊醒，吓得我睡都不敢睡，一味提心吊胆，留神碉楼上的钟声。如此说来，就是爷揸着鸟枪上的火绳哩。"

美珠又点点头。一个老年妇人道:"这种天气,五更三点,正下霜时候,爷该保重身子就得了,牲畜值得多少?"

一个壮男忙道:"呸!你认道大爷为了区区银钱起早啊,错了,爷是好玩,借此练熬练熬功夫。若不相信,我们跟爷到府上,爷就把得来的东西赏给我们吃喝也许哩。"

美珠道:"少停煮熟了,便派人分送到各位府上尝尝新,恐怕不好吃。"

说时,已下了东桥塄。这班无事忙的男女便让开一条路,美珠匆忙地进了庄门,一直回到家中,到书房坐下,衣服都不及换,只把鸟枪牲袋等等卸了下来,便在豹皮袋内拿出那封书信观看。却是一个黄色笺纸裱背的信壳,正面用红墨印的一枝梅花,靠上部左角印就一行小行书,乃是"江南无此物,聊赠一枝春"十个字,另外"吉羊楼仿古监造"七个小字。正中间却写着"救急良方"四个铜字大小的黑字,细看笔迹,乃是太叔岳所书。反过来一瞧,并没封口,心中早已十分纳罕,然后把里头所套的一张信笺抽出来,打开一看,上面写的是:

千手千眼救苦救难广大灵感观世音菩萨救急神方,求得者,照方服药,迟恐不及,切勿自误。
延胡索、胡桃、常山、恶实、人中……白木鳖、菜油、柴胡。

柴胡底下又把朱笔圈了三四个连环圈儿。美珠看了半天,真个莫名其妙,顺手向台上一丢,自言自语道:"敢怕老头儿读书读出了神经病来发疯哩,这算什么呢?我家又没病人,承老头儿的情,一笔工楷,亲手抄录,着派了专人送来,真是倒霉……"

忽又转念道："不，我家太叔岳年纪不能说大，向来做事条清理白，家内无论甚事，务必亲理，大小不行有丝毫错讹，怎会无缘无故来这一张什么救急神方呢？其中定有奥妙。"所以拿起来再看一两遍，还看不出什么道理。姑且向怀中一塞，正想到里面去更换衣服，外边庄客却领了一个人进来了。

第十一回

告当道贾金彪修怨
别娇妻孙美珠吞声

　　这人进来之后，美珠向他一问，说是奉着饮牛河周家二霸天天伦三爷、天松四爷之命，前来有机密信面递。美珠听了，心上暗想："这班人又来胡闹。"表面上却又不得不虚与委蛇，当下便把来信受了，一问要等回信，就唤引进来的庄客陪了周家来人到外厢酒饭，自己便拿着书信，回到上房，更换衣服。崔氏见丈夫进来更衣，忙亲自端正美珠家常穿的大褂子、坎肩、马褂儿，家常戴的狐腿四喜帽儿。美珠将手内的那封信在梳妆台上一搁，然后把猎衣脱了，先穿上大褂，罩上坎肩。崔氏瞥见丈夫宽下猎衣的时候，却从胸前掉下一封黄色信壳的书信来，她便一弯身拾起来。美珠却正罩坎肩，崔氏便把信一扬道："敢是替你装在坎肩袋儿里头吗？"

　　美珠一见此信道："你家叔祖不知什么用意，来一封没头没脑的叫作什么救急神方，你倒也瞧瞧，看懂不懂？"

　　崔氏毕竟大家出身，规矩很重，无论什么东西，是吃的，丈夫不叫她吃，她总不吃，无论怎样好看的，丈夫不叫她看，她不行偷看。地上拾起来的这封信，如今美珠开口叫她看，她方才用目一瞧。她肚子内的学问就是叔祖所教，所以一瞧这笔迹，认定确是叔祖亲笔，然后把里头的信纸抽出来观看，不觉也摇头说奇。那时，美珠一面纽衣服，一面在梳妆台上拿起周家兄弟来信，拆开细看。里头一张如意笺上，高低粗细、歪歪斜斜、潦潦草草地写了洋洋一大篇，写的是：

前者三次踵府，鲁莽无诽谤，既扰清兴，又叨郇厨，私衷深抱不安，别后尤耿耿未敢或忘也。

承示机宜，谓须先设法侦知鲁省军队长官名姓，及所辖各军军额、器械、驻在地点，以备参考，俾异日之易谋抵制。此医家缓症治里之法，深佩宏见卓识，非吾辈所及。顷得确讯，本省军官有陆军第五师师长郑士琦，统辖九、十两旅，九旅旅长张培荣，十旅旅长孙宗先。五师夙有善战之称，故中级军官如九旅十七团团长吴可章、十旅第十九团团长杨长义、马五团团长岳曙云、炮五团团长孙家林，皆为小站下级军官出身，富有军士学识及战斗经验。此外又有陆军第四旅旅长张建功、第五旅旅长李森、第六旅旅长兼兖州镇守使何丰钰、第七旅旅长胡翊儒、第二十旅旅长吴长植、第一混成团团长梁世昌、步兵第一团团长任居建、第九十四团团长董鸿达等，亦皆能征惯战者。此就国防军方面言。省军方面有山东第一师师长兼济南镇守使施从滨、山东第一混成旅旅长潘鸿钧、山东第二混成旅旅长兼烟台镇守使张怀斌、山东第三混成旅旅长兼曹州镇守使徐鸿斌，亦都为有名人物。其余防营、卫队宪兵等等，皆不在此列。综计有国军一师、五旅、三团，省军一师、三混成旅。至于兵额几成、器械如何、饷糈若干、服制如何、驻在地点，另有详表，容面时奉告。

就表面而言，一省中有六七万时常训练之兵，吾辈乌合一二千人，真如蜉蝣撼树，螳臂当车。但兵在精而不在多，将在谋而不逞勇，吾兄如允攘臂入山，登高一呼，四山响应，王霸之业不难图矣。无如吾兄不愿玷污累代清白，屡次与弟等虚相委蛇，口头亲善，弟等亦明知之，而莫可如何也。

项闻一事，颇不利于兄，则防营中有贾金彪其人者，昔年亦浪迹江湖，据云旧与吾兄曾共营业。吾兄后因有事憾彼，断其左臂，渠现已为缉私领哨矣，久欲得兄而甘心，苦无佐证。月前由其部下勾引得兄家斥仆大根子为证人，在省中高级机关出首控兄，主谋虽为贾金彪，而具结原告则为大根子，闻已密札兖州水陆军警，及滕峄两县各机关，不日将来会捕。吾兄苟不早为之计，则昆岗火作，玉石俱焚，以吾兄之鸿才，当必有自全之道，毋庸弟等喋喋。倘蒙不弃，单骑来会，则弟等恭率四方豪杰，虚左以待，把臂快谈，想当不远。

若善若绌，请兄自择。伏乞朗照不宣，阅后即付丙丁。

伦松等心叩
月日即申

美珠看了此信，不觉呆了。

那崔氏忽道："爷，我家叔祖这方儿上为甚每味药名的末一字写得格外大些？人中白的'白'字又悬空一段，倒是这'中'字大些？"

美珠听了，灵机一动，便把崔信又接过来，将末字并在一起一看，却是"索桃山实中鳖油胡"，再把那周信后半段报告的消息两下一参考，暗暗吃惊道："这明明是'速逃，三日中必有祸'八个字的谐声。"美珠参透哑谜，知道祸已燃眉，不能再缓，便把天松的来信和太叔丈人的秘方叫崔氏划根自来火起来，一股脑儿烧去了，心中暗想："这妻子是三把梳头的妇道人家，如何安置呢?"瞪着两眼觑着崔氏，呆呆地出神。

崔氏动手烧过了书信，弯身下去，把字纸灰拾起来，正想往外去丢在天库里头，却见丈夫一眼不眨地看定了自己。她毕竟翰林侄孙女，书家出身，虽没受过新教育，谈不到"解放""限制生育""参政"等诸大问题，但是生小聪明，什么《闺门训》《列女传》《女孝经》《内则篇》这些书籍也都读过，明白一些守经达权的道理，而且具着鉴貌辨色的可能。当下一瞧丈夫这种情形，心上早猜着了八九分，便强打精神，装作笑容道："爷，敢怕不认识我吗?要这样地认定了?"

美珠叹道："这真是一件困难事情。"

崔氏道："爷的困难可能说一些给我听听?也许可以代想个解决方法，那就不难哩。"

美珠冷笑道："不难吗?你简直在那里说梦话，告诉你听了吧，你到我家做新媳妇那年，不是我爸爸刚归天吗?"

崔氏道："这事我记得，因为老太爷病重才叫大媒到我家商议，要我过门来冲喜。我叔祖父答应了，我妈不答应，好容易磋商再三，才得我妈的同意。正要过来，却得信说老太爷升天哩。此议作罢。到了那年的下半年，你要到关外去做买卖，二叔、三叔都跟你上东省，家内留着四爷、五爷，年轻不能管事，那么三房内叔老太爷做主提你我的亲事，也不管我懂得事懂不得事，当得了家当不了家，就娶了过来。"

美珠道："对呀，你还记得我那年到了关外几个月才回?"

崔氏想了想道："你是九月底出门，好像到了明年，不晓得是三月还是四月才得回来，大约出门总有六七个月光景。"

美珠道："乃是九月二十七出门，第二年四月二十九到家，在外足足地过了半年，但是你还记得那年是几时散福的?"

崔氏道："不错，你出门半年，老太爷升天之后，头一回出门，虽不十二分地得利，也还过得去。我记得是五月端午谢节代散福。"

美珠点点头道："散福时候，我干过一桩惊天动地的事情没有?"

崔氏打了个寒噤道："想起了这事就怕人。你在散福席上，为一个初上跳板的伙计不守咱们家规，私藏了一个灵参起来，被你斫掉了一条膀臂，是不是这一桩事吗?"

美珠道："一些不差，你可知道这个残废的东西现在怎样了?"

崔氏笑道："叫我哪里知道?"

美珠咬牙切齿蹬足道："他现在已做了山东全省缉私营右营八标标下第四十五哨的领哨，就是贾金彪那个狗男女。"

崔氏道："怪啦，他不是好出身，哪里来人照应，会在营里头当差使混饭吃呢?"

美珠叹道："现在的官场还论什么资格，莫说吃粮当兵，就是文官也不问龟奴盗贼，只消有了七钱三分的袁头，哪怕推车赶脚的，做大总统都成。那贾金彪个混账王八羔子就把那灵参脱售之后，售下来参钱弄了个领哨。他老跟我作对，我却尚没留神到这王八蛋，老实说，这芝麻绿豆大的前程，谁把他放在眼里? 不料这王八蛋倒先下了毒手，买通了前回被我赶出去的那个小马夫大根子做了见证，说我私藏军火，谋为不轨，通同盗匪，掳人勒赎。风是我早有了，不过这王八蛋在省会告发，没有知道批得准

59

批不准。如今看来，一定批准了，派兵要来兜拿我哩。想是公事已到城内，所以你家叔祖父得信得早，送这么一个哑谜的方子来，这是他老人家仔细之处，恐怕查抄我的家私，发现了他写来的书翰，不当稳便。我本则清白良民，不愿意干什么杀人放火的勾当，如今却逼得我要走这条路，但是你打算怎么样呢？"

崔氏一听，也呆了一呆道："我吗？逃不了两条路，不是跟着你一起走，便立刻就寻短见，免得你牵心挂肚。"

美珠不住摇头道："不妥不妥，你腹中不是据你自己说，天癸五月未转，觉得肚中掀动，有了身孕，这是我们孙家一块肉。如今我落草为寇，你快收拾了细软东西，仍旧回娘家去，天可怜的，我的沉冤得白，有日受了招安，一家仍可团聚。如其不能，那么肚子内的一块肉全仗你哩。我在孙家祖先分上，向你下个全礼。"说时，眼泪汪汪地竟跪了下去。

崔氏也慌忙跪下，止不住也哭了，哪里肯回娘家，要和美珠生死厮守一块儿。美珠费了不少唇舌，好容易劝得她听了丈夫的话，抚育孤雏要紧，勉强答应大归。当下就去收拾细软，凡是值钱之物，美珠都叫妻子带去。里头安排好了，美珠往外边来。自己把左手捏了个拳头，向鼻梁上狠命地打了一下，鼻子打破，鲜血直流，他顺手一抹，抹了一面的血，假作怒气冲冲地跑到外面，吩咐手下赶紧套车送奶奶进城。回头崔氏出来，带了个箱子，满脸愁容。

美珠有意避开，崔氏一面簌簌地掉泪，一面上车。那班庄客只认他们夫妻斗口，所以大爷冒火，奶奶含泪归宁，谁知其中玄妙。

第十二回

决生死阖族齐开会
定去留诸仲各陈词

　　崔氏走了，美珠兀是装着怒气勃勃的，便有人送信到西庄老宅。美珠的四个兄弟得信，都带了媳妇前来慰藉，连隔房兄长美松夫妇俩，和着美松妈妈、小房长辈孙桂枝等，恰巧都没事情，都赶来想从中解劝。美珠一瞧，暗想："今天倒也巧，约会了怕没有这样齐整，正好发表我的意见。因为祸已燃眉，不及还闹什么世俗浮文。"故此便先招呼他们一齐到了上房，美珠把房门关了起来，便先开口道："目前许多男女，除了咱们二爷、三爷、四爷、五爷四个亲同胞，四位贤弟媳那是自己人之外，其余诸位也都是一笔写不出两个字的孙家人，尽是孙膑仙师的后人，而且皆在五服之内的。大约白庄、茶亭两处的本家，男男女女全在眼前，我当着叔老太爷面，先表明一句。今天我那媳妇回娘家，并不是为咱们夫妻俩斗口，是为了咱们家有灭门之祸，才把她打发走的。"

　　美琨的妻子二奶奶插口道："大伯不用说谎，既不是和嬷嬷闹脾气，大伯脸上哪里来的血迹？"

　　美珠道："这是俺自己拍破的鼻子啦，淌一点儿血，遮外人耳目的。因为咱从湖南回来，自己知道不是骑在马上的人哩，所以处处地退让，受尽那班贪官污吏的鸟气，一向忍耐。可是人无害虎心，虎有伤人意，如今咱再不自卫，连累眼前之人都得受罪啦。"

众人便问他到底是怎么一回事，美珠便一五一十告诉了他们。老四美琼便问道："大哥，那么你打算怎样呢？"

美珠道："为兄的脾气，四弟你该知道，叫我一辈子低头服小，在情理之中尚可忍耐，要说是在情理之外强迫着，咱做一回半回矮人，那就办不到。你们记得咱在湖南的时候，有一回子带了兵出去清乡，开发到湘桂边疆的南山地方，我曾经在那里发生过一种感想，恰巧寄家书，就把这感想写在上头，告诉你们四位弟弟，你们还想得出这信上所说的话吗？"

老五美瑶接口道："这事正合我意，所以我还完全记得。"

美珠道："五弟既然记得，你姑且把那大略说一遍。"

原来湘桂边疆在湘省的绥宁、城步，桂省柳州、桂林四县交界的地处有一座山岭，绵亘五六十里，土人唤它作南山，又叫作篮山，因为那山势好似一只篮子，所以称作它篮山，其实就是民国二年商务印书馆出版的《新舆图》内第十二图，经一一零度与纬二六度交线。那座大山正名唤作竹鸡坡，据说就是杨祖救贫之地。山内出产龙头竹杖，而且四面峻岭峭壁，里头却凹下去有块平地，面积广长各四十里，地土沃饶，无论种稻、种麦、种豆都行，一年到头的山水又足供灌溉，不到山巅，还瞧不见这块地方。但是要上山巅，除了从柳州方面骑脊而上，没有第二条路可想，不比生长在那里的土人矫捷如猱，好爬跃而上，若是离远一二百里的人，就没这能耐。人说雁飞曾不渡衡阳，总当衡州的回雁峰险峻极了，谁知竹鸡坡比回雁峰更险，四山合抱，外表好似陕西的八盘山，内中尚有这样一块平阳之地。在太平盛世，住居此间的多是安分守己的，可以说是世外桃源，可是一遇乱世，天心酿祸，人心思乱。这一处便成天生的匪巢，什么梁山泊、瓦岗寨都比不上它。前清康熙时候，此处即为土匪盘踞，用兵十八年，才得平靖。在那《永庆升平》小说上所说的小竹子山，即此是也。

到了乾隆年间，恐怕再有歹人据作地盘，就在此地设一个长安营，驻军防守，指定一个同知领军治事。民国以来，改定官制，长安营同知自然裁撤。谁知不到一年，便被土匪占作老家，啸聚到六七千人，四处劫掠，掳人勒赎，小民被害，不计其数。后来到了民八，周伟做了湖南二区司令，和广西督军陆荣廷商量妥洽，周由湖南武岗出兵，陆由柳桂出兵，合围封锁了八个月，里头断了食粮和盐水，才分窜滇蜀，并不能说湘桂联军战胜的功绩。周伟即便提议组织南山垦殖公司，官商合股开办，请一个德国教士蓝贤森做工程师，入山视察。据云，山中富有金银矿苗，正要着手进行，那长沙程潜为了陆案，单身赴粤，周伟乃是程潜旧部，所以谭畏公便遣张辉缵、吴剑学、谢国光三军，把周部包围遣散，从此竹鸡坡又无人注意。

民国九年的春天，孙美珠奉了清乡督办杨缵绪之命，开发到此地，一瞧南山形势，除了柳州骑脊而上之外，无他法可想，就算到了岭上，还有三重进口的天然要塞，真个和张载《剑阁铭》所说"一夫当关，万夫莫开"一般。如果到了这山内，赶紧分耕治田，积盐存米，凿池引水，只消安居三年，那么里头有一二千人，一半有军械，便可进攻退守，就是有十师兵力也奈何不得这一二千人了。所以美珠写信回来，想移族而治。话刚提起，张敬尧被湖南人赶走，美珠也跑了，可算是有志未偿。现在提起旧话，孙美瑶老五却记得清清楚楚，便当着众人面前陈述一遍。

美珠等待美瑶说完，忙道："我的山居志愿并不是清高隐逸，我实在不愿意置身在这些混账王八蛋势力圈内，动辄强吞弱食，还套着狗屁的法律面具蒙人。但是中国地方真大，好地方尽多，不一定要到湖南，就是我们这里，离县城六十余里，不是有座君山吗……"

说到这里，那老三孙美瑛乃是前清捐过监生，肚子内有点儿墨水，最喜旧学的，他就开口道："大哥差了，不是叫君山，原先叫楼山，乃是泰岱的支道，脉络相通，汉朝的钟繇曾在此间学书，所以改叫作钟山。山高九里，周围四十里，顶上宽平，广约数顷，有池可以蓄水，自山坡至山巅只有一条羊肠小道，只容一足伸缩，可是山坳之内可以耕种，不过戽水非牛不成。曾经有个王某到山坳种田，但是牛不能牵上，怎么办呢？因此想出个方法，抱了一条初生的小牛到山上把它豢养大了，助他耕田，可是这条牛抱了进去之后也不能再下山的了，故此又叫作抱犊峪。峪内有一所巢云观，观内向来供的葛仙翁，就是晋朝年间的葛洪在此得道，所以又改名叫仙台。到了齐建元三年，又改称固城，《五代史》上所载，淮北民桓磊魄叛魏，破魏师于抱犊峪，又梁天监五年，刺史桓和击魏，拔固城，都说的是它，却从来没听过叫君山。大哥说错啦！"

美珠顿足道："到了这时候，谁和你咬文嚼字？还用得着考据学问吗？"

孙桂枝道："大侄少爷，你何必和三书呆子去论这个，你也要变呆子。如今远话近说，请问你，这君山与我们孙家有甚关系呢？"

美珠道："我现在打算要不受那班赃官猾吏的鸟气，除了落草为寇，也没第二条路。好在前面青山饮牛河的周天松曾经到过我家里，邀我去入伙。我因为不愿意干这风高放火、月黑杀人的玩意儿，因此巧言周旋，并没给他切实的表示。如今事情闹僵，逼得我上这道儿。我那媳妇已从了我的主见，叫她回娘家去。不

64

过对于阖族之人，也该商议商议。现在我的话已表明了，赞成的跟我走，不赞成的也得赶快收拾细软，远行避祸。此地是万万不能再住，大约不上三四天，一定要有军队来骚扰，故而劝不赞成跟我一块儿搭武班子的也得动身避难才是。事不宜迟，限十分钟之中，请大家给我一个答复。"

孙美瑶不等美珠说完，第一个拍手道："少林寺拳派，内山门打到外山门，吾们也是这意思。请大哥先问问二哥、三哥、四哥，赞成呢，还是反对？至于俺小兄弟，绝对赞成大哥办法。哪怕做了麻子，将来失了疯，被鹰爪抓去，劈了六阳，也没懊悔，我至死也得跟大哥在一起。"

美琨、美瑛、美琼三人都是胆门子只和芥子般大小，一听要有军队前来抄家拿人，大哥索性还要去做强盗，吓得他们二十四个牙齿成对地打战，三对夫妻十二只眼睛面面相觑。

美珠又道："五弟最爽快，你们三人老是这样优柔寡断，事到而今，用不着之乎者也，难道还要做了四六文章，绕大弯儿吗？是否一个字，便好解决，快请说吧！"

他们六个人又你看我、我看他地愣了半天，好容易被美珠、美瑶俩前后催逼，总算逼出了美琨一句话来道："我自有去处。"

美琼也道："我本来打算到扬州去做买卖，不过日子未定，既然如此，我就趁这当儿带了媳妇南下避灾。"

美瑛依然书腐腾腾地道："家门不幸，一至于斯，道不同不相为谋，而今而后，各行其志可也。"

美珠听了，又好气又好笑，知道他们都不愿入山同隐，便催他们快快回去，各自收拾，准备动身去吧。于是美琨等三对夫妻自去料理一切，出门远避，表过不提。

当下美珠又问桂枝和美松道："叔老太爷和松大哥打算怎样呢？"

桂枝笑道："你难道忘怀了咱们爷儿俩以前的事业吗？现在到保主谷总柜上去做当家，比巡阅使都舒服，做老百姓有甚舍不掉，倒不去干势焰通天的山中皇帝吗？你们弟兄俩既诚心走这一门的了，那么凭我们爷儿俩几十年的阅历，再共你们小弟兄熬一回苦。美珠方才不是说青山饮牛河周二霸天曾经来过，如今要实行入伙了，应该先去访道，然后就托他们引见拜山，实行做麻子生涯，新上跳板的手续。"

　　美珠怔道："小侄尚没明白拜山是怎样拜法。"

　　桂枝道："你别忙，让我来细细地教导于你，踏到线上，无论多少门槛，都包括在拜山、开堂两桩大典里头，你且静心听着，让我好一一地说明白来。"

　　要知桂枝说的什么，都在下几回分解。

第十三回

传秘诀几句口头语
拜山门一张铁胎弓

却说孙桂枝听说侄儿美珠有心落草，心上暗暗喜悦。他本来是脚踏三槛，青红公口都有他的大名，从十三岁出道，在江湖上混饭，寻师不如访友，总算打光棍也打出头了。现在恰巧四十岁，他是跟潍县缺鼻子柏老太爷当踩盘伙计出身，后来升红旗，再升看家，一直升到掌柜。因为柏老太爷的嫡亲儿子柏江和吴大洲、薄子明在周村扯起讨袁军旗号，土匪居然变了革命军队。那柏江在吴营内充当了团长，劝爸不要再干这无本经纪。

柏老太爷本人也为年纪已周花甲，常言道："年满花甲，已成世外之人。"再加幼年间玩土娼，染了梅毒，致于开天窗，鼻子都烂去。年轻之际不觉得，如今年纪老了，逢春必发，吃不了多少苦。儿子既然做了团长，趁此洗手，弃邪归正。自然蛇无头而不行，柏老太爷一不干，孙桂枝也只得不干。

其时的孙桂枝只有三十多岁，正是有作有为的当儿，从打溜当光蛋当成了土匪，再从扒山老幺扒起，好容易扒到看家老三，升作当家老二。正是一帆风顺、渐入佳境的时候，一旦洗手不为，真好比青年女子嫁了丈夫，不满一年便寡居，你想多少难熬，勉强忍耐着。

回到家里，心上屡次地跃跃欲试，再想下水。幸亏隔了不久，他儿子美松上湖南谋差使，得了陆军部直辖国军第七师补充旅旅长毛思忠的提拔，也做了稽查员，故此桂枝倒也未便再背包上线，跟儿子去抬杠。后来，张勋臣败出湖南，势力根本铲除，美松自然也开差回来，赋闲无事。桂枝忍不住了，私下便去单身干了几件买卖，和周天伦、周天松的堂叔周虬龙俩都是独脚好汉，大买卖不做的，专走狭道戳小黑（戳小黑，即俗名背娘舅，而江湖上称测字先生亦名戳小黑）。戳了些时，被儿子瞧破了，便在费县辖境双槐谷开了所黑店，专欺落禽头的孤雁（单身客曰孤雁，下栈房曰落禽头），已经好久了。

如今听美珠一说，自然第一个赞成，故而便开口告诉美珠道："常言'店有店规，行有行规'，当土码子也有土码子门道，正所谓盗亦有道。你且静静心，听我告诉你一个拜山和挂招牌的法门。"

美珠自然诺诺连声。当下桂枝把这两桩秘诀粗枝大略传授了美珠一遍。美珠本来是个戳山门的半通角儿，只要桂枝一提醒几件紧要的手续，自然心领神会，听完以后，也就让桂枝等自去。美珠立刻到外面，把周二霸天差来的下书人唤来交代。恰巧那人方才酒醉饭饱，一听呼唤，自然上来参见。

美珠便道："你赶紧回去，拜上你们当家，说咱们哥儿两人随后就来拜山入伙哩。"

那人听了，甚为欢喜，便说："好极啦，这才像自己人讲义气，不丢人。那么请大爷给俺一张名片，俺好先回去销差。"

美珠点点头道："五弟，你去拿张名片给他吧。"

看官，你们道真的是纸质的卡片吗？非也。那是美珠平常吊膀子熬炼臂力的一张十三个半劲的铁胎弓，这是拜山的规矩，不比过堂是自己服小的这种摆场，就是不肯示人以弱。由美瑶去把那张弓的弓弦卸了劲，再用蜡皮在弦上擦了一阵，然后拿出来，授给那人。那人接了，在左肩上一背，向孙大、孙五拱拱手，匆匆地去了。

第十四回

率党入山中途遇警
呼徒纵火半道获奸

那人去后，美珠便又把阖宅的庄客都唤到面前，宣布自己的宗旨。愿意的跟主子走路，不愿意的给发工资，让他们自去谋生。他家中庄客一共有五十多人，散去的不过十四五个人。美瑶便把情愿跟着一起走路的三十余人名姓都录了下来，那些多是兖州、沂州、曹州三府属农民，听见"做土匪"三个字，好像情窦大开的淫娃，闻得有人做媒，对了婆婆家一般欢喜，没有一个不是笑逐颜开，欣欣然有喜色而相告语的。

本来山东省内这兖、沂、曹三素称匪薮。那沂山的山脉，北起青州，南至沂州，绵长三百五十余里。恰巧泰安府的泰山山脉蜿蜒南下，和沂山衔接，自然深山巨谷，丰草长林，随处可以藏匪。那曹州府呢，虽则一坦平壤，但是莽荡数百余里，南与苏省徐州府属的丰、沛、萧、砀各县境界毗连，恰好包围着南阳、微山两个大湖的南北岸，郓城县属之梁山泊也在其内。这是盗匪历史上有名险要，港汊交错，芦蓼丛生，又是天生的土匪安乐窝，况且自古迄今，该地的居民最最强悍。山东人有句土谚，凡是性子强硬撒泼、不受人劝、打死不讨饶之人，人家提起此人叫作"这是曹州府人贼脾气，一辈子改不过来"。本省别一府人尚且如此说法，这行为也就可想而知。倘然贫穷失业，便都靠掏乱把吃饭（吃赌铜钿饭者匪，谚曰掏乱把），万一站码头守不住，土开码头守不得烘隆，那就免不了作奸犯科，弄得乡里不容，那么不是投身行伍去当兵，便是揭竿聚众为土匪。现在直系的军队，无论何师何旅，总有山东人在内，山东人里头不问可知，兖、沂、曹三府属人最多。在孙美瑶家中做长工的，曾经在居正吴大洲的部下吃过粮，民国五年改编之后，这一支军队分驻曹州、济宁州等处，不久便哗变的哗变，遣散的遣散。这个当儿，便造成一个匪中大人物范明新。

范明新军事学识很好，为人也慷慨好友，所以资格声望都比别人高些，那班游兵散勇便即推他为首。范明新老实不客气，自称山东全省忠义军司令，用军法来编练成了一股人，总数也有五六百名，私下派人上青岛，向日本人购买了精利的军械，专门在单、曹、巨野、郓城三四县地方横行无忌。又有一个淮安盐贩子顾德林，军械不如范明新，手下弟兄可比范明新多上一半，不过民国七年份上，被张树元用全力痛剿一回之后，元气大伤。后来跟平原匪首没耳朵老刘磕头，两帮合为一股，声势稍振。去年禹城几酿巨案，蹈临城覆辙，就是顾、刘二人所做的。兖、沂两府地界上最有名望、弟兄最多，要算那大鼻子徐三狗子第一。徐是沂县乡下芦塘人，出身是卖糖球、烧饼的，他是跟前清著名光蛋吴二和尚磕过头的，所以门里辈分很大，做小买卖不得利，便染了手面，干着好买卖。手下已啸聚了七八百人，把临沂南境的泉源头南桥和他出身所在的芦塘做了大本营，弟兄们的军械也是向日本人购买，一半毛瑟枪，一半毛瑟手枪，沂州府界，算他头把交椅。兖州府属的坐头位土匪，那是一个女人，唤作赵妈妈，和着两个亲生女儿，手下也带着六七百弟兄。她另外练成一百多个护卫亲壮，也都是有力妇人，

71

出来做生意时节，都跨着骏马，佩着双盒子炮，哪里看得出是女流之辈？两个女儿许给矮脚虎孙继远和高廷举做妻子。孙继远是另外一股，三百多人据着泰安肥城山做山主。高廷举是登州府蓬莱县人，前清贡生，很有家财，曾经自费出洋，也是日本士官学校毕业生。他的落草，乃是看上赵妈妈第二个女儿，所以才拜赵妈妈做了干娘，上跳板的。论他身家和人格，哪一桩输给人家？据说和从前做过交通总长的高铁头还是同族，乃是赵妈妈帐中谋士，又号称护国军师。

去年五旅旅长李森想去攻打赵妈妈的老巢马连山，在石门、里潇两处地方开火。赵妈妈死守着涝坡村，足足战了两个月，结果还是李森败退，这就是高廷举运筹帷幄、指挥攻守的功劳。所以当地的谣言，说是李旅长打不过一女子，其实赵妈妈是没有战略，完全是这位干殿下二驸马的布置，总算献点儿能耐给丈母和妻子瞧瞧。因此上板泉崖刘家庄一带回教杀牛大司务赵青山，刘家庄开茶棚子的张学礼、张学善弟兄俩，徐州独山湖水路英雄窦二墩，虽都有二三百个弟兄，却都佩服赵妈妈，不但声气相通，有攻守同盟之约，并且推她做了师娘，有时还听她的指挥哩。

这一班投到孙家来做长工庄客的已经算是安分守己循良之辈，不过眼中瞧见、耳内听得，当年同营哥儿弟兄上了跳板，都吃好穿好，又有烟抽，又有钱用，怎么叫他们不眼红？现在闻说主人也上跳板了，他们岂有不愿之理啊？所以有人说山东的匪祸完全是被军阀滥招兵招了去，又随便遣散，或者开了小差，也不严究，才酿成这么大的。至于剿匪军官大都投鼠忌器，恐怕真的土匪肃清，自己的军队也就被淘汰，所以不愿出全力痛剿，留点儿余地，保保自己饭碗的险。军官如此，部下的军士越发兔死狐悲，谁愿意把自己身子效命疆场，打了胜仗，给上头人得功加官晋爵？乐得留一点儿交情在绿林，将来自己截汰，或是改编退伍了，好来寻寻生路。这也不单是山东一省如此，天下十八省大约都如此的，故此土匪哪里会有肃清之日，简直狼狈为奸，彼此利用。就中苦熬了我们小百姓，弄得家破人亡，男啼女哭。唉，我也不忍说下去了。

单说当时孙美珠、孙美瑶俩把跟去庄客点名之后，便由五爷领他们到后面新盖的那只西式船厅里头，把大菜台底下的地板揭起，下面是个很深地坑，藏着四箱子弹、三十杆六咪哩九的日本步枪，都拿起了散给众人背好了。他们弟兄俩也就换了轻装扎束。好在细软值钱东西，有的是崔氏带了去，有的美珠、美瑶俩随身带了，便立刻出离家门。临走的时节，依着美瑶，索性放一把火把庄子烧了干净。美珠却极力阻挡说："留着不讨粥饭吃，也许将来我们还要回来呢。"

美瑶听了哥哥的话，缩了手，然后一行人众离开白庄，一直往青山饮牛河进发。那时节，正是腊将残破的时候，北方冬尽春初天气，有时竟和南五省的二三月相似，温暖非常，有时滴水成冻，寒冷得人撠撠抖。总之，不起风有太阳就暖和，只要乌云满天，狂风匝地，哪怕六月里，也许冷得穿皮衣裳。美珠离开白庄那天，上一日还雪花飘舞，这一天无风而有太阳，便好似春天一样。孙家弟兄俩对于白庄、茶亭两处地方，究竟旧时游钓之地，多少总有一点儿桑梓之情，一朝离开他去，难免依依不舍，所以在马上不住地回头观看。二人之中，美瑶年纪轻，尚没有如何的感触。美珠俯仰身世，料定前途绝没有良好结果，又想起了妻子崔氏，伉俪平素情深，如今为势所迫，不得不分飞两地，心上愈想愈难受，不住地唉声叹气。倒是情愿相随落草的那班人，一个个兴高采烈，摩拳擦掌，好似一做码子，立刻可以发大财一般，有说有笑，雄赳赳、气昂昂地前进。

又行了一程，直待回过头去，瞧不见白庄的东西两庄形迹，美珠才死心塌地地赶路。赶到未末申初时候，美珠正要想跟兄弟商量今晚投宿的方法，耳边厢猛听得一阵鸽翎声响，美珠便知道有同道的来碍路了。美瑶哪里明白就里，仰面一望，顺手在左胁下抽出一杆七咪喱六三口径日本大正三年仿德国最新式制造的毛瑟手枪来，觑准了第三只鸽子，将机一拨，砰的一声，那只鸽子便饮弹坠地，翅膀扑了一扑，便不动了。

美瑶口里嚷道："大哥，我们开青龙就得彩，往后去一路顺风哩。"

美珠尚未答言，谁知左边树林里有许多人高喊："此山是我们开，此树是我们栽，不论双单雁，快献油水来。"

喊声未绝，跟首一排朝天枪，而且有一枪对着美瑶的乌蹄银背小川马射来。幸亏美瑶眼明手快，忙把左手将缰往上一提，那马的两条前蹄向上一掀，这颗子弹在颏下嘘哩的一声穿过。美瑶身子向马的前身一磕，马蹄重又着地，恰巧又是一枪向美瑶上部射来。幸亏美瑶身子没有挺直，在后脑门上边又飞过一子，美瑶趁磕伏之势，把右手的毛瑟手枪弯过去，在马颈下开出一枪。只听树林内哎哟一声，便有另一个人声道："王第五，足背上挂了彩吗？"

此刻孙家庄客都已伏地散开，准备开枪，向左首树林总攻击。美珠却双手乱摇，禁止庄客开火，自己却对着树林内高声道："线上的合字，俺孙美珠也，是道儿上同源，要上青牛河探访周二霸天，川资未带，衣帽不周，所以未曾拜山验关。至于合字三光透顶，多多冒犯。姓孙的不是无种杂物，两下免伤江湖义气，缓日加倍补送给合字换季……"

美珠话未说完，林内枪声顿息，路上早雁翅排开，拥出一中队人来。左臂都扎着一块红色兜肚，这种天气却还是把袖口卷

74

起，露出半条臂膊。美珠一瞧，晓得是红缨枪会的好汉，此会乃是大刀会的分支，宗旨是聚众自卫。红、白两缨枪会乃徐州、兖州一带一种有势力的团结，会中不设会长，调度一切悉听老师指挥。老师承传祖师法术，会员身上各带一道符箓，相传可以祛邪却病，枪炮不入。会员每日照例练运气功夫一小时，随身均带标枪一支，哪怕良民入会，下田耕种，此枪亦插置身畔。会中有三大戒律，一不抢夺，二不奸淫，三不怕死。那些走江湖卖膏药糊口的，该会会员居多。内中分长房、二房，在枪缨上区别。枪缨红的是长房，所以叫红缨枪会。枪缨白的便叫白缨枪会，乃是二房。照了会律，那是绝好组织。可惜在这种乱离时世，这种秘密会党又在此山野村庄上混合，绝不会是地方公正团体，安分守己的小百姓多少不论，总得受些累啊。

闲言休絮，书归正传。那队人排开之后，拥出一个首领来上前答话。美珠一瞧，不是外人，乃是长清的赵志成。他本是有名的杀牛好手，在济宁州专管杀牛，他小名叫作阿狗，所以人家都叫他杀牛狗。每月的收入也很大，可惜爱赌，手彩不佳，又没有偏财运，大赌大输，小赌小输，输得连一个妻子、两个女儿都输去，还不觉悟，甚至于被卧替换的小衫裤也都当净输去。后来无人可卖，无物可当，他便约了几个下手，合伙了到济宁州四乡去偷牛，偷了来便杀了变钱。始而呢，人家不觉得，绝不疑心到他是偷牛贼，可是赵狗头一回得了手，胆门子一天大一天，最先一月之中，合伙出去偷条把牛，后来因为同淘分赃不匀，时常窠里反，他便丢了同伙，一个人独自偷去。偷的心念一天狠一天，由一月偷一条变作半月偷一条，再进一步十日偷一条，七日偷一条，五日、三日，甚至按日偷一条，方方团近的牛也被他偷来杀干净了。市面上牛肉一多，行盘也跌了，最先和他合过伙的瞧见他做这样的好买卖，看了眼红，由羡慕化为妒忌，渐渐地替他宣扬出去了。乡下农民也有瞧见过他偷牛时候情形，出头做了见证，先报告堂董。堂董始而不信，但是一来乡农有人证，再者调查堂里，这几月内并没有宰杀多少牛，两下一对，赵狗果然靠不住了。那么先就把他歇生意，然后将他交给这班乡农，由他们处置。那班乡农将赵狗先带到乡下，关在一所武圣庙里，然后商量对付方法。可是他不单偷这一个村庄，别的市集上得了信，都赶来加入主张，有的要把他送官办，有的主张把香烫死他，有的说活埋，有的说活烧，七张八嘴，议了二三天，没有议妥，可是便宜了赵狗儿了。到了第三天晚上，被他挣断了捆住他手足的绳，深宵逃去。一逃逃到滕县该管的凤凰岭地方，聚集了一二百个青皮混混，老实不客气做起土码子来哩。

这还是前清光绪三十年间的事情，直到交了民国，他的案子取消了，他方才算弃邪归正，把历年所积蓄劫夺下来的非义之财做了资本，在峄县地界泥沟和铁山沟两处地方开了两爿三合义成记客寓，自己又入了红缨枪会，算是做正当经纪人了。实在呢，他的两处宝号虽不像《水浒》上揭阳岭李立，十字坡张青、孙二娘等所开的黑店，专售人肉馒首和蒙汗药酒，可是相差也不远，而且时常借着梭巡为名，带了许多会员到各处去遛腿。好在方圆四五百里，里头的土码子跟他都有老交情，他若遇见了小帮客商，硬指他们是土匪，把东西留下来完事。

今天他又是出来放哨，远远瞧见了孙美珠等，他认作买卖来了，故此放鸽翎探信。不料被美瑶打死了一个鸽子，他又认是保镖的达官，那是这一队人必定有有油水的西商在里头，决计是好买卖，故此下了个经风令，就冒冒失失地开火。现在美珠一挂招牌露了相，才知道一条线上的人，故此停止开枪，上前答话。美珠瞧见是赵志成，赶紧地滚鞍下马，上前拉手。

赵狗道："孙大爷，你不在府上享福，带了这许多弟兄出来混事，替你想想身价和留在外头的交情，如今来做这件事，未免不合算吧。"

美珠叹道："赵爷不是外人，好表表我们弟兄心迹。我们走这条路，真个是不得已而为之，只为……"接着，美珠把自己的遭遇一一诉说出来。

赵志成一听，跷起大拇指道："还了得，指日间您要作保主谷总柜当家，总算咱们弟兄俩虽然认识了好几年，可从来没有嘘过。常言道，'不嘘不亲，嘘嘘也许骨肉至亲'，往后蠹风行剪口开爬，仰仗地方正多哩。"

美珠忙道："赵爷言重了。愚兄弟身入玄门，正要拜山归标，向各香主求讨海底和腰平，烦恳众大哥替愚兄弟掌舵，怎说反这样赐万笠给愚兄弟戴，那不是活活丢人，怕不放马就砸吗？"（按：土匪自称其业曰蠹风，行剪口乃上阵冲锋，开爬即动手抢掠。土匪共分十大帮口，玄门乃十帮中之一种，拜山是与土匪往来，归标为实行当土匪，有声名及前辈之土匪曰香主。土匪以票布为自家人互认之标志，腰平者即票布之别称，掌舵代为做主之谓，以高帽子套人曰万笠，失面子曰丢人，第一次出手掳人曰放马，失败曰砸。）赵狗笑道："海底道情，烂熟得如此，还这样地谦逊吗？缓日上总柜叨扰喜酒，今天时候不早，各走各道，改日再聚吧。"

当下便和美珠们分手。赵狗存心不良，连夜把手下弟兄统进了白庄、茶亭，他的心思原想在孙家的两所宅子里搜刮些值钱东西，谁知一毫贵重东西没有，白费了一番手脚。恨得牙痒痒的，无可发泄，吩咐手下放了一把火，将孙家新旧两所宅子都焚成了一片瓦砾场。所以三天之后，贾金彪会同水陆两警到来拿捉美珠，不料扑了个空，连房子都火烧掉了。贾金彪认是美珠自己烧去的，谁知实在是赵狗做的事。

赵狗烧了孙家两所庄房，无精打采地打算回泥沟，半路上绑着一个男票，仔细一盘问，就是孙美珠家的小马夫大根子。赵狗很为欢喜，把大根子看押起来，预备孙美珠举行开山大典时候，把这大根子送去祭神，倒是一件绝妙礼物，也就呼群啸党，管自回去。

第十五回

护庄桥前初试身手
聚义厅上大显神威

却说孙美珠弟兄俩率了许多不怕死的庄客，在路不止一日，足足走了四天才到青山饮牛河。天伦、天松俩早已得信，把附近一步登天的新爷、正副龙头大爷、心腹大爷、访贤二爷、看家三爷、红旗管事五爷、福禄六爷、巡查大爷、大满九爷、幺满十爷，早都召集自己家中，准备欢迎新总当家。如算上本堂名下的五堂、五执事等等，人数约在五百名以上。天天地在那里盼望美珠到来，直到接着了他拜山的一张铁胎弓，方知真的指日可到了。

那一天手下报到，说孙家兄弟俩带领手下，离庄不远，将次到了。天伦、天松便同着预约来的高高矮矮绿林好汉一齐出接，知照手下小幺，一律武装站班，装点些威严给美珠瞧瞧。安排停当，然后步行到庄门外护庄桥跟首。只见孙美珠当先，已到庄护壕的外岸，一瞧天伦弟兄当头领着一班人站在护城壕里岸，明知欢迎自己而来，所以赶紧滚鞍下骑，抢步过来，自然美瑶也跟哥哥一样离鞍步行。这边周家弟兄也是满面春风，抱拳带笑，迎上前来。恰巧在护庄桥上两碰头，彼此介绍，拉手相见。因为美瑶和周家弟兄是初会，就是美珠跟天松是认识了，和大爷天伦也是初交。况且尚有那一班赶来道喜、参与开山大典和着周家弟兄特地邀来当执事的附近山主等等，自然一一上前寒暄。由周家兄弟两方介绍，嚷了一阵子，然后天松和美珠携手，天伦跟美瑶携手，一同进庄。美珠留心一看，只见从庄门里头站起，一望之间，两厢都站立着长大汉子，手内都拿着军械，标枪、单刀各色俱全，身上都佩着盒子炮。美珠一瞧，这班人见了自己并不行军礼致敬，不过一足才踏进庄门，暗中好似有人指挥似的，即见各人把手中兵器一霎时都搭了起来，真个是枪林刀洞，人要从军械底下经过。美珠明知这是示威，他何等乖巧，忙把自己身上的手枪盒除下来，交给周家的跟人，然后和天松步入庄门，神色不变，谈笑自若，大踱三步地前进。那班绿林中人暗暗称赞。

老五美瑶的态度就不对了。天伦呢，也存心试试美瑶的胆量和腕力，表面上是手挽手地走着，暗中却用力去握美瑶。美瑶本来见他们武装欢迎，心上已经不快，偏是天伦又有意来试他膂力，他是从小就练沙包和马鞍石功夫，所以是有巧劲可借，天伦不过凭一点儿蛮力，哪里握得过他？美瑶一面走着，一面步步加工，越跑越紧。开场天伦还熬得住，后来渐渐不济事，那条手好似上了拶指一般，痛入心髓。加之美瑶年轻好胜，将到周家的聚义厅上，索性用尽平生之力，把天伦那条手一拶，天伦顿然间满身淌汗，莫说手指，连那条膀子都被美瑶按着寸关尺三步锁住，也由痛而麻了，不觉冲口吐出"哎哟"二字。美瑶微微一笑。那时大家已踏上大厅，美瑶就借劲一松手，天伦几乎栽倒，晃出了四五步，还是立脚不牢。两边都是惯家，都明白大周受了小孙的暗亏。可是天伦虽丢了一点儿小面子，从此却跟美瑶留了一点儿心迹。后来，美瑶的性命就断送在今天占了人家一点儿小便宜上。

大家到了厅上，彼此又谦逊一回，然后归座。他们虽然都是盗匪，可是十八句头的一个帽子跟官场一样，美珠把在座诸人一一敷衍过来，然后再提本人目前之事。

天松道："孙哥，您毕竟是安居的良心，哪里有闲空工夫留神杂七杂八之事？咱们这里乃是胶县大珠山，老王八、李疤眼、曹二虎三位大锤前辈带来的信，他们那边是薛家岛的孙百万从线上跑进了公门，改编过了，和官场接近。贾金彪在省里控告的消息就是打从他那一边来的，这也是我们洪门有福。当初响马党秦琼秦二祖爷，要不是老杨林把他背灯游街，也不会上瓦岗寨做混世魔王殿前元帅。这一回贾金彪这狗入的不跟孙哥作对，孙哥哪里肯和我们三界弟兄往来呢？"说完，哈哈大笑。

美珠谦逊了一回。天松又开口道："保主谷总柜当家，这一把交椅除了孙大哥，简直没有人够格，咱们弟兄斗胆，已经代为择定黄道吉日。今年一来隆冬岁底天气严寒，有风雨霜雪的关系，远道弟兄不能到来；二来跟前都是一家人，说句不多心的话，我们做买卖的全仗这时候做几件大买卖，存积好了，明年的荒三苦六，不致闹饥荒，所以不便开山去耽误人家黄金时代。要是不大规模举动，马马虎虎地行开山典礼，莫说亵渎了你们贤昆仲，一辈子要奇才不显，就是我们对于保主谷，这么大一个总柜地势上也太轻慢了，故此今年不举行。咱们叔老太爷定的明年元宵佳节，请孙大哥登山创业，接手办那保主谷总柜。"

美瑶忙摇手道："二哥不说这话，小弟荒唐记不起，二哥一提，小弟可以想起了。令叔虬龙太岁四海闻名，咱们做小辈的当得扶助这位老人家当总柜。"

天松道："家叔代理了三年，一毫进步没有，故此命小弟访贤，一定要推贤让能。我们当盗匪的自知甚明，干事也干得痛快，做事要做得服众。不像那些混账王八蛋的什么官，不问人才的好坏，第一要义只消会吹牛、会拍马，哪怕昏庸贪墨，不是人做的东西，也尸位素餐，老是盘踞要津不走。说句夸口话，咱们当绿林好汉，义气行为胜过这些狗官万倍。况且家叔常记着我们祖师爷的训诰，祖师爷不是说'十里青山一色幽，前人世界后人收。后人收得须留意，还有收成在后头'吗？所以这把交椅请孙大哥不必让吧。"

美珠道："兄弟出身草野，那开山大典一点儿不明白。"

天伦接口道："这不要紧，横竖明天跟诸葛老三会面了，他自会替您调度。"

当下厅上已预备开饭，请孙家弟兄的一桌格外考究，四素六荤，其余的都是二荤二素。大家入席，今天是头次请美珠，所以规矩格外严肃，由保主谷陪堂执事执行。此人就是双槐谷的褚恩崇，胸前抽出一把明晃晃雪亮利刃，手下端过一大盘高粱和着一只大雄鸡，恩崇便把那只鸡提在手中，在它颈上抹了一刀，那血淋下来，正淋在盘内酒中。然后各人过去，身边摸出小刀，有的在臂上，有的在手指上，划开了些，挂些血出来，滴在那酒内。那褚恩崇丢了鸡，又走到美珠的正席上，把刀举在那只红烧牛蹄碗内，剜了一块，却对准了美珠的咽喉直刺过来。那边美瑶见了，顿然变色，直站起来要掏枪扳机。毕竟美珠艺高人胆大，毫不慌张，静等他那块刀上肉戳过来，离自己不远，口内才说声："劳驾！"张开口来，把刀头上那块肉望口内一嚼，两条手在台子上一掀，一点儿虚劲一借，上下三十六个牙齿都像钢的一般，嚼着刀尖，将头往上一昂。褚恩崇冷不防这一手，手劲一松，被美珠连刀嚼了过去，然后从容不迫地把刀尖牛肉用舌卷了下来，一伸手把利刃在口内抽出，用劲一拗，拗成个弯形，顺手向地上一掷，笑道："这东西太没用。"

那边美瑶方才放心，当下在座诸人一个个目定口呆。褚恩崇第一个跷起大拇指道："有种！这才是好汉！"

合席之人都同声喊道："好汉！有种！"

从这一席散后，大众对于孙美珠更加信任威服了。到了来年元宵，美珠便接手抱犊崮的总柜。开山的那日，赵志成把大根子送来，仇人相见，分外眼明，非但把他撕票，而且将他开膛祭山。但是，贾金彪存心要报前仇，究竟被他买通了赵志成，把美珠骗到兖州，枭首示众。那抱犊崮的总柜便归美瑶执掌，要替兄报仇，才闹出去年临城那件惊天动地大绑票的案子。其中详细情形，当时各报上早已沸沸扬扬地登载，诸位想来都已知道，我也不赘述了。

第十六回

帮外教赶脚遇危机
规良朋故人持正义

　　小子作了这篇《山东响马传》，曾在《侦探世界》上分期登过，没有登到一半，却接到泰安分公司总理刘小辫子的一封来信。那信上头开场是照例的寒暄，慢慢叙述到我作这篇小说问题，据说他也见过，很有几句赞美之词，以下又道：

　　赶脚史于今年九月初送客赴安丘，路经高密县该管庙户庄地方，为走票者挂红。（不常为匪，有时遇单身客而见财起意者谓之走票，杀人名为挂红，皆匪中之春典，即切口也。非学习戏剧之票友，偶然袍笏登场，亦称走票之谓也。）

　　赶脚史本玲珑空子，与各帮英雄好汉皆有交情，依理不会失风。究其失风之理由，因开武班子之当家者，责其不应家帮外教，往往在隔教之人面前放龙。近且有形诸笔墨，将线上情形拓成黑头，于弟兄们买卖上很有阻碍，故劈之以灭其口。（非个中人而知个中事者曰玲珑空子，出事谓之失风，专门劫掠为事者曰开武班子，以个中情事告之外人则曰家帮外教，道不同不相为谋者曰隔教，泄露机密为放龙，书籍及信札则名黑头，杀一名劈，此皆匪徒隐语也。）

胶东绿林本以高密、诸城、安丘三县为最甚，不过皆属零星小股，或三十一队，或五十一群，其力量至多不过架票勒赎，实无攻城略地之能力与野心。倘官厅派兵攻剿，则殊难下手，盖兵来则去，兵去则来，究其故，土地麻子居多，不比客帮之大队人马也。其中稍稍著名者，则有王贵卿领班之三百五六十人，专在高安交界，沿潍河两岸活动，其势力范围约占三四十个庄镇村集。其次则有杨大神之二百余人一股，在诸安交界活动；曹二虎一百二十余人一股，在安丘、南乡一带活动；高二虎二百余人一股，在诸城北乡活动。高密西北则有李玉龙等二百余人一股，高密城子村则有田老九二百余人一股，高密西乡则有钟斗之一百五六十人，高密凉台一带则有黄九江之一百二三十人一股，安丘景芝镇附近则有李平头、王一百四五十人一股，高密贾哥庄一带则有于光有八九十人一股，高密距城河一带则有李二杆子一百余人一股。其势力所及，有布达三四十村落者，起码一二十村庄。

　　杀赶脚史者则为董裤腰一股无疑，其部下弟兄约有一百七八十人，专在高密、庙户庄一带出没，亦资格老练之麻子，非新上跳板者也。彼辈绝非不知赶脚史平素为人，所以欲戕害之主因，舍传闻之恨其放龙以外，谅无别故。赶脚史生平心直口快，对于麻子情形固异常熟悉，所谓"在隔教之人面前放龙"一语，理势所不免，不过将线上情形拓成黑头，除足下（指著者）之《山东响马传》外，尚无其他有关系之文字。再者，孙五已受中央政府之招抚，其部下改编为独立混成旅，驻防临沂等地。据弟（刘小辫子自称）之鄙意，足下之佳著何不即

85

不了了之？盖在足下，不过以说论规人，亦知身干法网者，是否受绳则直，而况啸聚长林丰草，久处深山绝壑之徒，今多南面而握虎符钤韬者，欲加之罪，何患无辞？岩墙之下，明哲保身者尚且不立，况复为扪虎须、拔龙角之完全危险性质之事耶？一得之愚，幸三思焉。

小子读过了这封信，仔细一想，刘小辫子的确是阅历有得之言，但在我讲来，已是箭在弦上，不得不发，也就不管三七二十一，仍旧把它作完。不过想起了赶脚史，不免有些黯然神伤。至于孙美瑶后来忽被山东兖州镇守使张培荣、山东新军执法劳务处处长吴可章俩骗到枣庄中兴煤矿公司斩首，其部下周、郭两团，全旅缴械解散，这倒是我所料不及的啊。

86

盐枭残杀记

序

　　秘密结社之风，何国蔑有，俄之虚无党、美之三K党，其尤著者也。其在我国，秘密会党尤纷如牛毛，而以青、洪二帮之组织为最严密。所谓盐枭者，特前清所给予之恶化名词，盖亦此中之一部分，以筹谋一己之生计而入于此者也。而"灭满复汉"四字，实为我国各会党所共同建立之旗帜，其英杰者，且持此为目标而积极以赴之，固非徒空言为，盖种族革命之热血已沸腾于各志士之心腔中矣。然人品庞杂，非无败类厕其间，利禄所诱，亦有卖其同志以求荣者，于是煮豆燃萁之事起，如姚子民哀斯篇之所记，亦尔时之一实事，痛壮志之未酬，恨奸谋之竟遂，读之有不令人发指者乎！

　　今者统一告成，训政开始，全国悉在一党指挥之下，秘密会党似已无存在之余地。则此书亦成为历史上之一陈迹，特其于"生本同根，相煎何急"二语，不辞三复致意，或亦足一资吾人之观感乎。

　　是为序。

民国十七年九月茗狂序于海上

第一回

月白风清萧寺驻行踪
雾散云开远峰观海景

　　小子肄业的时候，从地理上看下来，晓得在江苏、山东交界地方，海州东海县管辖，有一座山叫云台山。层峦叠嶂，回环抱合，周围四百余重，自恨无缘一游。

　　民国十一年的春天，小子代表花旗烟公司，到江北去推广营业，从上海搭车到了镇江，然后换坐小轮，经由三江营、高邮、兴化、宝应等埠，直达清江浦。同行的一个张少良，乃是扬州分公司的营业部副部长，他的老子在日，也是家门里的大字辈。少良自己和南京的马爱陆是同产弟兄，对于江北、淮河一带，人头熟悉，很有点儿面子。我指定要他做伴，乃是有作用的，因为这一带地方，土地枯瘠，风俗强悍，若没有个人保镖，难免要闹乱子。得他同行，一路上好借重些。

　　到了淮安之后，我就要从原路回来，少良说："出门不走回头路，我们既已到了淮安，何不索性往北，从西坝、沭阳去到海州、赣榆，然后南下，走青口、东海、灌云、涟水、阜宁，直到东台分手。你可经如皋、南通搭船回上海，我也由泰县回扬州，如此一走，江北、淮阳和徐海道区总算走遍的了。以公事而论，东海的新浦乃是有名的码头，大可推广营业；以私事而论，也好

90

顺便去逛逛云台山、临洪口，赏鉴赏鉴黄海的景致。”

当下我听见"云台山"三字，不觉触起向愿，自然一口允许。

在路无话，到了二月十八，在新浦镇上办完了公事，第二天是观音诞日，就和少良俩裹了糇粮，雇定了两匹骡子代步，去游云台山。打算不游则已，游则须要深入山坳，穷探幽谷。即由山北往东行，足足行了一日。但见岗峦起伏，仄径仅通南北两道，山势绵亘，围环作抱合状，经猴子嘴，越黄泥岭，达留云岭，回顾什么清风顶、凤凰台、东磊等名胜之处，已在背后数十里之外了。

那天借宿在法起寺，寺在万山丛杂之中，平旷约八九方里，四面多是摩天高岭，只留云岭，那里有个缺口作为出入孔道。本来这座岭叫虎口岭，就为陶澍修葺法起寺，嫌那岭名不祥，所以改叫留云口。那一晚，月光皎洁，山色凄迷，和少良缓步徘徊了一会儿，也就归寝。

第二天的朝上，和尚请我们吃过早餐，指点我们道："从寺后逾岭而北，再过一涧一峰，仰望大山腰里，有座古寺，乃是本寺的上院，俗名三教寺，其实叫悟真庵。两位檀越，可要去随喜随喜？"

少良说："这条山路难爬得很，不去了。"

我说："既已到了此地，索性畅游一下，怕甚山路崎岖呢？"

少良拗不过我，只好一同攀藤附葛，联袂以行。十停中走了五停，已都觉得筋疲力竭。在路旁休息了一刻，再鼓勇前进，好容易到了三教寺。和尚先领我们上了钟楼，向下边一望，只见云雾迷漫，看不清什么来。在那东南角上，山腰边际，隐隐约约露出一些海岸线，也不大清楚。

少良主张说："下山吧？"

我想："既已到此，倘再跻登峰巅，必能下见海面。"故而和少良说明了，叫他在三教寺等我。我在三教寺内匆匆吃了些东西，另外拣了一个年轻力壮的沙弥陪伴我。

由三教寺再往上行，始而巉岩峭壁，拾级而登，继而荒草蒙茸，旁行斜上，又越过了两道岭，才到山顶。沃土平圆，约有五十丈方，就云台山全体观察，恰成一个缺顶圆锥形。据《云台山志》上载，太古时代，此地是座火山，时时要喷出火来的，所以顶上反而有五十丈方的平坦地，想来就是喷火的缺口了。

那时日已过午，雾散天清，偏北有块大石，高约丈余，我就攀登石上，这是云台山阴的悬崖，下面就是黄海了。那沙弥恐我心寒脚软，闹出乱子来，所以紧紧捉住了我的衣襟。我停晴四环一望，只见那天然军港的临洪口已悉呈眼底，一览无余。我立足的地方距离港口约二十里路，适在港的东南。那隔着黄海对面的东连岛、西连岛两处岛屿望过去，宛如临洪口的屏障，和云台山恰成一个"品"字形。山脚之下，有一道三四十里长的海峡，两头出口约莫有四五里阔，中间最宽广的所在大约也有十余里海面，水深浪静，一毫不像海的形状。至那东连岛和西连岛接界之处，相隔不过一线。据那沙弥说，潮平时，这一线之地可以往来行人，一到潮涨，那条线岸就好似剪断一般，不通连了。我仔细察看，这两岛之间，只要稍加人工建筑，便是极险要的门户。如果和临洪口同时开辟，成了军港，那容纳一二百万海军，一毫也不觉得，比较的还在象山港之上哩。

那时，日轮渐西，海风渐起，四面的峰顶上渐呈一种狰狞飙恶之象。那沙弥因连连催我下山，说："如再隔些时，那落日余光映着海水，反照到山顶之上，景象更加可怕哩！"

我听了此话，不觉好奇心动，心想再留片刻。无如这小沙弥执意不肯，拗不过他，只好一同下山，回到三教寺。

这一天，又不及寻路下山，只得借宿在三教寺里。那寺僧的款待比法起寺下院来得殷勤，就是客房也比下院幽静，床铺一切都比昨晚考究。我心上非常纳罕，暗忖道："这两宵的代价一定可观哩！"

　　欲知后事，且阅下回。

第二回

客邸良宵闲谈旧事
吴头楚尾细数英雄

　　话说晚饭吃过之后，我们俩就到客房之内预备睡觉，因一瞧表上七句钟还没到，故仍和少良闲谈。我便问："我们下山时节，这法起寺上下院，要酬谢他们多少香金？"

　　少良摇摇头道："彼此都是自家人，后会有期，何必费这冤枉铜钱呢？"

　　我听了"自家人"三字，颇为纳闷，暗想："这寺里的和尚难道也是在江湖上混饭吃的朋友吗？"但是我和少良虽同在一家公司中服务，可是没有多大交情，未便挨三查四地诘问。况且在外边走走的人都该明白一点儿规矩，听人说了门槛话，不能寻根究底地追问，如果逼着追问，就叫作"摸海底"，又唤作"捞根"，除非诚心要和这人寻事才如此哩。所以我听了少良的话，只能闷在胸头，不便再说什么，只好把山顶上所见的情形和我开辟军港的主张说出来，跟他瞎谈谈。谁知少良一闻我这番话，顿时眉飞色舞，不像方才那种不高兴的神气了，欣然地说道："姚君（指我而言），你的主见，倒和我过房的敝前人（死曰过房，实恐故亡之讳。老头子曰敝老师，亦称敝前人，前人者，犹言先人也）不谋而合。"

94

我随口道："贵前人上下？"

少良道："论理，咱们自家哥儿谈心，并无什么大事，何必提起他老人家的名姓？但是承蒙下问，所谓人不留名，不知张三李四，鸟不留声，怎辨珍贵鄙贱？"

我笑道："少良，咱们何必闹这江湖礼节，说这一大套套话？"

少良也笑道："不嘘不亲，嘘嘘骨肉至亲。既然承询，应当依着大路走上去。"

我道："看你不出，你倒是个富'通草'的老大（个中秘语，摘录一小册，凡皈依者，皆有一本，名为"通草"，实恐"统钞"之讹，又称"海底"。而熟读此小册子中之语言典则，凡一切举动行止，均本此小册子中所载而行者，名之曰"富通草"，诸凡稔熟了解者，总称曰"富"）。闲话少岔，贵前人上下到底是哪两个字？"

少良道："敝前人盐城沙沟出身，生长在淮阴清江浦五里庄，姓曾，上国下璋。"

我听他一提名姓，便知道是前二十三四年的一家著名好汉，在水路上颇颇有名，无论沿海沿江，以及黄河、淮河一带，上、中、下三等社会，都知道他这人。故而改容起敬，规规矩矩地问道："贵前人难道也和我谬见相同，主张开辟临洪口军港吗？"

少良道："不错，敝前人素有这种主张。反对开辟临洪港的人说此地门户太多，其实门户多，则防御力省，防御力常与港口数成反比例的，故军港以复口为最最相宜。况此地这条海岸线，向下东南千余里，直至吴淞口，向上东北千里余，直至山东之成山头。全海岸线计算起来，适成百度角的交点，地点适中，可以扼黄海、渤海两海交通线的总枢轴。加之那东西连岛，既与临洪口成掎角之势，又足为临洪口的屏蔽。遍中国找起来，没有第二处海口再比临洪口好的了，所以前清甲午那年，德国人在西连岛上树起德国国旗，意图侵占，足见他们的眼光不错，连这云台山后山的海滩与西连岛的斜对角都看上了。你是初来此地，人地生疏，只知海口险要，可知这西连岛的斜对角就是东路镇的墟沟？将来陇海路线东段一告成，运械运饷与夫货物进出运输，都逃不过这一道要道，真所谓军商两便之地。敝前人常说：'这临洪口控黄海之腰膂，扼通商之脏腑，为海军之根据地，亦即商业竞争之决赛场，在南五省中实是第一海口。而且东北方面吹过来的海风，有山东的青岛替它做了屏蔽，所以一年四季气候温和，隆冬也不会封港见冰。如果开辟了军港，把离开东北方百余里的奶奶山筑个炮台，做了门户，把青口、安东卫做了掩护，再把在东南方的列子口、响水口做了尾闾，防备下游，真是再好也没有。至论到水浅水深问题，从前德国人经营青岛的时候，有条巡洋舰改造的商轮名叫'山东'，行驶青岛、临洪口间，每星期一个往来。他那条船吃水丈余，载重三百吨，无论水大水浅，这船从不曾停过班，那么就把这条山东轮做个榜样，难道还愁甚水的深浅，说它不能辟作军港吗？"

我道："贵前人既有这般卓见，应该献策当道，大展经纬啊！"

少良道："这话且慢讲。你要知道，敝前人是生长在临洪口附近的一带地方，自幼就是志气远大、识见过人，所以他在日，经营那海砂（即贩卖私盐，江湖上称曰海砂）生涯的时节，手下一两千弟兄，都寄居在东西连岛上，四五百条底子（船曰底子）也散泊在列子、响水、临洪各口，他自己就住在这寺内，作为总司令部指挥一切。买卖最盛的当儿，一面要销到浙江温处，一面要销到奉天盖平，每年要做四五百万生意，所以远近知名声势浩大。在海面上，如有贪官污吏带着民脂民膏碰在他老人家手内，绝难幸免。若遇稍有气节之人，非但禁止弟兄不许碰伤人家毫末，倘若

96

是穷苦的，他还得掏腰接济哩。每年到了荒三苦六这两个月份，必定带了二三千块钱，在这淮、徐、青海各路地方，好像放赈一般，少穿的便施衣，少喝的便施食，有志气的穷苦子弟读书缺少本钱，即便资助膏火，无资本做买卖的，便派人到青岛或是上海办齐货色回来交给这人经营商业。他老人家排行第三，所以在大江北面和着邻封鲁、皖两省边界各地，周围大约二千里当中，提起'曾三爷'三个字，可称哪个不知，谁人不晓。哪怕问女娘们，及略通人情的八九岁小孩子们，都能知道。他老人家天生的隆准广颡、熊腰猿臂，脸子白得如同无瑕璧玉，天性喜欢修饰，气宇不凡。随便走到哪儿，总当他是个宦家子弟，哪里看得出是江湖上义重如山的好汉。谈到武行，拉得开十七个力的铁胎弓，一百二十八斛的镔铁大斫刀可以抡动如风；又仗了天生神目，黑暗中能够用步枪打靶，二百步内用手枪射人，无不稳中要害。论到文事，写得好一手赵字；排律不会作，七绝五绝会吟几首；文章不会作，八股论说和四书义都会作的；吹得好笛子，下得好象棋，无事时欢喜唱小曲，天生俊俏的嗓子，窑子里的姑娘没有一个不爱他。现在盛行歌唱的那支《泗州调》就是他老人家好白相编弄出来的。总之，像敝前人这样的本领，虽不能说上通天象、下明地理，可是自从他过房之后，一直到现在，我眼里头白相人也见得不少，却从来没有见过像敝前人一样本领的人。他背了风火，在下游福山海口出岔之后，凡是受过他恩惠的人，哪个不呼天抢地、设座招魂，尽怨老天不公平，无端断送掉一尊万家生佛。至今若得提起，还有人和着眼泪，连道可惜不置哩。"

欲知后事，且阅下回。

第三回

念国耻羞佩黄金印
因微嫌竟下绝交书

话说我听少良细细道出他家老头子曾国璋的声容笑貌和着一生所作所为，忍不住又插嘴道："令师既有此才干，何不投身军界，为国干城，图个出身，不是可以免去后来一劫？"

少良道："先师天生成不事王侯、高尚其志的脾气，再加看看书，明白了夷夏之防，万不愿意替满洲人做事。尝向我们弟兄辈道：'我为何要叫曾国璋？因为以前湖南出过一个自相残杀、为虎作伥的曾国藩，把许许多多汉人的鲜血染红了他的顶子，实在是我曾门的不肖子孙，坍了上祖曾点曾参的台，我要一雪此耻，所以取名国璋。事成了，不要说起；事不成，老实说，我那贩私盐头儿的名誉，比他认贼作父谄媚得来的毅勇侯爵好得多哩！先师的志趣如此，怎肯投效军前呢？泗州的杨士骧很识人，屡次托人来劝他洗手出山去，起码保举一个参将。无奈先师真不愿意，他跟浙江的汤寿潜也很有交情。那年姓汤的从安徽青阳县知县卸任回乡，皖南道袁爽秋把所有宦囊统交给老汤带回浙江去办实业，从淮河南下，声名颇颇，惹起清江浦金头太岁注目，便合先师去放这票大生意。其时先师甫出茅庐，自告奋勇，充当头阵。谁知一打听沿途百姓的口碑，都道是一位好官，所以先师非但不动手，反而一路上替他保护着，直保到镇江才罢，故此老汤后来以道衔起用，来做两淮盐运司。虽然严治私贩，独有打曾字旗号的盐船一条都没碰一碰，就算报答当年保护之德。"

我道："照此说来，令尊很有脚路，面子也总算足的了。"

少良叹道："面子是有了，要晓得先师的性命，一半也就断送在这上头呢！"

我道："令师失慎那件事，我也略有所闻。据云有妖（女曰妖）的关系在里头。"

少良道："你的说话不错，是为着妖的关系，但这不过是导火线，其实却为了这不碰曾字旗号船的缘故，惹得人家眼红，致弄成这般僵的局面，言之真可发叹哩！要是先师今日还在人间，莫说做中流砥柱，撑住东南，大约长江以北、淮河以南，不会被隔省人占去，各事要他们来越俎代谋吧。谈到先师对于家门一道，也着实费过一番心血，想切实地整顿一下，把那不良的成法根本推翻，彻底改造。以前谈到家门的辈分，有的说什么'大通扶学'，也有的说作'大通无血'，一样有人盲从，实在这前后四十八个字的派衍跟那和尚一般无二。前二十四字是：清静道德、文成佛法、仁能慧智、本来自性、元明兴理、大通悟觉；后二十四字是：万象依规、界律传宝、法度星回、广照乾坤、普门开放、代发修行。清清爽爽四十八个字的辈分派衍，只因家门一道，在清江浦一带最盛，别处的人进了这条门槛，踏上这条跳板，哪怕他是姑苏人，也要学几声似是而非的清江浦土语，才把'悟觉'二字讹作'扶学'，再由'扶学'一误再误，索性误作'无血'了，实是可笑之极。也有把'本来自性'的'性'字讹'信'，'元明兴理'的'元'字讹'玄'、'理'字讹'礼'，'万象依规'的'规'字讹'国'，'广照乾坤'变成'朗照乾坤'。你想身入个中，尚且不知谁的通草真确，各人各说，怕不要被外界隔教的人耻笑吗？故此先师特地派人到东京大相国寺、嵩山少林寺去，不惜金钱，贿通僧众，在他们镇寺宝藏的大藏佛经上查对更正，回来报告。先师即便雕了版子，印好一两万张，分送自家人，使得往后去各地一致，免被外人取笑。当先师干这件事的当儿，年纪尚未满三十。谁知一张单儿发到嘶马孙七那里，孙七自己倒没有什么表示，他那里有个拜把子兄弟余海峰（著者按：余海峰并非真姓名）见了大不谓然，当着先师差去的人面前大说闲话，言中带刺，大有叫先师臣服于他的语气。回头先师得报，气得暴跳如雷，便有心找到那余海峰头上，先黑吃黑，假装着盐哨吞没了孙七、余海峰两三次海砂，两下明枪交战，在洋面上开了十几仗。余海峰又私下派人来行刺过先师两三回，先师亲到嘶马戏耍了余海峰四五回，结果两下打赌盗印，先师换烛更衣，寄柬留刀，把余海峰气走金陵，投身行伍。最后的结局，先师到底还是丧在他手。现在横竖国体已更，不妨原原本本告诉你一个痛快，你把它编成一部小说，刊行出去，使得天下后世明白他们曾、余交讧一段公案，也可以算是清廷野史哩！"

我听了自然赞成，以下的事实都是少良口述出来的，不过著书人不能也像少良所说，平铺直叙地写下去，免不得要把它修饰成小说体裁。所可惜的，我没有不肖生那样大手笔，恐怕词不达意，辜负这些好资料吧。

欲知后事，且阅下回。

第四回

敛金钱通衢揭黄榜
挥雪刃遍体见鳞伤

要叙述曾国璋在江淮一带称霸的历史，却不得不先述他师父的来历。他的师父姓苏，是阜宁千秋港人，弟兄二人素以保镖为业，哥哥叫苏大，兄弟叫苏二，以前也是淮、扬、徐、海一带有名的乱人，而且天生神力，胆壮气豪。现在江北方面，等待青纱幛起，那些土匪的喊钱法儿就是苏家兄弟创行出来的哩（喊钱，乃盐枭中之隐语，实即江南之无头榜，不过其上书明，某人纳资若干，限某月某日送至某处，逾限不缴，毋贻后悔云云。被喊者不敢违抗，须如数送去，不则灾祸立至。盖与沪上之投函恫吓者类似，第恫吓者，由邮投递信札，此则用黄纸书成，高揭于通衢）。你想匪人向平民借伙食，敢用如此明目张胆的手段，那苏氏弟兄的势力也可想而知了。

苏大生性好色，气力却不如乃弟。他们有个表亲，家住在沙沟，姓赵，男人当兵出外，五六年生死不知，信息全无。后来苏大在仙女庙得着一个口信，是跟姓赵的一同出去当兵之人传来的，说赵某已死了，苏大便亲自送信到沙沟。那姓赵的妻子听说男人死了，家无恒产，何以为活，很是踌躇，好在平日里跟苏大感情甚佳，苏大又是个好色之徒，至此地步，苏大便担任了她的衣食，她便做了苏大的外室了。谁知又过了两三年，那姓赵的忽然回来了，而且很带几个钱，说一向在刘永福那里当黑旗兵。那时候交通不便，远隔重洋，所以信息不通。因和法国人打仗，曾在火线上受伤，所以同营弟兄对于他有身死的谣传。在赵妻所图者不过"衣食"二字，不管姓赵姓苏，只要不愁穿喝就是。但是姓赵的回来之后，难免有点儿风吹草动吹入他的耳朵内。这些军人粗莽成性，肚子内哪里按捺得下，便回去盘问妻子。他妻子吓昏了，就一本直说，并且道："这是出于无奈，我为维持衣食，故而失节。"那姓赵的一听，实在没有办法，况又知道这位表弟力大无穷，是杀人不眨眼的魔王，不好和他讲理，但要隐忍下去，面子上又怎生担当得起？

蹰躇的当儿，忽然想着一条意见，便问他妻子道："你当真为了衣食二字，没奈何失节吗？那么你的心是不向那人的了？现在你得依我一句说话，下回待等苏大到来，你须想法把他上下身的衣服骗去，骗得他身子精赤，就算是你表明心迹，确是为了衣食二字顺从苏大，我再也不来难为你。"

那妻子对于这条条件无甚大难，自然一口答应。也叫合当有事，他们夫妻订立条件的第二天，苏大恰恰从南京绕道到沙沟来了。苏大完全不知表兄没有死，已经回来一节事，此来还是一段美意，送些银钱给赵妻。当他一到赵家，那位表兄早已瞧见他来，特地避开，叫妻子设法去骗他的浑身衣服。赵妻自然照常跟苏大来厮混，苏大一时倒也没有看出破绽。恰巧那天天气很热，赵妻便劝苏大洗澡。苏大尚没答应，赵妻已硬作主张，忙着打水烧水，催他脱衣下水。苏大没奈何，卸下了衣服，走到侧厢里头。赵妻却很殷勤地在旁伺候，待等他衬里衣服脱下来，也替他收拾过了。苏大暗暗奇怪，心想："今天她怎么如此地殷勤？"正在想念，赵妻藏过了衣服，又来替苏大擦背。

在这当儿，苏大正想止住她，姓赵的却已怒气冲冲执着一把明晃晃的尖刀，恶狠狠推门进来。苏大一瞧这情形，心内明白，但是小衣又不在面前，只好顺手抢了一条浴布，将下身遮盖了，在浴盆内站起身躯，拔开脚步就走，口内一迭连声地谢罪。说时迟，那时快，姓赵的早已一团怒气，用尽平生之力，把尖刀向苏大腿上戳上来。苏大毫不在意，由着他戳，口内还是谢罪，说："表兄饶恕了我吧，下回再也不来了！"

姓赵的听见这种说话，好似火上添油，见一刀戳不翻他，跟手又是一刀。如是地连戳了八刀，苏大的下身已经变成了血人一般，却仍谈笑自若地向外移步，口内还是一味谢罪。姓赵的因为身材矮小，所以戳来戳去，只戳在苏大下身，一时戳得性起，第九刀便向着苏大肾囊上刺去，一壁拼命喝道："没话说，要你命！"

这一刀戳着了苏大肾囊，苏大方扭项回头道："表兄，我做错了事，挨了你八刀，又如此地哀求谢过，自问可以过去了，谁知你尚一毫不肯放松。你大约非要我命不可，那我也不能饶你了。"

说时，即扬起右手，在姓赵的头部用力一拍，顿时把姓赵的五官打成一气，变作了一个肉饼子，上面露了七个小孔。当下两人都跌翻了。

后来，有邻人出来喊地方，把他二人都送医院，结果姓赵的当晚就死，苏大延挨了半个月才死。在这半个月里头，声闻远近，谁不知道挨九刀的苏大？但是据苏大说："我这一点儿武艺有甚稀罕？像我家兄弟的本领，才能算得中国一条好汉咧！"

欲知后事，且阅下回。

第五回

显神勇深宵斗恶汉
隐佣工暗地觅传人

话说苏大死了之后，苏二好似失群孤雁，也无心再贩卖私盐，在淮安乡下大户人家当了一名长工。恰巧附近出了个僵尸，一到傍晚，就没人再敢经过此处。

那一晚黄昏时候，苏二从远处赶集回来，仗着自己能耐，一丝不怕，坦然地打那边经过。果然有僵尸出来挡路，跟苏二打了一夜，打到天明，僵尸终被苏二打倒。回到大户家中，招呼了人重到那里，把僵尸焚掉。从此苏二的名誉一天大似一天，再加有苏大临死那句话，所以周围三四百里之中，提起打僵尸苏二的名字，哪怕女人、小孩子都知道的。实在苏二的为人再也仁慈不过，而且很肯吃亏，无论什么事，只要有他在里头，总是一人认罪，使得各方气平。附近数百里之中，凡是年轻子弟，大概都来拜过他做师父，跟他学练几手拳脚。每次遇着负气起衅，两造各执一见，争执不下，哪怕官厅都难判决之事，只消苏二到场说一声谁是谁非，当下便可解决。苏二说某人是的，谁再敢道个不字；苏二说这人非的，这个人非但一时不理人口，竟有终世被摒于社会，以后无论甚事，都挨不着他插嘴的，真好比受了永远剥夺公权全部处分一般，除了请求苏二口头宽恕之外，竟没第二个

104

方法可以恢复人家的信任观念。但是，苏二为了自己说话有这么重大的价值，所以他轻易也不肯编派人家一个不是，遇着人家请他去评判曲直，他总抱定排难解纷、两无所袒的宗旨，并且他虽有这一身的好武艺，却从没强吞弱食过一次。他的所以能够取得公众敬仰，的确是以德服人，完全出于王道。别省人士闻名而来，一见了他那种和蔼可亲的面目，莫不疑心这莫非是假苏二吧，照这般走路怕鞋底响的性格、一阵风吹得翻的身躯，如何能打得过僵尸？又如何一言之下可以折服淮扬一带壮男豪客呢？但是跟他一盘桓，三天两日，不由不从心上钦敬出来，这也是时势造就这位草莽英雄，有一种说不出的神秘包含在内哩！

苏二在三十岁那年，他手下情愿听他指挥的心腹壮士已有一千多人，拜投在他门下为徒的也有三四百人，而且内中不少淮扬有名的富家子弟。因见他还是受雇人家做长工，便都劝他不必再干这件事情，异口同声地说："凭着我们这许多师兄师弟，每人供养您老人家一天，不过一年半的时间中轮着一天，大约总还供给得起哩！"

苏二笑道："你们劝我不要受人家的雇佣，却是一段好意，可知我的所以不能摆脱，也有两层原因在里头，要不说明，莫怪你们怀疑。第一，在这种承平之世，首重文治，像我多年失学，不能站到文学界上做些事业，留个身后微名，便该要有个专门艺能，在工商界上生活。如今一技之长都没有，心既要劳不能劳，那么只好凭着天赋我这点子蛮力扶助资本家做事。要知道天赋予我这点儿力气，原叫我正当使用，不是叫我收徒弟、卖拳脚度日的。况且像我这种人，容易使得公门中人注目，如果没有恒业，一朝地方上出了乱子，首先抓问的便是无业流氓，那我也就脱不下嫌疑。因为这个问题，所以我至今还是安分守己做我的长工。第二，我的东家待我不薄，老实告诉你们吧，他家的二儿子也是我的徒弟，并且我生平最爱的徒弟就是他。并非我受了他家十多年的雇佣，占了一些小惠，不惜人格和身份要谄媚人家，实在这孩子聪明伶俐，处处使人怪疼爱的。况且还有我们侠义关系在内……"

那班徒弟听了苏二这话，互相讶异，不道师父还有个不出面的好手爱徒藏在暗里哩。

欲知后事，且阅下回。

第六回

丽人远至脉脉含情
孺子初来牙牙学语

话说苏二对一班徒弟说，他的小东人也是他的爱徒，看官们，你道这人是谁？原来就是本篇的主人翁曾国璋。

国璋的爸爸乃是监生出身，同治九年庚午科江南乡试，中式了第一百六十二名举人，官名上达。他到南京乡试，必定寄居在贡院附近一家冯姓考寓之内的。在获中这一年，填了清供，拜了老师，鹿鸣筵罢之后，因为生性风流，便和开考寓的一个侄儿，也是和他一科中式的，时常合伙了到秦淮河钓鱼巷一带曲院中去游玩。但是姓冯的脾气怪僻得很，走马看花，心中无妓，没有一个看得上他的眼。后来伴送上达回家，顺便一同去逛扬州，在上达旧相识小翠子的院子内却挑中了小翠子的义妹子喜子，费了重价，替小喜子梳栊。不久，竟又把小喜子量珠聘去。过了一年，上达也娶了小翠子做侧室，无意中谈起小喜子的身世。小翠子便说："那是妈在山东买的，据说她是著名发匪林凤翔的私生女。"

那时上达已决计不去春试，大挑得了一等，分发山西，到省之后，在宦海中浮沉了二十年，官运很佳。至于南京那个姓冯的同年，久已鱼沉雁杳，存殁不知了。直到那年署理万泉县知县，为了件教案，得了休致的处分，同时长子既丧，正室又死，因此上达百念都灰，决计回家养老。那小翠子呢，名义上虽未扶正，事实上却可称得代理夫人。所缺陷者，上达膝下只有一个儿子、两个女儿，如今儿子死了，存着两女，休致回去，依了古人"无官一身轻"一句，却不能达到"有子万事足"那句下句。

在万泉临走的时候，先打发家眷到德州等候，上达自己尚须进省料理未完手续，直待诸事就绪，方才由太原动身，兼程赶上家眷，准备一起南归。不料在将走未走之际，忽然有个年纪三十以外的女客，浑身缟素，骑了一匹黑马，一路访问到上达一行人众住宿的店内，指明要拜望曾家二太太。小翠子出去一看，初竟茫然，仔细辨认，方知是小喜子。旧时姊妹在客地意外相逢，也可说是他乡遇故知，自然很快乐的。同至房内，她们俩唧唧哝哝诉不尽别后相思，而且禁止旁听，连上达都挥之门外。从下午谈起，直谈了一晚。

第二天朝上，小喜子走了，上达自然也要催促启程。小翠子却拦阻道："慢着，姑且等候两天，待小喜子有件东西送了来，我们再走不迟。"

上达归心似箭，很不愿意等候。小翠子便责备他道："她新死男人，论起交情，她的男人在日，是你同年至好，就她嫁给姓冯的，也是你的撮合山。我们现在左右是闲散之人，又不是要限期赴任，何必忙在一时？未免太不念旧了。"

这一席话说得上达哑口无言，也叫出于无奈，只好耐心候着。

等到第二天，果然有个长髯黑大汉送来一个牙牙欲语的小孩子，说是冯夫人命他送给曾太太的。小翠子自然欢天喜地留下来，向上达道："小喜子说：'这孩子乖巧异常，一天到晚没有哭声。'你瞧，皮肤白得如粉妆玉琢一般，何等的可爱啊！好在我家大少爷没了，我们就算他二少爷吧……"

那时来人去了，那家客寓中的掌柜便来盘问上达来历，并且再三动问，跟昨天来的女子、今天来的黑汉是有何等交情。上达心知有异，没说实话，只说："并没交往，那是有人介绍来此，向他们花钱买了这孩子的。"掌柜将信将疑退去。

　　欲知后事，且阅下回。

第七回

荒村孤寺何来圣僧
枳积棘丛亦生芳草

话说上达见了这种情形，知道此地再也不能存留，一到天明，便匆匆收拾动身。在路上，却听得下人和赶脚的闲谈，说："山东这几年很不太平，常有发捻余匪骚扰地方。新近闻说匪巢火并，把一个运筹帷幄的贼军师马二大王讧死了，往后去，或者可以太平些。不过这马二大王的妻子，江湖上号称四喜碧霞娘娘的，也不是好惹的，还有马二大王一个随身保镖的沧州武秀才黑胡窦二也没收拾，留这二人在山东道上，恐怕还不十分安逸。"

曾家的下人奇怪道："怎说武秀才会当起捻匪来呢？"

赶脚的道："那有甚稀罕？就是马二大王听说也是文举子出身哩！"

上达听到了这些话，便想起德州的店家那种奇形怪状地向他盘诘，两面一参考，心上便老大地疑惑。一到家中，就几次三番地诘问小翠子，说："到底小喜子现在做何勾当？这孩子是不是姓冯的后裔？姓冯的又是怎样死的？跟我们别了这许多时候，他们一家人如何会在山东？那送孩子的黑汉是不是姓窦？你们长谈一夜，总该知道。"

小翠子却笑说："不详细，不过这孩子呢，确系姓冯的血胤。

至于送孩子的来人是否姓窦，又没有人跟他交谈。况且是个男人，叫我女流怎生知道？现在你有现成儿子，保住家产，又何乐不为，何必拨草寻蛇呢？”

上达又被小翠子连讽带嘲讨了个没趣，自然心上更加纳闷。如是者过了几年，这孩子转眼间已经七岁了。原来名字叫祖云，小名叫凤生，都是小翠子提的。上达明知中有作用，又未便明言。至于外间人呢，都认道这是上达第二个儿子，小翠子所出。上达一时又不好不承认，心坎上却大不谓然，真是哑子吃黄连，说不出的苦，所以父子间的感情很是平常。幸而上达见了小翠子颇有三分惧怯，凤生仗了娘偏爱着，不啻一个保护律师，倒也不愁冻馁。

始而上达存心不叫这孩子读书识字。说也奇怪，他们村集上这时忽然来了个挂单和尚，借在一所小小的关帝庙内，专门施药送诊。凤生既不读书，自然一天到晚闲着，无非在外胡闯，常到这庙内去玩耍，跟那和尚厮混熟了。和尚便抽空教他读书。凤生也要读书，不上一个月，已经识了两三千方字，读到《论语·公冶长》了。上达知道了，禁止孩子出去。凤生便去告诉母亲。小翠子听了，又和上达大闹，反逼着上达把那和尚正式请到家内做凤生的先生。凤生正式上学攻书，和尚替他把“祖云”二字改作“国璋”。

其时的苏二也早已受雇来做长工，一见国璋，便说：“这小孩儿的筋骨，小时候受过药水洗炼，要习起拳棒来，真好见功。”

国璋听了，又中下怀，暗暗地便拜了苏二做师父，白天读书，晚上习武。到十五岁那年，论文已能握管成文，诗赋咸工，四书五经读完之外，又读了《史记》《国策》和着《孙武子》《诸葛新书》《黄公三略》《太公阴符篇》等各种子书，而且遵着先生之命，专习《左传》。但是，依上达的心思，这些子书都不应读，要读还是《小题正鹄》《八大家试艺》一类书籍。无奈那和尚偏不依上达的教授法，并且说："照东翁的教读之法，岂非要消弭丈夫壮志，把令郎造成一个冬烘头脑吗？若说功名的话，不必老在闱墨上用功夫，遇了识者，也会飞黄腾达。"

果然国璋初次出去观场，那时国家锐意维新，当道正用心访求匡时良材，国璋这一路笔法正对主司目光，所以文场一战，便成了一名生员。国璋既进了学，那和尚便不辞而去。上达并不可惜失去了这么一位方外良导师，倒是国璋着实难过，足足地用心寻访了三个月，脸子也瘦去了一半。后来接到和尚一封信，说：

数由前定，后会有期。只就所学，已当世无两。

国璋方稍息念，这是国璋的所具文才。

论武，国璋既有天生膂力，复有苏二悉心指导，沙包可以打十一个。每天清晨，不是打井噓气，便是打马鞍、操木马，一分钟时候可以走全二十五个梅花桩，一二十个庄客跟他练仙人担石锁或者掼跤（即武当拳中之跌人法），都不是他的敌手。什么金枪十八手、醉八仙、猴拳、武松脱铐、抄水燕子等那些花拳绣腿，也无一不精。依了他，还要跟苏二学家生。

苏二道："现在不比从前，正式的开战都在火器上分高下。这些刀枪剑戟的古时军器都失了效力，与其下这种冤枉功夫，不如去购一支洋枪来，天天熬练瞄准和打靶吧。"

无奈国璋一面自顾练洋枪，一面却仍旧要求习家生。苏二见孩子诚心求道，只好再教他一套六合刀的单刀法，又传授他八八六十四手的少林棍、一路杨家小金枪的枪法，另外一两套剑法。临了又教会了七支紧背低头花装弩，说："这倒是防身必要。"

那时和尚尚没走哩，回头和尚走了，苏二也预备辞歇出去。

国璋急得跪了下来，苦苦地哀求道："先生走了，弟子已好比失却了一半灵魂，如果师父再一走，弟子完全无人指导，真好比盲子没有了杖，年纪尚轻，将来怎好做人呢?"

欲知后事，且阅下回。

第八回

数联妙句挥向壁中
两事铜屏提来腕底

话说苏二听了这番话，知道他的挽留出乎至诚，不能不答允他再留几时。

但是国璋的爸爸却还没知道他儿子已经成了文武全才，有一天到清江浦金龙四大王庙内去拈香，在大殿墙上无意间瞧见一首诗道：

> 我是人龙神亦龙，我今胡为乎泥中？
> 一朝际会风云日，与尔同酬济世功。

上达心想："何处狂生，出此大话，竟敢形诸笔墨？若在文网严密的时代，岂不是又要兴起一件大案，株连别人了？"

及一端详字迹，写得一手好苏字，看去似乎很熟。再把下面一瞧，却有"国璋醉笔"的署款。此刻的上达真是吓得丢了三魂，失了六魄，草草拈香之后，便赶回家去，暗想："这野种如果再留下去，恐怕连累我家三党九族都要受灭门之祸，还是趁早结果了他，以免后患吧！"

上达回到家内，恰巧国璋站在厅上指挥下人在那里收拾尘垢。厅上本有两扇古铜屏，就地起有三尺多高、八尺多阔，至少要有四十余斛一扇。却见国璋问了声："屏下已打扫干净了吗？"便从身畔很轻易地伸手把两扇铜屏一提，从容不迫地提回原地方放下，面不见红，气不见喘。上达亲眼看见，不免暗暗地抽了口冷气，忖道："咦！想不到这野种竟会有这许多气力，照此情形，我想要收拾他的性命，他如果发作起野性来，我的性命不要反被他收拾去了吗？"又只好按捺住了心头火，忍气吞声跑到小翠子房内，把庙中所见题壁之诗跟小翠子说了，并道："留这畜生在家，迟早要受灭门之害。"

究竟小喜子跟谁养出这野蛮狂童来的呢？小翠子见事已至此，索性一本直说。上达不听犹可，听了更觉心惊胆战，竟惊出一场病来。

原来那姓冯的同年乃是太平天国南王冯云山的侄儿，小喜子的真是林凤翔的女儿。自从他们配了夫妻之后，都想替父亲、叔父报仇，便到山东道上召集亡命，意图大举。不料自己人争功攘能，姓冯的被手下讦死了。其时小喜子也常常扮作男子，帮着丈夫做事，目见男人被戕，心灰志夺，便散了伙，隐到沧州窦二家中带发修行。不料那年窦二又为地方官逮捕甚急，小喜子正急得走投无路，恰好打听得曾家南归，她便赶来把孩子付托给了小翠子，她自己便到泰山结了一所茅庵，落发修行。但是旧部虽散，依旧常常地聚会，商量报复之策。后来想出个神教的方法，故又分头组织什么黄崖教、红灯教、神拳教，秘密进行，非常发达。小喜子既恢复了绿林势力，想起这儿子，便令党徒暗暗地来保护。照小翠子的目光看来，教授国璋的那文武两教授也都是小喜子直接或间接派来的哩。你如今倘然要摆出父母势头来收拾这孩子，我们一家性命也难保不生意外危险。

其实小翠子也是在一条线上的，不然如何肯允受小喜子的重托呢？因为小翠子的生父就是跟林凤翔一同率师北上的李开方，自然有历史上的关系，岂有不尽心协力地保护国璋咧！

这一席话从小翠子口内出来，钻入胆小如鼠，而且满口我皇上深仁厚泽的曾上达耳朵内，当然要惊吓出病来了。究竟年迈之人，经不起这种风浪，病不多时，上达死了。

小翠子虽然妓女出身，究竟阅历已深，处理家政久已井井有条，一旦遭此大故，并不慌张。外人不知，以为上达有子，她却明白国璋非曾门的血胤，若不早为分析，别的不打紧，还有上达两个亲生女儿，对于当年德州收作螟蛉一事，虽不十分明了，可是都疑国璋来历不明，将来定有口舌。故趁上达五七家奠之际，曾家的亲族寅年世邻等众都来吊奠，小翠子便请族长公亲做证，把上达遗产分作三份。上达两个女儿各得一份，余下一份又分上两小份，一小份付与国璋执掌，一小份为自己养膳，将来自己身死，即捐入曾家义庄，作为上达公支祭田。不明白的人觉得小翠子并不因国璋系己所出，稍存偏袒之心，如果分析，国璋未免太吃亏些。内中也有略知内幕和着上达正妻方面之人，本来预备要提议处置遗产方法，万一小翠子祖儿欺女，便要出面辩白亲生与义子的问题。如今小翠子如此支配，再公允也没有，谁都不有闲话。

倒是有几个好事族人反替国璋大抱不平，背后教唆国璋闹家庭革命。无奈国璋一来别具大志，区区遗产多寡，毫不为意；再来这些代抱不平之人何尝真为国璋打算，无非想于中取利，这一层也早被国璋看破；三来上达盛殓之后，小翠子特地召国璋到僻静所在，将他出处原原本本一齐说个明白。国璋听了，大大伤感，自忖："枉为昂藏七尺男儿，连生身父母的面目都不曾认识。"依着本性，立刻就要到山东找寻生母，无奈为遮人耳目起见，未便丧中远行，无论如何，须待服阕或周年之后方可借游学

116

为名，远游赴鲁，故而对于分家那件事完全不在心上。莫说分得这一小份，一毫没有怨恨小翠子之色，就是并此而不分，他也坦然。本来他已知身为冯氏子，如何肯来占有姓曾的产业呢？有了这三层意见，一班族中败类自然教唆不成。不过从此以后，国璋决意敝屣功名，不乐仕进，暗想："我既属太平天国南王的侄儿，又兼着这一身文武本领，便当轰轰烈烈在这长江一带干番事业，犯不着再替满洲人出力，把我们同种汉人的鲜血拿来染红自家的顶子。好在上达已死，名义上已经析爨自立，正当壮年，大可作为，不要把光阴错过了。"

欲知后事，且阅下回。

第九回

广交游会员联会友
通声气同志缔同盟

话说从此之后，国璋广行交结，并延揽江湖上的有名汉子，仗义疏财，扶危济困，就是那些秘密会社方面，什么"天地会"、"八卦教"、"大刀会"、"哥老会"、"小刀会"、"神拳会"、"三点会"、"两杯茶教"、"五枪会"（按：即青缨、白缨、黄缨、红缨、黑缨枪会五种）、"黄崖教"、"自团教"（按：自团者，犹言自行团结也，世俗均误称桑团教，并云奉桑团为祖师，是诚数典忘祖矣）、"无为教"（按：此系黄崖教之分支，亦以拜大学为功课，正名舞讴教，故至今佛偈中有一种名舞讴调，乃取曾点"浴乎沂，风乎舞雩"之义。一说首创此教者乃安徽无为县人，故曰无为教。孰正孰伪，不能断定，姑两存之）、"在理教"、"洪江会"、"公口"、"粮帮"、"袁家"（按：此即中国势力最大秘密结合。公口盛于川、陕、甘等省，集哈、缠、蒙、藏一部分民族组织而成，与回教对抗者。粮帮即青帮，袁家即红帮，江湖上所谓青、红公口，三界弟兄是也），他也都有来往。国璋自己便又拣选势力最强大的红帮，投身进去。好在他是苏二的徒弟，也可称近水楼台，更是容易出名。从此凡是走码头的汉子、踏桥梁的爷们，路经江北、淮、徐、海一带，只消提起"曾国璋三爷"五个字，打尖过夜，可以不费分文（江湖上谓之一宿三餐）；乘航船或搭羊角小车，

118

只需一半代价（江湖上谓之半通）；若是登门造访，说话投机，哪怕留在他家一年半载，衣之食之，曾国璋不行鼻子内有一哼半哼；要是缺少盘缠，讲得出交情，立刻资助，小的一百八十块，大的一千八百块，毫不为奇。不到多久，国璋便受了各方的推戴，组织起山头，开起忠义堂，分散票布，大规模地举办起来。

袁家的规矩，凡是有势力、有义气的，便可开立山头，招贤礼士，山名各个不同，堂名却是普天下一样，皆唤作忠义堂。曾国璋因为爱那云台山形势，又和着家乡邻近，所以叫作云宝山（后来因为遵守红帮的统一规矩，凡是山名，须用自己名字的一个字，下面必须用"宝山"二字，故改称国宝山）。

国璋自己当然是山主大爷，然后大家公推定了看家二爷（专司本山赏罚）、当家三爷（专司银钱出入），以及红旗老五（专司杀人）、巡风老六（专司稽查），派定了正、副三堂六部，其余都混称老幺。另外又由国璋指定几个有才干的弟兄到各处去结纳好汉，招请入伙，总名叫作访贤。内分老四、老七、老八、老九四种。不过国璋有了这种举动，那小翠子分给他一些些的家私不够一年使用，早已告罄。那么他开山辟土这笔经费从哪里来的呢？那自然靠贩卖私盐度日的了。而且国璋眼光远大，并不注意在江淮内地，他的目光完全注射在黄海、渤海两海的海岸线上，所以他的大本营就设在黄海头上，云台山后的临洪口，用以控制胶州群岛。至于他的势力，莫说越过黄海，一直到中俄交界的海洋岛，僻在一角的辽东湾自然亦包含在内（按：现在锦州湾一带，日俄役后，已由俄租借地而变成日本殖民地矣），并且连日境的长崎门司、韩境的釜山一带都有他的潜势力。就是内地呢，大约苏、浙、直、鲁、豫、奉、吉七八省地方，也多有奉他的号令的。把他手下弟兄合并算来，总数着实可观。他散放在外的，除了票布以外，另有一种尖角的小旗，红色白镶边，角上绣一个黑色"九"字。因为他

119

跟金光祖、王五、老疙瘩等九个人结拜过十弟兄，他年纪幼小，排在第九，大家称他盐烟曾九爷（指他专营盐、烟两种贩卖事业而言），所以旗角上绣一个"九"字。凡是领他那面镖旗的，他必定有幅简单地图附带着交给人家，说："这图上注有地名的地方，就是我这面小小旗儿发生效力的区域，图上没有这地方所在，那就管不了许多。"不过就照他这幅地图看来，已好比战国时代的秦楚诸霸，不是邹、邾、滕、薛等小邦诸侯了。研究他的势力何以能如此地广大，到底得力在一班同盟弟兄的互助力量上。谁知国璋虽有如此喧天的声势，竟尚有人敢于出头反抗，并且始而反抗的力量虽极其微弱，然而有志竟成，最后国璋竟断送他手，真可称强中更有强中手、能人头上有能人了。

欲知这反抗之人姓甚名谁，用何方法推翻曾九，且阅下回。

第十回

渔贩渔商靠水吃水
统领统带在官言官

话说曾国璋所以能够称雄一时，虽仗自己的本领不错，也是风云际会，天与良机。

原来这时两位威镇长江的水师统领彭玉麟、黄翼升都先后死了，两江总督刘坤一、两湖总督张香涛素嫌这个长江水师统领职权太大，与自己的地位冲突，因便乘此时机，联名具奏，请改为长江水师提督，专管水师营务和沿江各省的湘、淮、绿各军，协防长江治安。清廷本来不放心这个长江小皇帝，见了这道本章，自然立刻准奏。这一改，名称上虽然没有多大的更动，可是权限上头跟从前不可同日而语了。

这个当儿，恰巧曾国璋已明白祖宗之仇，要分夷夏之防，正是开基创业之初呢。本来两淮盐务对于禁止私贩有缉私营负责，淮南、淮北各有统领、帮统分统各官，不过前清缉私营的军械不甚精利，实力疲乏得很，不及现在多多。但彭玉麟在长江梭巡时节，那缉私营好似被那长江水师在旁督察着，不能不勉力从公。而且彭、黄做水师统领的时代，对于缉私勤务，步步取干涉态度，略一废弛公务，立刻便要军法从事。那些缉私营内的军官目佐都是忍着苦痛过日子，背后时常咒骂，等待清廷准了刘、张之

121

奏，一朝把长江水师统领名称改去，减小权限，缉私营的事权为划一起见，仍由盐捕营自行独立处分，他军不得干预。这一道上谕一下，那些在盐捕营当差使的见了，哪一个不是欢天喜地，没口称颂皇恩浩荡、帝德深厚？累那隶属城守营、防营（即绿营驻防旗兵），以及督抚提镇各标的弟兄们也一个个羡慕不止，都道同一吃粮当兵，要是投在盐捕营内当弟兄，真是几生修到呢。

有人说："同一当兵，何羡慕之有？"原来前清军界要推盐捕营的进账最佳，事情最简，每逢春暮夏初，洋汛一动，那些靠水吃水的商人都要放船到洋内捕鱼。在渤海洋面和着中日边界一带捕鱼的唤作东洋海船；在黄海洋面，从成山头一直到东海洋面为止的渔船，唤作北洋大沙飞船；在东海洋面，舟山群岛起，到福建的闽江口一带为止的渔船，叫南洋钓船；自台湾海面起，一直到南海的西沙群岛为止的渔船，唤作南洋广艇。这许多洋面的渔船出口时节，须到盐捕营报明装载食盐多少，以便腌鱼之用。这一来，盐捕营中人就有好处了。

其实呢，那东洋海船捕捉的鱼，以青鲭鱼、油筒鱼为大宗，兼捕明虾、海参等杂鱼；北洋大沙飞船捕捉的鱼以黄花鱼为大宗，兼捕鲥鱼、刀鱼、着甲、沉枪、白鲅等类杂鱼；南洋钓船捕捉的鱼以黄花鱼、鲞鱼为大宗，兼捕带鱼等类杂鱼；南洋广艇捕捉的鱼以鲞鱼、鳅鱼为大宗，兼捕乌贼、海螺、龙虾等杂鱼。如果盐捕营认真彻底追究，那除捕捉黄鲞、青鲭、油筒等鱼要用盐腌，其余是不必用盐的。无如成例如此，出口的渔船定须带盐，将来装了满船的腌鱼回来，这盐名唤鱼盐，准许在沿海口岸的小镇上廉价售出。要是出口了，捉不到鱼，空船回来，照例船上的净盐只好抛弃海中，不能再带了进口；要是带进口，就作私贩论罪。在这种种上面，便发生了许多弊端出来。譬如那呈报出口的渔船，分明装了三百担盐，却只报一百担；等待载了满舱腌鱼回

122

来，鱼已起上了岸，分明鱼盐只剩四五十担，却又浮报九十担。这以多报少和以少报多的一个反复之中，那该管的盐捕营内酌量情形，私收贿赂，就可不言而喻了，所以俗语有一句"醮着咸淡"（醮字，俗音读如载）即指此辈此事而言。又譬如明知这船出去捕捉江鱼（刀鱼、鲥鱼之类），不必用盐，而亦准许其报出口载盐若干、进口准销鱼盐若干，这里头的好处就更加来得大，简直不仅似经纪人之提取佣金，真好比不投资的股东，稳享赢拆输不管的权利一般。所以有时在盐捕营当差之人，要一注急用的巨款，便向这班海面渔商筹措，或者叫他们代自己贩运一次私盐，名为借顺风。那班渔商不能不依着他的说话办，不然逢到了洋汛，故与他们为难起来，那就受累无穷，也有奸商教唆营中弟兄干这私贩勾当。像这种神鬼莫测的积弊陋规，一时笔不胜记，也是由前代辗转流传下来，弄到如此腐败。

其中最最坏的便是那班灶户莠民，有时在营内吃粮，一朝营内出来，便又托名去做渔商或是灶民，其实专做私贩。贩了一阵，积蓄了几个钱，心术工巧的又到运使或盐道衙门去运动一下，顿时摇身一变，又变了盐捕营的领哨舱长，昨日贩盐，今日居然做了捕捉贩盐之人。也有昨日捕人，今日反被人捕的，这些事情，屡见不鲜。

冷不防发捻乱后，蓦地有了个彭玉麟来做长江水师统领，盐政也有权干涉。他手下炮船多，他的权柄又大，随时随地可以行使特权，治理别营事务。盐捕营内的人如果对于缉私不认真，他老人家老实不客气，就越俎代谋了。他并且时常青衣小帽，私自跑到穷乡僻壤的小码头上，第一就是注意这件私贩食盐事情，要是被他查着了，不要说芝麻绿豆大小的舱长领哨抓去当鸡鸭宰杀，就是盐捕营的统领、帮统、分统、管带、帮带，轻也难保前程丢掉，重则难保首领乔迁。况且老彭是有先斩后奏的特权，连运动走门路都来不及的，故此几百年的积弊，在彭玉麟监视时代，也曾彻底改造过一回，居然盐捕营内也兵额实足，办公认真，谁也不敢捞一个小钱的外快。后来换了黄翼升来，萧规曹随，虽比老彭好服侍些，终究还不敢胡作胡为。现在得到了盐捕营仍归独立的消息，不愁长江水师的飞划营再来多眼，自然好照二十年前的老法儿来调排一班渔商盐贩。官长和弟兄都不怕不有发财希望，当然兴高采烈，怪不得其他各营的官佐目兵都要看得眼红。有那前生修这句话咧，不过我们中国人的脑筋对于营私舞弊的法儿很肯殚心极思地去研究它，结果总有很神奇、很奥妙的新发明。

那些别种军队始而羡慕盐捕营的进账好，继而竟想出了一个方法来了。推说自己贫乏，无以生活，以友军资格向那盐捕营官长商量，可能照应一次，让我走一趟私运，弄几个钱花。至于弟兄的规矩当然照送，不然呢，老哥们的进项甚多，既不能允许我私贩，便得允许我告贷若干。在盐捕营当差的人听了，此事横竖于自己毫无损失，乐得卖这现成情面，好在规矩又照送的，更何乐而不为呢，当然答应下来。但是一客百客，允许了张三，不能拒绝李四，这戏法儿就渐渐地多起来了。而且出面讨情的人，他自己何尝亲身下船贩运，等到要求如愿之后，好比捐客一般，出去还是另外转包给人，头上来讨情的，至多一两条船一趟。后来非但船数多了，而且规矩也减短了。如此一来，和那盐捕营中的基本有些冲突，不得不翻脸抓了。谁知这班私贩并非纯粹的渔商，肯受你盐捕营中人的压迫，他们却也带好家伙，预备碰僵了开火的。区区几条捕盐船上的弟兄，如何禁得这般亡命之人拼命地拒捕，自然吃了亏了，弄假成真，便去告诉他们的上官，把那出头要求之人口粮开革。若是他们的上官庇护着，那么备文申详自己的上官，正式大办交涉，结果也许两败俱伤，或者就以"事出有因，查无实据"八字了案。

有时盐捕营或占了些上风，那仇寇便更解不开的了。这班游兵散勇就勾通了流氓土痞，索性招呼不打，大贩特贩，遇到了，预备大家打得稀里哗啦。如此一来，事情闹大了，盐捕营的上级军官便禀明了本省最高的军事长官，领足了机弹，调齐了大队人马，雷厉风行地大施剿袭。一面由军事长官札饬各标以及防营水师，大家挑选出一部分的少年丁壮，由督练公所及清乡局的委员统率着，协力地兜抄。那班私贩凭你人多手众，总不及这种混同组织的先锋队，只好匿迹销声，远而避之，那盐味道依旧让他们盐捕营独享权利了。

欲知后事，且阅下回。

第十一回

按三才巧做梅花阵
筹妙计阴连缉捕营

话说这时曾国璋恰巧从山东探母回来，虽仍没见着生母的面目，可已知道母亲是受了直隶总督裕禄的聘礼，到天津跟黄莲圣母俩同心传道、扶清灭洋去了。就是鲁省方面，由他母亲苦心孤诣，陆续成立的神拳会、硬肚子教等等，都为原任巡抚毓贤调了山西，袁世凯继任鲁抚，严拿教匪，举办清乡，不能立足，都已分头散去，大部分到了京津，小部分往河南、山西、陕西、四川、甘肃等处去了。国璋寻思："我要是赶到天津，见了母亲，碍在她修行人门面上，未必肯明白承认我做儿子，况且这种神道设教之事乃是愚人所为，自己颇有些不赞成；再者'扶清灭洋'这四个字的宗旨，恐怕与现世潮流不甚相合，虽然使清廷相信了，可以借此绵里针的方法斫丧他们的元气，但是若说要借这名义恢复我们汉室江山，那是万无此事。我既然胸怀大志，何必抱着这妇人之仁，定要跟母亲在一起做事？何不回去培植势力，到将来由他们破坏现局，然后我乘机突起异军，使得清廷措手不及，推翻了它，建设新国呢？"主意打定，国璋便回到家乡，收容豪杰，广布腹心。

恰巧那班盐枭失败下来，陆陆续续地都归了国璋。等到庚子年拳匪事起，国璋便想起事，因为饷械两亏，再者他不赞成那些大师兄红灯照的行为，又复忍耐下来。

一过夏天，八国联军入寇中国，拳匪果然失败。国璋暗暗地说声惭愧，幸而没有附和，自己眼力还不算差。但是北方拳匪失败，有一小部分的人都慕名来归，国璋如同韩信将兵，多多益善，自然收容下来。并且于无意中在他们口中探出自己母亲的消息，却也为看破了那些大师兄、大师妹是乌合之众，不能成事，早已入川隐避。国璋更为安心，自顾自地进行事业。无奈部下既多，开支浩大，渐渐出入不敷。便和几个老贩私盐的讨论了几次，明白盐枭之所以不敌官兵，皆因人少械乏，战斗力薄弱之故。国璋乃费了两三个月工夫，想出一个三才梅花阵的方法。先弄了五条小船做着模范，亲自督率着几个有军事知识的弟兄操演起来，操演纯熟，便又添上二十条船，共成二十五条船，再行操演。

不上半年，已经有一千二百五十条小船，操演得进退疾徐，指挥如意。国璋便把它分作五十组，每组二十五条浪里钻，笑向弟兄们道："如今基础有了，我们一面操演，一面好放几组出去做买卖哩！"

看官们，曾国璋的三才梅花阵是怎生的组织法呢？让著书人细细讲述出来，庶读者一目了然。

原来国璋的编制方法，以五为本位，每一条船六个人，名为一艇；每五条船成一小组，名为一甲；每二十五条船成一中组，名为一班；每一百条船成一大组，名为一联；每二百条船成一军，名为一部；每五部成一总；每五总成为一阵。要是遇见敌人开战的时节，以两总当先、两总掩护，分左右翼前进，中路一总乃主力军队，平时逢五，战时逢三，所以叫作三才梅花阵。至于那艇船的形式，与龙舟相似，头尾不甚分别，船身狭长，船舱极深。头尾上各坐一人，头上的叫艇正，尾上的叫艇副。艇正指挥全艇，且司船头小炮的射击；艇副司舵，兼顾本艇的进退安危。舱内左右各坐两人，共四人，两人执火枪，两人执桨。那桨和舵都用镔铁铸成，三面出口如同令箭形式，和那古时军器中的三尖两刃刀类似，既可左右劈人，又可直径刺入。若是行驶时候，便划水代桨。这是一艇的支配。其余可由此类推。

国璋的志愿，第一步想先组成一阵，自己做阵长，如果事业兴旺，做事顺手，那么一阵阵地推广出去。故此他主张操演自操演，出去贩盐自贩盐。并且他再订定一个章程，出去贩盐，并不以强为胜，专用硬功，总是先礼后兵。譬如派五条船为一小队，由正甲长统率了出去贩盐，所有货色都分装在这五条小船之内，数目不大，至多不过一百包。另外出钱去买一条乡下人所用的无篷船，也装上一二十包盐，归副甲长管辖着，预先规划路线，打算从江北崇明或是如皋偷出了口，向那江南的白茆口或是七鸦口进去，贩卖到内地去。但是白茆口或是七鸦口那里有盐捕营的巡船停泊着，如何过去呢？好在要走这条路，早已派人侦察明白，知道守某处口子的官长姓甚名谁，自己部下某人是跟他相熟的，就先派这某人去跟那官长说明办法。得了那官长的同意，又约定了日子，然后知照守候在江内的一甲船只，专拣二十以后天气，星月无光，由江北直驶进江南口岸。

那巡船上弟兄早已疏通就绪了，始而盘诘都不盘诘，任凭五条小艇过去。直待殿后的那条买来的乡下破船驶过来，那才上前拦阻，故意争执几句。这边吩咐上船看舱，那边驾船的副甲长便丢了船逃命。行在前面的艇船但等后面闹了，赶紧放上一排朝天空枪，盐捕营弟兄居然也应了一排朝天枪。这五条船自顾自地分头脱货去。那官兵方面得了一条破船，又到手了一二十包的货，大家把来摊分，到了明天，还可申文请功，叙上"某月某日，有大帮盐枭过境，胆敢开枪拒捕，被我军奋勇围抄，截获私贩盐船一艘，船中尚有余存私盐五六包。枭匪弃船遁去，现在所辖汛地内安谧如常，所有抄获私盐已交本汛某盐公堂给价官卖，除委专弁详陈颠末外，合先禀闻"这些话。这么一来，盐捕营方面名利双收，何乐不为？其实于国璋方面就是不丢这一些些货物和一条破船，也要花钱买交情。营里头受你的现资，反不及这种做品来得欢迎，所以太太平平地照这方法做下去了。这尚是一甲过境，所贩不多。推而言之，一班一联一部都可照此而行，那盐捕营的上官接得这种报告，初尚不以为意，日子多了，瞧瞧各处情形大抵相似，未免要疑心那驻守在各地的哨官诳报邀功，便私下派人去查。当地百姓却又都异口同声，说某月某日，确有盐枭过境，亲耳听见枪声之人不止十个八个。调查之人据实回禀。任你上官精明强干，一时万万想不透他这个玄虚，也只好不问了。

欲知后事，且阅下回。

第十二回

兵去匪来四乡无乐土
神号鬼哭何处是桃源

话说如是者不上一年，"曾国璋"三字真好比民国时代的白狼、老洋人、孙美瑶等相似，很是震动一时。后来他更好了，非但自己贩卖，还替人包送到埠。如此一来，淮盐的私烧灶户也不知添了多少，芦浙等处的盐务便大受影响。官厅方面倒还懵懂未觉，那些淮引盐商却都受了痛苦哩，便联名具禀本省盐政大臣，说：

> 如再不彻底整顿榷务，认真剿抚盐枭，则盐务前途
> 不堪设想。事关国家课税，万不能再玩忽视之。

这种公禀一上，照例盐政大臣要咨会各该盐务衙门，务必切实办理。私灶之事，归各场盐尹盐大使按户查办；私贩之事，还是援照成例，责成盐捕营，另由营务处组织联合军队，协同办理，大举清乡。无如那时的曾国璋已非昔比，手下兄弟已经组成两阵，有六万多人。大本营早已移到云台山上，连年收入又一年胜似一年，除了开支之外，盈余的都向外洋购买军火。自己又专门做那行侠尚义之事，方圆几百里内的人缘是好极了，万一官兵

130

开来剿抚，兵尚没有开发，曾国璋早已得到雪片的报告。对于那军队的数目多寡，领兵主帅的贤愚，随从诸人军事学识的优劣，军士战斗力具有几何程度，所用的枪炮利钝如何，预备了若干日子的饷糈，后援队有多少，统统完全明白。并且等待该军开到防地，那些乡村镇市上的居民，十有八九袒护曾家弟兄的，又对于军队方面极力宣传曾家战斗力的强盛，寒他们的心胆，淆惑军心。一面得着了一些些消息，便又互相传递到曾国璋耳朵内，使可早做整备。行军的胜败全在"心""气"二字，照此情形，从别处开来的军队哪里会有打胜仗的希望？老实说，没有开火，军心已不一致，锐气亦都减削，既失人和，而且地理又不及曾家弟兄熟悉，自然十有九败。

至于水路上面，更非国璋的对手。那些官兵最感困难的，就是出没无定，专用奇兵袭击，所以剿只管剿，曾国璋他们贩只归贩。为了此事丢官的，前后不知多少，官兵方面后来自己也明白了，实在非曾之敌，不得已去央求了苏二，和国璋讲明条件，彼此混饭，叫作各人保留各人的面子。每当官军到来，先行通知曾家弟兄，曾家弟兄特地避了开去，买卖也暂停进行，让官兵驻防在那里，见神见鬼，闹得附近居户鸡犬不宁。

过了一时，抓了几个已定罪的死囚，拿来当作替死鬼，算是捕获的大枭匪，在当地砍了。居然传首各盐场，晓谕各灶户，最后把那颗首级高悬在犯案最多的地方示众，然后大吹大擂地奏凯班师。一到官兵走后，曾家弟兄再行出山，继续营业，做了一时公事又吃紧了，官兵再行调来，曾家弟兄仍照旧章避开。如此一来，大家不愁没有饭混，彼此的饭碗都保得住了。这种兵来匪去、兵去匪来的车轮转法儿，兵匪两方果然都有饭吃，不愁什么了。但是无辜的小百姓吵扰得够受了。依着曾国璋心上，害民太甚，还不肯答应，实在是自己师父居间调停，不好不买一点儿账，只得勉强赞成。但是对于被累的百姓，他仍旧另外提出一笔费用来，暗地托人散放，只推说是无名氏行善求子，独立赈济。始而百姓们真认是大慈善家所为，不过暗地奇怪："这个无名氏倒是世上无双的大善士，不然我们这里遇到一次兵燹，他为何必定要来放赈一次呢？"日子长了，不期然而然地探知是曾国璋大爷所为。这消息传扬开去，都把曾国璋当作万家生佛。一班中下社会，没有一家不供奉曾大人的长生禄位。万一有人盘诘，就推说是尊敬湘乡的曾文正公。当地那些小孩子，其时曾有一支歌谣道：

　　官兵去，盐枭来，大家有得吃肉饭，曾家大爷真四海。官兵来，盐枭去，官兵好比黄梅雨，只有坏处无好处。

　　从这支童谣上听去，也可明白曾国璋在当务之急时之声威，确有众望所归、有口皆碑之象。人心对于国璋和官兵之向背，也于此谣可见。
　　欲知后事，且阅下回。

第十三回

尔猜我疑种成恶果
情投意合缔得新交

　　话说曾国璋到了这般地步，虽尚未能算是夙志克偿，但也颇足自豪。不过有句俗语叫作"满极则覆，盛极必衰"，正在这绝盛的时代，忽有件事情发生了。

　　原来忽有个冒充国宝山陪堂的沭阳县人，姓尤，到丹徒乡下四方桥去招摇，被春宝山的弟兄盘破机关，便送到国璋那里去发落。这是他们袁家的规矩，凡捉到了假冒之人，须把他送到所冒的山头上，由那山主询明口供，吩咐红旗老五，将此人开劈祭旗，以杜后患。国璋一问这人叫尤冠众，也是苏二的拳棒徒弟，看他年纪尚轻，而且骨骼雄健，膂力也很好，便叫他折箭为誓，破格收留下来，给一名艇副给他当着。

　　这消息传到春宝山山主的耳朵内，不免暴跳如雷，说道："是曾国璋存心给我们抬杠，瞧我们春宝山不起，非得邀齐天下水旱英雄跟他评评这个理儿，到底谁是谁不是！"

　　这风声又传到国璋耳内，便派专人到春宝山，向山主道歉，顺便说明："并非破坏天下山规。因为姓尤的和敝山主的拳脚同出苏家门下，所以碍在二师父情面，不好正规。贵山主如果一定要取这人性命，那么就请贵山的红旗辛苦一趟如何？"

春宝山主总算占了一点小面子，又一打听，尤姓小子果真是苏二徒弟，也不好意思下手，就含糊过去。

　　不料隔不上几时，却又有人在海州冒充春宝山弟兄，就被尤冠众盘出根底，派人送到镇江请春宝山主发落。这人知道春宝山主生性蛮暴，此去断无命活，为全尸起见，乘解送之人一个不留心，私下吞了五六钱生鸦片，自寻短见死了。谁知那时候的春宝山主将近要受清廷招安，当差使去了，得到此信，一口认定是曾国璋放刁，存心要丢我们春宝山的脸，非捶他不可。

　　看官们，你们道这春宝山山主是谁？原来不是别人，就是那鼎鼎大名的余海峰。他跟曾国璋俩本来早有积仇（限于篇幅，容另篇详述），现在为了这一些小小交涉，两下不免又留了一点心迹。

　　事有凑巧，那余海峰的春宝山本来是和任春山、蔡金标共同组织的，其时任春山已经死了。春山在日，大权早在海峰手内，何况春山又死了呢，自然海峰独揽一切。不过蔡金标未免心有不甘，只因海峰非但占有指挥春宝山大部弟兄的势力，而且他的盟兄孙七其时刚被扬州运使抓去，收押江都狱内，定的终身监禁。所有孙七部下，散处在淮河以南，和着安徽寿州、凤阳，山东兖州、济宁、泰安、济南等地的弟兄都受了孙七入狱的劝告，悉听海峰约束。如此一来，海峰的势力很是可观。

　　那蔡金标只有春宝山一小部分的势力，当然不敢和海峰出面抵抗，可是一时又不愿示人以弱，久思引人援助。这回听到春宝、国宝两山闹了小小意见，金标便到海州拜会曾国璋。国璋因为金标是镇宁瓜扬一带有名汉子，论起辈分来，也不是草茅新进，为着自己扩张势力起见，自然乐于结纳。而且蔡金标并无一点前辈架子，一定要和国璋结拜弟兄。国璋自也未便反对，从此曾、蔡两方很有联络，就是蔡部心腹弟兄，知道有了曾家后援，也都心胆为壮，对于本山余海峰派的态度，不比以前那样一味畏

134

缩了。

其时官场中对于盐枭却并不以心怀大志的曾国璋为虑，反全神注视在春宝山一班弟兄身上。那年甲午中日开战，社会上互相传说，都道春宝山弟兄要乘机扰乱长江，累得官场提心吊胆，沿江各省都无形戒严。后来刘坤一总督很想招抚春宝山全山弟兄，叫他们去邪归正，无奈居中缺少一个有力的介绍。刚巧长江提督黄少春新授了署理江防全营统领的兼职，驻节镇江。刘坤一便下了道访拿春宝山弟兄的密札给他，授以全权，叫他剿抚兼施，相机办理。

那黄少春军门呢，和蔡金标是向来熟悉的，一到镇江，便派人到蔡金标家内，将金标邀到提署，命他设法消灭春宝山的潜势力，并且向他叮嘱："最好恩威并施，将春宝山有械的弟兄改编入伍，无械的给资遣散。如果实在无法招安，那么只好用武力解决了。第一，须先把为首之余海峰除去，蛇无头而不行，便不妨事。你若能办妥此事，立刻保你做缉私管带。"

蔡金标本来为着春宝山面子被余海峰一人做去，久已四处八路设法，要想推倒海峰。如今一面有了曾家的后援，一面又受了官厅委命，顿然间气焰甚张，便昌言无忌，说："奉了提督军门密令，要拿余海峰首级回话。"

风声传到海州，曾国璋大不谓然，向自己的亲信道："天下成大事者，岂有这样鲁莽的？我看在拜把子分上，不忍他受人暗害，还是差人去劝劝他吧。"

欲知后事，且阅下回。

第十四回

重友谊英雄见血性
懈军心豪客出奇谋

话说曾国璋要派人去劝蔡金标，谁知人还没有差出，第二个消息又传来，果然蔡金标反被余海峰火并杀死了。

国璋顿足道："果不出我之所料，他这种呆头呆脑的直性汉子，本来哪里是人家的对手。往后去，我自己没有发展也就罢了，要是有一日得偿夙志，务必替他报仇雪恨，保持我们江湖上的义气。"

国璋此话一出口，自有一班献勤讨好之人传送到余海峰那边去。海峰听见了，口内虽说："我何惧于他？他若来讲义气很好，本来我们俩要较量较量，谁怕了谁，便不算是好汉。且瞧瞧我们俩手段，往后去到底他杀我，还是我杀他！"实在海峰心内对于别人虽一毫不以为意，独对于国璋，却有三分忌惮，不过口内不得不硬罢了。这么一来，反促动了余海峰投顺清廷的决心。

恰巧有个仪征县的李绅，平日和海峰是朋友，得了此信，替他先向南京刘督投诚。刘坤一本来很爱海峰的胆略，常夸赞他是有用之才，居中既有人出来说话，并且担负不轻背叛的责任，自然准许改编，并且赏了海峰一个守备虚衔，由李绅带去谢委，问明所部党徒多寡。翌日牌示，着余海峰挑选精壮亲信，编练一营

136

水师，直辖督标，驻扎镇江瓜扬，以厚江防。其余编为虎字队一大队，亦由海峰举荐任春山的儿子小山为虎字队管带，受两淮缉私营节制，分驻扬中、泰兴、泰县、三江营、十二圩等地，以资震慑。所有海峰旧党申正邦、赵鸿喜、杨瑞文、沈朗、马玉胜、陈开扬、张晴湖等人，仍归海峰差遣，自行加委帮统、帮带、领哨、舱长各职，呈报到案。如此一来，海峰一班弟兄便变了缉私和江防官兵。从此专跟曾家作对，拿到就办，凡是曾家货色，运到淮南，或是白门以下长江各口岸，以及皖北的寿、凤，山东兖、济、泰等孙七原有地界之内，便休想偷漏一粒盐颗，逃逸一条性命，铁青着脸子办公。这一下，国璋可恼了，也在两阵弟兄之内挑选了五六千精壮，自己统率了，开到长江江阴口外的东兜山，准备和余海峰大大地交战一场，分个最后胜负，而且也专拣在海峰辖地内滋事，使他不安于位。偏偏海峰来得乖巧，并不轻举妄动。

如是者又过了一时，曾、余两家的恶感一天深似一天，和解都不好和解的了。始而国璋部下是久经训练之卒，再加数目比海峰多，海峰手下虽多猛将，无奈兵力太薄，所以国璋一到东兜山，曾经连打了几个大胜仗。后来海峰忽然改变战略，一面宣言有逃走的整备，以懈国璋之心，以老其师，一面细细地调查国璋平素作为，以乘其隙。直待柯逢时侍郎由部曹出任淮扬运使，很是赏识海峰，信任他的说话，在江都牢狱内将孙七开释出来，派他做新胜水师营的帮带，戴罪立功。一面再委申正邦做丹阳丹徒缉私营管带，赵鸿喜做三岸缉私营管带。

这当儿，虎字队管带任小山急病死了，又由海峰保举黄凯臣接手。那黄凯臣也是海峰心腹，而且彪悍出众，于是海峰缉私的势力一天大似一天，便暗中关照黄凯臣的虎字队，开到淮河以北，逐步去消灭国璋在淮泗一带根本势力。一面托孙七以新胜水师帮带名义，号召旧部在鲁皖边界同时搜捕曾家弟兄，消灭国璋在徐海一带势力。国璋不合一时之愤，不主张回师抵御，信了投顺来的蔡金标旧部的说话，老驻在东兜山，不动不变，连苏二的信都不听，以致经营了二十年的势力，从此一天不如一天。这也是天助海峰成功，故国璋会棋错一着，大局全变。

欲知后事，且阅下回。

第十五回

大队健儿轻装趋敌垒
多年心血长叹付东流

话说等到风声紧了，国璋方才有些觉悟。偏偏生起病来，这一病坏了，各方情势就在这个时候大大地起了变动。余海峰见时机成熟，探知黄凯臣、孙七也都得手，他便亲到南京去，面禀赵滨彦方伯说："这姓曾的不但贩卖私盐，侵蚀国家课税，暗中并且招兵买马，积草屯粮，联络海外亡命革党，密谋反叛。若不趁此羽毛未丰之际，调集大兵，肃清匪窟，只恐养痈贻祸，再蹈发捻覆辙。"并且带有证人，证明曾国璋罪案。要知道清朝官吏闻得"革党"二字，谁敢怠慢？因此赵滨彦方伯赶紧以营务处总办名义，命海峰掌管讨伐全权，一面备文申详督抚，请由督抚二标抽调劲旅，选派统兵能员，并照会福山、狼山两总兵，亦加派大兵，与余军会师长江，夹攻匪巢左右两翼。再知照松江提台杨景隆，迅即出兵吴淞口，堵塞下游，以防匪众窜入浙海洋面，并阻海州老巢余匪由黄海南下，为匪声援。

余海峰在南京等候苏松各地的照办回文到了，又在南京营务处请了一支大令，方悄然地回到镇江，密调申正邦、赵鸿喜两路水师进攻东兜山。

当这余海峰在宁告密，督抚提镇各标军队调动的时候，正是曾国璋在病重的当儿，各地方的同志得了军队出动消息，暗中便飞报到云台山去，殊不知国璋尚未回去。后来是淮、徐、海、泗各地都有了虎字队新胜水师驻防，要传递一个消息到山上，很不容易了。山上的人有识见的已知大势不对，都乔装离去。国璋苦心编练的水军，小部分随他自己到了东兜山去，大部分不能再在临洪、响水、旧黄河各口停泊，便都避到对面东西连岛的山坳、汉港内去，两三天得不到山主消息，便由总长做主，暂且散伙。因聚在一处容易遭人注目，那么归农的也有，就在东西连岛做岛户的也有，还有一大半人，另行推了首领，都向北开去。好在一过岚山头，到了胶州湾，便可依赖德国的势力，不怕官兵再来捕捉，暂且做起渔户来，徐图再举。

云台山的老家，本来外边知道的人很少，所有留守之人都是国璋心腹，事到如今，都剃去了头发，在上院做和尚，把那重要物件一股脑儿埋入山阴石隙之内，即使军士入山，表面上一点儿都看不出痕迹来。可怜曾国璋一番心血，从此都付流水。倒是他本人还卧病东兜山，一毫没有知道。直到申正邦、赵鸿喜两路兵来围困东兜山了，才知道不妙。东兜山是无险可守，只好设法退回去。再说论他的识见呢，毕竟不凡，明知这是余海峰存心作对，来者不善，不可力敌，故而他命手下几个部长率着大股弟兄顺流出去，往下游觅路，以乱官兵耳目，使自己好脱身。他自己呢，反轻装易服，带了几名亲信，从东兜山偷渡到崇明惠安沙上，料想走江北岸天生港，由如皋、泰县、兴化、宝应到淮安，或由东台、盐城到阜宁，一定节节有官兵把守，万难过去。所以到了惠安沙，便从吕四场到庄家沙，绕过暗沙，一径到了大沙，然后打算从五条沙进开山口。

不料一到五条沙，便和许多在东西连岛散伙下来的弟兄遇见，方知苦心经营的基础已经无形消灭，大事无望了。

欲知后事，且阅下回。

第十六回

奇阵成空梅花朵朵
英雄自尽碧血年年

话说依着部下的主张，劝他上辽东去找寻冯麟阁，或是到姆矶岛去投奔盟兄活阎王张四，况且胶州湾海面上有不少弟兄在那里，不妨收拾了重振旗鼓。

国璋却叹道："小不忍则乱大谋，我不应轻视了余海峰，又为急于要替蔡金标报仇起见，千不该万不该，不该移师到东兜山绝地，自取灭亡。如今有何面目再去依人肘腋？况且天既生了个余海峰在世，我在他手内栽了这么一个大跟头，即使将来再辛辛苦苦地布出个局面来，恐怕又要受他的暗算。你们尽可去投奔冯麟阁或张四，万一你们有义气的，有朝一日推翻海峰，总算替蔡大哥报了仇，替我雪了耻。我死在九泉之下，也就瞑目的了。"

当下国璋便把亲信遣散，自己打算到山东崂山出家做道士去。但是又放心不下那往下游开去的一班弟兄，要暗中打听了确信，再定自家行止。谁知不打听犹可，一打听，不禁五中摧裂。

原来这一班人自和国璋分别，便想出长江南口，果然申、赵两军错认国璋在内，拼命追击。始而倒还可以抵御，且战且走。到了常熟的福山港口附近，忽被福山镇标截住，对江狼山镇标也派兵三路夹攻，至此，三才梅花阵的阵势竟被他们冲破。而且申

141

正邦知道曾军此阵厉害，故此专拣把舵的艇副先打。要知艇副一失慎，那条艇上的四个艇丁、一个艇正便要紧自顾逃命，无心恋战的了。好容易冲出重围，又得着长江南口已有松江提台杨景隆带着三条浅水兵轮堵守在那里的消息。他们没奈何，只得散伙，各寻生路，大多数向内河乱窜。谁知余海峰自己的新胜水师精锐却分布在浒浦、白茆、虹鸦、浏河各口，以逸待劳，竟被他一网打尽，十停只有半停总算逃入了太湖，其余九停半都被余海峰捉死蟹似的捕捉住了。

海峰初尚认为逸去的几条船当中一定有曾国璋在内，亲自带了马玉胜、陈开扬、张晴湖三个亲信，在白茆起旱，追到常熟，又从常熟走江阴，声称要单骑捉拿曾国璋，跟他俩比较比较，才算个英雄好汉。走到常熟、江阴交界的陈墅地方，果见有一条曾家的败残艇船，三个弟兄在那里避风头，又被海峰顺手牵羊似的带了去，此外别无所获。海峰再出江阴口，会齐了各路水军，班师回镇，一到镇江，一面先行报捷到宁，一面把俘虏严刑审问，追究国璋下落。这些国宝山上弟兄倒也义气，都拼着一死，情愿熬受毒刑，始终只说不知山主去向。也有的说死在乱军之中，也有的说已投江自尽。可怜这些人，十有二三都活活熬刑而死。你想这信息传到国璋耳内，真是乱刀刺心，比死还要难受。

恰好黄凯臣巡查到沭阳，国璋便从五条沙渡海到了灌云县界的沭河，在一家乡下人家打尖。不料这家人家是认得国璋的，国璋便跟他们的当家说明，说："我想自尽在你们屋后的旷野中，你帮我救救一班旧日弟兄，把我的首级割下，送到沭阳黄统领那里，使得在镇江落难的弟兄可以免却再受苦刑。你呢，论不定还好领一注赏银。若念相识微情，买口薄皮棺枋把我无头的身子埋葬掉了，省得狗衔鸦啄，那就感恩不尽的了。"那家人家当是玩话，倒极力劝他暂避风头。

国璋叹道："天生我才，本可大用。不过在世四十余年，连生身父母的面目都没认识，一点人子之道未尽，自应该这般结果。倒是辜负了义母抚育之恩，和着文武两位师父一番教诲心血，都只好来生图报的了。"

那天国璋守到傍晚，才作别了自去。一到第二天，果然曾国璋自刎在旷野了。那个乡下人看见了，一者有点儿不敢，再者不忍动手，忙着喊地保报官，反便宜了灌云县令，得了一桩现成功劳。这消息传报出去，拘押在镇江的弟兄方才免了苦刑，解县发落。而这样一个顶天立地的奇男子，再不料如此下场，真是言之可叹。后来国璋的心腹投奔了张四，张四到底替国璋报了仇、雪了恨。可是事情已隔了十年多哩，谁还记得以前曾、余两家残杀之事，重提旧案啊（此事当另篇详述）。

著书人听张少良君从游云山凭吊古今，过渡到曾国璋一生历史上头，原原本本告诉了个透彻，便也照着笔录下来，以供谈助。既可算党会秘史，又可当作清末逸史啊。

民哀说集

周　序

　　予识民哀三年矣，每读其著作，恒深佩之。去岁秋，予谬膺《乐园日报》编辑事，日崦嵫，民哀干于来吾许，出纸烟合一。盒以革制，色黄，径纵横各三四寸许，窥其中则不实烟而实纸，殊不审其作何用也。

　　倾而出之，得文稿一小积，说部札记，以及诗词杂作无不备，云为半日中所作，将分赆报章杂志者，故此戋戋一盒，谓民哀心血液脑之结晶体可也。予幸获交民哀，时得于个中分其一二光吾篇幅，而读者见之亦啧啧交称焉。予每见民哀恒索观其盒，戏称之为百宝囊，盖其炳炳麟麟之文字掷地能作金石声者，固不啻无数珍宝也。

　　今民哀将出其百宝之囊，扩而大之，选平日所作，汇为一编，颜之曰《民哀说集》，采戢所及类多精心结撰之作。近世小说家言，当以此为正宗。抑予闻之民哀于文墨之外，兼工弹词，口讲指画，听者每为神往，退而取其口讲指画者，融会而贯通之，笔之于书，则其状物写情之处，自必胜人十倍。昔法国某名流谓毛柏霜之作说部如手明镜，独立天表，尽收世间万事，人生七情，一一入其镜中，无有遁者。予于民哀，亦云。民哀书成索序，爰缀数言以归之。

　　　　　　　　　　己未三月吴门周瘦鹃序于乐园日报社

严　序

　　姚君民哀善属文，其所作诗、词、小说、笔记之类，散见于报纸及杂志者至夥，今乃辑而成书，颜曰《民哀说集》，梓行有日矣。问序于予，欣然应之，顾以事冗，匆匆十余日未着一字也。越昨，复晤民哀，则复索序。予笑曰："无之，虽然子之说集，固亦不必有序也。"民哀愕然，愿叩其说。予曰："一书之出，必自有其精义焉，其精义或不可尽知，斯有待乎序，序之为用，质言之，殆借以提示全书之菁华，为之绍介于读者之前而已。今吾子所为文，播诸报章，其为人称赏也久矣。兹复爬罗剔抉，汇成斯帙。凡向日慕子之文者，又孰不欲得窥全豹以为快。则是读者皆旧相识，更无俟他人之绍介矣。夫何必有序？"宗弟谔声时在侧，抚掌笑曰："兄既负民哀文债，今索逋急，无以偿也，乃为是言以塞责。然其辞甚辨，盍笔而弁诸简端？可谓不序之序矣。"予曰："弟言亦良是。"乃书之以授民哀，即以为不序之序。

严独鹤

庚申仲冬

自　序

余生多病，长而失学，虽承庭训，实无所成。庚戌、辛亥间，从弇山冯壮公、青溪邹亚云游。壬子、癸丑间，复从魏塘李一民、沈道非，鹿门俞剑华游。今日戋戋之得，实诲我者孳孳益之也。

昔者季次、原宪终身空室蓬户，褐衣蔬食，义不苟当世，当世笑之，季、原安如也。余虽不能怀独行君子之德，而窃慕季、原之风，一息如存，此心不泯。回溯十年以还，北走燕云，东游辽沈，击未中乎副车，戈空负于白下，几经丧乱，一事无成，世固无足重余，余亦不愿为世重也。于是废然改计，理我旧业，或曰：子其知为贱丈夫耶？

呜呼！世变方殷，斯人不作，中材而涉乱世，能逃鼎镬之诛，亦云幸矣，奚复敢论痹俗侪浮沉以求虚荣哉？

往者朋侪，有书局之组衡柄者，不以菲菲见遗，坚索余稿，欲代为刊布。噫！余何如人，不祥姓氏，敢灾枣梨？朋侪爱我实重余过。韩非有言，儒文乱法，侠武犯禁。余文虽未足以言乱法，然亦不甘若恣欲自决之徒动辄蒙世盗名，如草木之荣枯，故坚不之可迩者。余又弃弦索生涯，别图良计，且将有事中原，存亡未卜。濒行，忽有所感，因撷拾新旧诸稿，稍可者得七万言，以畀沈子颂华刊行于世。逆料此书出后，当世必有讥诮于我后者，然而余方自哂无聊，固不必待人之讥诮云。

庚申冬日南沙姚民衷自序于海上之花萼楼

人之种种

　　唐杜甫《茅屋为秋风所破歌》云："自经丧乱少睡眠，长夜沾湿何由彻？安得广厦千万间，大庇天下寒士俱欢颜，风雨不动安如山！呜呼！何时眼前突兀见此屋，吾庐独破受冻死亦足！"白乐天《新制布裘》云："安得万里裘，盖裹周四垠。稳暖皆如我，天下无寒人。"又《新制绫袄成》云："百姓多寒无可救，一身独暖亦何情。心中为念农桑苦，耳里如闻饥冻声。争得大裘长万丈，与君都盖洛阳城！"皆伊尹身任一夫不获之辜也。或谓子美诗意，宁苦身以利人，乐天诗意，推身利以利人，二者较之，少陵为难。然杜甫饥寒而悯人饥寒者也，乐天饥暖而悯人饥寒者也，忧劳者易生于善虑，安乐者多失于不思，乐天宜优。或又谓乐天之官稍达，而少陵尤卑，子美之语在前，而长庆在后，达者宜急，卑者可缓也，前者倡导，后者和之耳，同合而论，则老杜之仁心差贤矣。

　　民哀曰：此《磐溪诗话》也，余每读之，觉胸际间若有热血如潮沸，猛触我无穷感喟。余虽不文，勉以耳闻目接之种种人物，以广少陵、乐天之意，与有心世道者一商榷之。

　　余之车夫阿虎，为海门盘篮沙产，方在壮年，身短捷而行步甚健，随余有年矣。清晨而起，徐徐整理其车具，车杆之铜包头、药水灯之玻璃，须揩磨雪亮，非又以博主人欢，且可以招摇广众稠人中。既了所事，必携其宜兴造之茶壶，往附近小茶肆中，啜半小时茗。而此半小时中，谈天说地，兴会淋漓。斯时阿虎，夏则服洁白之衫，冬则穿极厚之袄，一班小民咸啧啧曰："此包车夫也。"而阿虎自视其身价，较之沿街叫喊之小贩尚高出倍蓰，更何论栗色车夫，可与其同等看待耶？待拉余赴筵，鹄立门口。车甫停歇，额上汗涔涔如黄豆，频以残破之巾拂拭不停。其形如渴奔之马、疲耕之牛，然其心中，犹寻思少顷赴某许，应走某路最近，毫不以此为辛苦也。

溽暑盛行卖冰童子，有王童者，其气力甚大，常童仅能负一筐，而此王童，力足以推行重载数十斤之独轮车，则其平日之劳动又可知矣。车上满载冰块，想缘久行廛市，为日光所融，渐化为水，滴沥不已，如劳力者之汗沈，又大似为伤心人洒一副痛泪者。冰上蒙以麻巾，尽为冰水沾湿，则又与拭汗之巾、揾泪之帕相去无几。而此王童之衣，为汗液所渍，又与麻布相等，力行既久，冰块渐化，分量较轻，童力亦少疲。在理，童子见其冰之重量减少，车行轻便，心中当有无穷愉快。顾此冰块，固运出求售于人者，冰既融化，不啻乎金钱变为逝水。童子之意，不敢惜其力而惜其冰，欲保持其重量，不使轻减，乃不可得，中怀方极懊丧，不因其车轻行便而意快也。

行久之，经过圬工某甲之门，某甲出铜圆二枚购冰。童子停车取铁凿，长三尺许，形如钩镰枪，但其端平扁，不似枪之尖锐耳。就冰凿得一方，长及尺，宽八九寸，反复省视，意甚踌躇。不遽以致某甲，甲催索之。

童嗫嚅曰："此冰凿取过大，老班能以铜圆三枚见畀否？"

圬工曰："我今兹所有，仅此二枚，良以室有妻病炎症，深苦烦热，故举以买冰。铜圆既尽，方将竭力设法明日缮资，实非如富者之有钱不肯给，故弄狡狯之语。"

适有一敝衫露肘之妇人，携一蓬首垢面之儿过此，谓童子曰："小王盍售之？须知今之铜圆二枚，为用直如往日之二十枚、二百枚，不易得也。失此不售，冰将化为水，恐一钱不值矣。"

童子闻之，举冰与某甲，取二铜圆收入衣袋，迤逦推车去。

卖油叟张姓，鬓发皓然。肩二木箱，内实镔铁桶各一，以盛油。箱之两端，各有空格，以藏其账据笔墨等物。担上缠旧布一幅，以备拭手之用。手执木榔一具，系以短棒，榔柄光泽如镜。榔身受系处，下陷寸许，如老僧之木鱼，实足表以其岁之深远，而老叟卖油有年矣。

余寓庖厨所需之油，即此叟所售，以时送至，无缺乏之虞。家有女仆，颇忠于主，每购物，必与人争论多寡，甚且互相诟詈，不稍退让。一若稍有退让，则其主将受莫大之亏损，而己亦被莫大之辱者。独对于此卖油叟，则谦和下气，判若两人，且时时称道张叟之诚实可靠。同辈嫉其得主欢心，造作种种诽谤以摇动之，谓叟与彼有染，故油独多，又曰叟之值昂，虽油较多，苟以此值与他人，亦足以购如许油也。久之，女仆惴惴有戒心，而于叟亦时时斗口。叟初犹不计较，稍稍忍耐，然如旁人之挑弄者，更气焰嚣张，日寻嫌隙。

一日，叟之油适稍轻于寻常，于是幸灾乐祸者借兹以兴口舌，而叟与女仆大跳叫。叟频行，申申詈曰："余以货易钱，何处不能消？必欲送汝家，又有何取？今后永不来矣。"

余私谓荆人畹香曰："今后食油，恐不及往昔之便利。"

畹香曰："否，小人反复无常，言而无信，彼言未必践也。"

如是者三阅月，叟固绝迹不来。

153

一日，余自外归，叟徘徊于后户间，似甚无聊，见余，忸怩进曰："先生归矣，近日用何人油?"

余曰："叟岂复与余家贸易耶?"

叟喟然曰："非老朽之无气节，实不得已耳。"

余为点首者再，乃代为疏通意见，而仆妇亦因他人之油不佳，且较叟贵，遂安然如平日，而侪辈之谤言亦息。

四马路店铺林立，市廛繁盛，而茶坊酒肆尤众。有酒店名言茂源者，生涯鼎盛，自晨至暮，往饮者多于过江名士。余亦常与二三知己小酌其中。

犹忆双十节之晚，余与灵南、介士等共进三爵，以庆此共和产生纪念。方纵谈间，邻座忽口角，共视之，见一衣半旧爱国布马褂、爱国布旧夹袍者，与一衣旧竹布长衫之人争论。余等询以何故起衅。衣爱国布袍者曰："余画师也，工传神。自有铅画油画以后，余几不能度日。前星期，某医生卒，其家仓促延余为之画构容，言明三元代价，费一星期辛力始成。适携至此，置案上，为此伧泼翻酒壶，将余画浸坏。试问不令之赔偿三元损失，向谁核算?"

破衣衫之子面容尤枯槁，两目凹进寸余，令人见之生畏，含涕进曰："余浙江玉山人，父曾为某大帅幕僚，余幼亦入泮，未及食饩，世局屡变，资产渐没。父已弃养，某大帅又不得志，即得志，亦未必思虑及此以昉后人，故共和以后，与蠹残相依为命，卖文为活。初尚游刃有余，今则市面日萧条，时游日困竭，虽有妙文，亦难换孔方。适从街面某书局来，某书局素以富饶自豪于人前，殊不知亦外强中干。余稿十万言，售以最廉之价，每千字八角，彼犹不收，闷极至此小酌，正自视余稿，对之嗟叹，肘一不慎，将壶泼翻。彼之画稿诚被余浸湿，余正道歉，思补救

154

之法，而彼猛以酒向余稿上浇灌，天下尚有公理，则此等野蛮之徒决不能容。"言已，且以手中之湿稿示余等。

灵南微叹，探怀出洋四元，以两给画师，两给贫士，嘱其不必再吵，恐为巡捕干涉。余亦代为给酒资。介士哂曰："此哀怜党也。"余曰："虽然，彼等岂好哀怜，亦不得已也。且画稿及文稿固俨然在目中，即果真哀怜，亦骚雅而非庸俗。"

综上四种人观之，苟率然视听，亦无所感愤。语云：天下事有比较，然后有感触。试以此种人与吞没安徽账款、专卖路矿于外人之某巨公出殡相较，令我愈觉愤激矣。或谓恐长此以往，必有绝大社会革命发生。吁！是何言欤？现在国家学说，倒行逆施，即此社会革命一语已足证明，试问何故而兴社会革命？曰：平均贫富，实行共产，恐富者已贫，贫者更贫，徒酿成野心家私欲，骚扰社会，发生无谓之争斗而已。如年来之挟炸弹手枪以欺诈商人，即妄言社会革命之孽，奈富者贫、贫者未富之论断为确当，然则何为治世正轨哉？要之吾人悉凭良心做去，富者莫奢于肥鱼大肉之场，毋吝于窘迫苦寒之辈，语所谓宁送炭于雪中，万勿添花于锦上，劳心劳力，各得其所。则王童之鬻冰，张叟之卖油，阿虎之推车，无所怨也，而此画师与文人之争，亦乌从生耶。余所以读少陵、乐天之诗，而兴无穷感慨。若世人尽以少陵、乐天之诗为心，则馨香尸祝，实有厚望于我同胞矣。

绮　冤

劫余生曰：予自客岁遁逃海上，于世俗上又长一层智识，而独方寸情固尚未能勘破，往往叶丝自缚，烦恼自寻。彼人不重情字者，余偏以情字感化之，致由假爱旋入真情，以致彼此恋恋，均有一种说不出、写不尽非酸非楚之文字、非甘非苦之滋味。然而余断不愿因是以埋没此一段绮冤，使天壤间疑余疑彼为薄幸人物。我泪虽枯，我笔虽秃，尚能强为欢笑，拭残泪，挥败笔，作此不祥文字，以触阅者诸君之眼帘，互印鸿爪，供世人茶余酒后之谈助，冀博"多情种"三字于人口，余心安矣。身后虽堕泥犁黑狱，固所愿也。

余家吴下，父以儒而贾者，余生而多病，襁褓中濒危者屡。年舞象而丧父，茕茕独立，形影自怜。幸金萱无恙，家道小康，余得以读书励志，造成半截通人。呜呼！余苟为婪人子者，腹内断无如许学问，学问既无，则可省却今日无数烦恼。乃彼苍者天，有意弄人，遂使余今日堕欢侘傺，其源实祸于当日读书之误也。盖余既开智识，遂知人世憧憧往来者，有男女爱情之作用，而欲亲尝试之。弱冠毕婚，余妻顽而且妒，妒亦情字之别径，尚不足怪，而顽则不可救药也。余恒慨然曰：情场失意，何痛如之？

时适共和肇建之初，余遂愤而从戎，沙场效力，不愿生还。孰知出入枪林弹雨之中，而不祥之身无恙，由是渐入离恨天中，与次妻纫芳相识。未几，纫芳竟以身属余，遂订婚焉。纫芳固有学识者，且富情愫，余得纫芳为妻，余愿足矣。故三四年来，风尘潦倒，困守故园，纫芳无怨语，而余自与彼结缡以后，不复知红豆相思作何解释，更不知悲伤痛苦是何滋味矣。岁月匆匆，于兹五稔，孰知天不由人，遽生祸水。余今日怀挟一腔幽愤，而不能诉之纫芳，万物有托，孤云无依，天实为之，谓之何哉？

奇哉！纫芳非余次妻乎？非余生平第一知己乎？何事不可与语，而云不能诉之纫芳哉？盖余抱幽愤而不能诉者，吐丝自缚，自寻烦恼也。

某年夏，余既至海上，纫芳含泪规余曰："世局纷扰，苍狗云衣，如君才力，车载斗量，万一不慎，窃钩者诛。君有老母，甘旨可奉，何必铤而走险，妄想飞冲天而鸣惊人哉？且君试念及堂上白头、闺中少妇，其何以为情？"

余闻斯语，憬然以悟，于是幡然变志，向所抱匹马中原、揽辔澄清之宏愿，自省亦无此能力。于是无心谋国，着意恋家，膝下承欢，闺中觅笑，天伦乐趣，亦至耐人寻味也。

余壮志既违，无所事事，杜门自乐而外，间奔走于各游戏场，以消磨岁月，口不及国事，目不及报章，置身局外，无所用心。孰料一夕于某影戏场，见千百年风流冤孽，而心旌摇矣。其人适邻予而坐，衣玄衣，其面似曾相识，渠亦熟视予。方欲询之，而影戏作，余犹忆是夕所演之片，为大男伯爵夫人与其意中人由情生妒、由妒生情之剧。幕未告终，余即他去，初不知玄衣女郎为谁家眷属也。

翌晨，邮局送一书来，字甚娟秀，类女子手笔，而封面书余之隐名。余心滋疑，披阅竟，则召余往某所谈要事，下署曰"茜霞"云。余更狐疑，念生平无此闺友，初不愿往，继思姑往晤之，彼或果有急速而有求于余，亦未可知。予因不告纫芳，如期而往。其姝已先在，则即影戏场中所遇之玄衣女郎也。渠召余来，果何所事？不觉思潮起落，不复能作一语。彼则絮絮道其家世，云系京口产，幼被匪类拐至津沽间，鬻于娼家，幸不久而遇情人，为之脱籍，相处有年。一旦忽成怨偶，遂尔劳燕分飞。召君来无他，慕君才，欲结文字交耳。此时之余，深悔持志不坚，心难自主，遽惑而颔之。然自后，余乃羞见纫芳之面，心中惶愧，莫可言喻。余固自负多情者，余兹未免用情太滥矣。

茜霞擅作小简，天资颖悟，尝于深宵灯下，执毛诗嘤嘤诵，声若枝头好鸟，婉转动人。时泥余讲《红楼梦》，屏心息气，侧耳倾听，至宝黛初晤时之耳鬓厮磨，眉宇间辄呈喜色，及道黛玉葬花痛哭，则玉容惨淡，盈盈欲涕。盖慨人感己，其喜怒哀乐之发，都有不自知者，且时时规余行止，劝余莫作狎邪游，知余与纫芳亲爱甚挚，又谏余莫过恋薄命之侬，致伤夫妇间之情感。余偶忤其说，则娇痴浅怒以劝予，顷之泣下。嗟乎！此境此情，深镌余脑，人非木石，见此可怜可爱之状况，而不动心者几希。于是知茜霞真爱我也。

定公不尝有回肠荡气之句乎？余与茜霞亦云彼初与余识，其心虽诚，其情初未专注于一，而余则与纫芳外，力引茜霞为知己，余所以恒用自责，不曾勘破情关，用情过滥，好以情字感人。今日茜霞诚已深入余之情网，而余亦堕劫情天矣。咎由自取，尚复何言？

茜霞故京江贫家女，渠前次所述者伪也。厥后向余吐实，述其身世辄唏嘘掩泣，覆面娇啼，盖早失怙恃，阿姊无良，谬以终身允吴中守钱虏某甲。甲家资颇巨，惜胸无点墨，不解温存，恒以祖宗汗血钱，收买美人之心，多情如茜霞，岂金钱可以移其秉性乎？初某甲既赠以钻锦，复馈以狐裘，茜霞不之理。甲复以若干金为其姊寿，于是茜霞为其姊氏所卖，而某甲亦极尽狐媚，始得茜霞一顾。时茜霞与余犹未识也，既识余，不敢遽以直告，致启余蔑视之心。而某甲方作贾津门，久未南旋，殆腊鼓频催，年涸紧急，甲忽邮书致茜霞曰：

> 某将于某日南归，红炉围坐，度此残冬。明年春，当与卿赴五羊城，谋五斗粟，为折腰吏，和谐琴瑟，咏于飞乐。况汝姊已面许，谅无意外变也。

茜霞得书，既怨且愧，辗转思维，不得不告之于余，然后再定行止。

一日，彤云四合，野景迷茫，余与茜霞方凭槛望雪意。茜霞仰天视良久，黯然谓余曰："闲云出岫，为风吹之向西，然此云尚有返岫之日乎？"

余初不知其意有所指，信口对曰："云既出岫，为风吹之零乱，即返岫恐亦零星无完体矣。"

茜霞聆语，默然者良久，始低声曰："难矣！"言时，状殊惨淡。

余始讶其异，亟询所以，茜霞乃绵述前事，且曰："君能庇薄命人者，侬决不愿与此伧相见。"

余骤聆茜语，身如电触，瞠目结舌，允之，强笑慰之曰："罗敷有夫，使君有妇，余自悔孟浪，唐突卿卿。时哉不可失，余固穷措大，而卿如齐女，非子忽之妻。行矣珍重。佛说三生缘，或当再图来世也。"

呜呼！余之言此，岂得已耶？

茜霞似解余意，忍泪进曰："君无悲，侬知过矣，断不负君

159

情义，而累君忧患余生，复若梁园秋客之病渴也。总之，薄命之茜霞，不再与彼伦周旋矣，头可断，身可杀，此志不屈也。"

言已，频以巾拭泪，泪尽继血。余亦不辨此味之是辛是辣，是楚是酸，至于今日，仅忆最后一言曰："卿去休行再相见。"言出予口，没齿不能忘云。

余既与茜霞绝，其存其殁，两不相知。余遭此意外感触，容日羸瘦，诸病百出，鬼篆之登，恐不违耳。而吾爱妻纫芳，衣不解带，躬身调理于药炉茶灶间，殷殷询余心事，冀分余忧。然而余能出之于口否？茜霞之情，固不可泯，纫芳之谊，岂可湮乎？《西厢记》云："好教我左右做人难。"我书至此，我心碎矣。

民哀曰：世之最伤心事，莫如薄命美人、坎坷名士，而世苟无名士、美人点缀，似乎大好河山太觉寂寞，一似彼苍独酿此辈以渲染者。然而天既生之，何偏百般调弄，以留此沉痛于世界，岂彼苍生此等人，专以熔愁而铸恨耶？我恨不能坑造化小儿，如坑秦卒然，碎其躯骨，以尽填此无量数恨海，使天下有情人都成了眷属，宁非大快事？然而精禽衔石，填补徒劳，读毛诗《黍离》之章，吟楚些侘傺之什，其哀感奚止湿透青衫而已哉。呜呼！

银　妃

　　有清一代，宫闱故事之最著者，如董小宛之入宫、香妃之赐
环、珍妃之投井等，当代文人，或著为小说，或编为歌剧，刊以
行世，几通国皆知，家弦户诵矣。然二百六十一年之清宫，非三
四文人所能尽探奥秘，而为之一一写出也。

　　往年余有事津沽，道出三齐，投止于张店，风尘劳顿，踽踽
天涯。正愁绝无聊之际，忽有女搴帘入，披艳衣冶服，山花满
头，度其年，当在三十左右，笑视余曰："客独坐岑寂乎？阿侬
愿为客伴。"

　　余急操不完全之北语，挥手令去。彼忽曰："客家非处阳耶？
然则与侬为同乡矣。"言时，故颦眉缝眼，搔首弄姿，若有不胜
情者。

　　余南北飘零，十年湖海，此种伎家惯技，明知其然，然意有
不忍，不禁令之坐，而询其颠末。伎自陈李姓，为缝工女，十一
岁为母鬻入妓寮为娼。曾由沪溯江至汉，折而入秦陇，复至豫至
晋至津。入津时，得老伶工郭某之传，以善唱秦腔冠侪辈，艳名
噪一时，缠头所入，不可数计。因是蔑视一切，挥金如土。拳乱
既作，随某豪偕遁至秦皇岛。初意双栖海燕，从此可以终老玳瑁
梁间，殊不料彼伧之所爱者，钱焉，非情也。时侬所蓄，尚有三

万余金，信手挥霍，坐吃山空，半供某豪之赌酒资。不三年，荡然无存，某豪遂弃侬如敝屣，珠黄人老，无可如何，乃至再为冯妇。言已黯然。

余闻此语，为之叹息不止，彼虽非浔阳商妇，而余更不逮江州司马。然秋风张翰，余怀本有莼鲈之感，何况钱塘苏小，亦复蓬梗天涯，红袖青衫，不免泪痕点点矣。伎更拨弦以歌曰：

金鼎香销玉漏残，晓妆懒效绿云盘。

卅年未识君王面，自觉裙腰日日宽。

余聆此歌，益觉荒凉身世，悲抑不能自禁，急与以银饼两枚令其去。

茅萝补屋之斗室中，居余侘傺不堪之苦吟身。时已黄昏，一灯如豆，但闻四壁啾啾虫声，似笑余之愚者。余乃瞑目想彼伎之身世，并细味其歌词，仿佛在何处见之，无如脑筋梦乱，一时不能揣得。明日遂行，既抵津门，与表弟千一晤，偶谈及张店伎，并道所歌。千一曰："有是哉？此皆东闽王讯先生吊银妃诗也，彼伎何能歌此？"余聆语茫然，进而询其究竟。

千一曰："银妃，山东青州人，为诸生马龙媒女。龙媒贫而好学，素以饱学称乡里。产妃时，龙媒已五十六岁，暮年弄瓦，虽不能接续书香，而明珠在握，亦堪慰情聊胜，因是名之曰珠儿。珠儿生甫二岁，龙媒遽患咯血症死。其母本小家女，为龙媒之继室，年岁与龙媒相差甚远。龙媒卒年五十八，而珠母仅三十一耳。是时，家无余积，寡妇孤儿，何以生活？日嗷聒于龙媒之戚族前，未几，遂改嫁里中某无赖去。虽呱呱者未能离乳哺，不顾也。珠儿既丧父失母，生命等于朝露，不绝如缕。幸有黄某者，慷慨好施，知马氏事，勃然曰：'龙媒与余有友谊，余岂可坐视故人女流离失所乎？'遂商之马氏家长，过继珠儿为女，尽抚育之责，故银妃后从黄姓。

"珠儿既长，广额丰颐，明眸皓齿，湛湛秋水，足惑阳城而迷下蔡。夏日穿雾縠，行陌上飘逸如天仙化人，里中儇薄少年，莫不以一亲颜色为幸。黄氏故邑中望族，登门晋谒者，多缙绅世宦，见珠儿美，于是媒妁相属于道，争委禽焉。黄某辄以询珠而为答，盖其意珠儿系马氏女，苟擅专为之订姻，将来遇人不淑，抱恨终身，则生无以对珠儿，死无以报龙媒，因此凡有求婚者，必探珠儿意。然珠儿情有别种，每语所亲曰，所贵乎美女者，当屏绝男子耳，岂有明珠白璧而忽被瑕哉？故五陵年少，无一当珠儿意。于是黄某遇有求婚者登门，辄婉言谢绝，谓女性娇憨，且年尚幼稚，雅不欲以花面丫头即为人妇操井臼，容稍长再论婚，未为晚也。自是珠儿之美益著，然珠儿舍读书刺绣外，不理他事。达官贵人欲一见颜色，不可得也。

"时当乾隆中叶，河清海晏，纯庙尝巡行各省，采风问俗，而寡人好色，千古皆然。近幸迎合上意，辄刺探民间美女，密图进上。珠儿不幸，为弋者所得，而先以其小影呈纯庙。画上美人，尤工点缀，见之大悦，殆回跸入都，即手谕鲁抚，命与黄婉商，勿张皇，勿强迫。鲁抚奉谕，立召黄至，虽上谕有勿张皇强迫之说，然奉行不善，讵能免乎？乡人不知，莫不曰阔哉，黄某大吏亦与往还矣。鲁抚既见黄，出手谕达上意，且曰：从则显爵立致，否则祸有不忍言者。黄瞠目不能语，继思苟逆帝命，灭门夷族之祸不旋踵而即至，于是含泪北向，叩首应命。珠儿虽不愿入宫，然亦无可如何。

"翌日，黄某辇珠儿入都，殆出鲁界，已有舆马候于途，兼程前行，三日抵都。黄某初意，珠儿入宫以后，即使无干禄之望，而内帑银必得一二万也。宁知珠儿入宫以后，久之绝然无报。黄某嗒然衔恨而归。而辇珠儿入宫之际，曾费去千余金，家道因是中落。语云'赔了夫人又折兵'，其黄某之谓乎。黄某归嘱家人，凡我子孙，倘仕于爱新觉罗朝，则余虽死，亦将化厉鬼累之。故于清季二百六十一年，青州黄氏，鲜有贵者，非不求上进，盖承先人之志也。

"珠儿既入宫，始安置于坤宁宫，上恐太后知之，复匿之于四知书屋。越三旬，始于黄昏召见珠儿，珠儿羞涩甚，红晕两颊，伏地称万岁。上深怜爱之，手扶之起，赐锦珠珍物无算。又翌日，六宫始喧传珠儿承恩矣。授号银妃，虽不能色压三千，宠擅专房，然亦不啻汉武帝之藏阿娇也。奈银妃娇养性成，宫中礼节又繁苛于民间，一切均未谙习，每于觐见时，辄罹失仪之谴，嫉者又从而攻讦之，以故夜阑人静，银妃每背灯暗泣，或于枕上奏闻，上初犹特旨慰之。如是者已非一次。美人善妒，自古已然，银妃见上之春光四布，未能独承雨露，难免有燕妒莺嗔之举，一夕不知何故忤上，上愤愤去。宫人尽为银妃危，少选上忽复来，安然无他，不知者为银妃喜，孰知银妃之厄运实肇于斯耳。

"后征回部获香妃，香妃初入宫，与银妃同居，每夜阑灯灺，互道衷曲，辄相对唏嘘。

"居未久，香妃迁他宫，上时幸之，甚加怜恤，有所赐亦优于银妃。殆香妃死，上哭之恸，至于病目，而于银妃，则弃若敝屣矣。

"历数十年，未能一见上面，莲脸承恩，已成幻梦，韶颜难驻，幽怨弥长，瘦骨支离，未免潜叹君王薄幸，然亦无如之何。未几，以忧愤卒，一声双泪奚必待歌《河满子》而后始下也。呜呼！"

民哀曰：读白香山"西宫南内"之句，我于是叹天子多情，自古迄今，唯一李三郎，虽叔宝之全无心肝，孟昶之甘为牛马，亦当退让三舍，杨玉环死得其所矣。要之贵为天子，大抵性喜渔色，而后宫佳丽，粉黛成行，能保无纨扇秋风、长门冷落之悲乎？

清以满人入主，张臂弯弓之胡儿，宁知怜香惜玉之真情。若银妃之熏笼斜倚，徒怅笙歌，益征胡儿之弃旧怜新，不足与言情义。余既闻千一语，后复读柴小梵先生《银妃记》云，旧本《东华录》暨胡翰青《野史拾遗》，俱载有银妃事，更为详稳，因检坊间所刊之《东华录》则已为君书讳，删削去矣。或言，银妃实浙东人，其父渔商，以财雄于乡，而为康熙南巡时，侦得其美，纳之后宫，非纯庙事。当时委巷小说，足为征信甚夥。唯闻故老言，海上黄氏旧藏《银妃晚妆图》，为郎世宁所作，题词甚夥，皆至哀感，银妃作皱眉遐思状，金镜银奁，狼藉无序，盖作图时已入悲惨之境矣。据是以论，则为纯庙无疑。广咨博采，因择其可信者，著之于篇。

白 鸽 峰

　　吾乡松禅相国,以帝师协赞揆席,德宗尊师重道,礼遇优渥,相国持正立朝,亦能不辱主命,然卒以此遭那拉氏之忌,褫官放归。于是隐居于虞山之白鸽峰,雅慕巢许之志,不复问世事。虞山绵亘十八里,因其形似卧牛,亦名牛山,最高之巅曰望海墩,盖即夫差葬齐女之所。考之邑乘,名齐女墓。白鸽峰为牛山山脉之发源地,由尚湖西口之湖桥望之,其形绝似一飞鸽,摄于卧牛之后,故以名峰。虽远不若齐女墓之高峻险绝,而冈峦积翠,形势秀拔,实有过之。峰上有洞二,一名连珠,一名石屋,乡人混称之曰老石洞、小石洞。

　　相国既归隐于斯,地灵人杰,相得益彰矣。相国居是,恰将三月,时值八国联军入京,为大名鼎鼎之赛二爷,与瓦德西曲尽绸缪之日,忽有北来客五人,诣相国之祖宅,询问近踪。阍者曾受相国命,无论何人均不见,故严词拒之。北来客坚请于相国一晤,五人中有一年岁最稚者,怫然曰:"同龢何倨岸者是?"一年中者曰:"毋怪其然。"阍者闻语,知必有来历,乃延之入书室,直告以相国因避尘嚣,谢宾客隐居白鸽峰。客如有事,请与小主人晤谈。中年者曰:"叔平亦有后耶? 彼尝不云和尚命乎?"阍人以嗣曾孙对,五人恍然若有所悟。年稚者曰:"非同龢不便语吾

166

侪事。"中年者遂详询赴白鸽峰之路径，阍者具以告，五人遂行。相国之嗣曾孙中阿芙蓉膏毒，非日晡不离床，而此阍者颇干练，知此不速之客，言行鹘突，中必有故，因俟彼等行后，即兼程先至白鸽峰禀相国。相国聆语，急询面貌，阍者一一告之。相国急呼侍者备衣冠，一面挥手令阍者去。阍人默念此五人中，爵位必有胜于相国者在，因是不肯遽去，隐身窗后，以觇究竟。

俄顷，五人乘轩至矣，舆人入告。相国即匍匐出迎，跪拜悉如觐见，年稚者急挽之以手。既入，相国挥诸侍暨舆夫退，亲自捧茶献诸人，貌颇恭谨。茶毕，跪于年稚者前，泪盈盈曰："今何如耶？"

年稚者亦凝睇曰："尚复何言？"继破涕指相国曰，"老头儿何尚倔强如此，一见面即出此种无为之语？"言次，以手将其下颏，含笑曰，"何犹如此牛山濯濯。"

阍者初睹此，以为相国最恨人之儿戏，客出此，主人必不悦，孰知相国反俯首称惭愧不绝，不知者恐将列于阍人矣。斯时室中六人，跪者一，坐者一，余四人垂手屏息列两行。坐者忽曰："今日无容若是，时至今日，尚有何仪足持，姑同坐作通宵谈。"

相国谢而起，彼四人亦依次就座。年稚又曰："老儿太懵懂，至今日尚衣此制服，盖必欲人知某等在而后快耶？"

相国唯唯，乃退而更便衣。彼时阳乌已西下，晚钟动于远寺，天色渐暮，相国遂传仆役备素肴，盖相国被放归来，已茹素不食荤。肴既陈，六人团坐密谈。阍者距离少远，不能得只字，但闻相国云"此地绝不可驻"六字而已。于是阍者亦蹑足退。

是夕，六人剪烛长谈，竟至破晓。此五人由相国伴送至山下，唤乡人舟送往无锡。事后，相国谕家人，毋轻泄若事于外，以故知之者甚鲜。

民哀曰：兹事余闻诸父执尚湖渔隐，渔隐为协揆之甥，盖自閹人口中，转告于其小主，辗转得悉。唯此五人中之年稚者，究莫知为何人。当时推测，或云德宗，或云大阿哥，或云成亲王之孙某。余谓第一说绝不足凭，而第二说则协揆因康梁嫌疑，而被摈于端刚，立于反对地位，又觉非是，要以第三说为近。唯成亲王之孙，姓氏失传，又迹近臆造，然渔隐端人，绝不妄言胡诌。惜渔隐亦逝矣，否则犹可详询之。而此五人中之年稚者，能挟协揆颏，令坐始坐，绝非常人，不必传其真姓氏，已足为白鸽峰增色不少矣。

民哀又曰：协揆母季太夫人，貌极丑陋，黑麻满面，见之令人作三日呕。当其未适心存宰辅时，星家推其命为"十败"，无人敢婚之。既适宰辅，处境异常窘迫，往往过午炊火未举，寒夜深宵犹纺织不辍。举六雄，三为两湖总督，五为安徽巡抚，六即协揆，大二四，虽未为显官，亦居星垣要职。当心存宰辅殿唱散馆，家中正受多男之累，嗷嗷待哺，其苦无比。其家有一蛇，粗如儿臂，宰辅每升官一级，则此蛇必出现一次，殆心存大拜，则此蛇由房而蜓至外厅矣。

协揆幼多病，某年秋闱报罢，忽得痨疾，久咯致晕厥。越二十四小时始苏，苏后无他异，病亦霍然若失，人咸谓心存宰辅为官，多阴德之食报。而此家中之巨蛇，从此不见。协揆体上忽患风癣，皮肤干枯，上腊如鳞甲，因是有人指协揆为巨蛇转胎。又有人称，季太夫人既受诰命，赴破山寺礼佛。主持僧慧因，高僧也，忽有所感，未几圆寂，而慧因圆寂之时，正协揆诞生之夕，以是又有指协揆为慧因转世者。甚者妄言季太夫人坐蓐之时，梦见慧因入室，醒后腹痛产协揆，则语近穿凿。唯协揆毕生不喜近女子，娶汤氏夫人，甫第一夕共枕，协揆即走去，至季太夫人房

168

内，谓新娘油味太重。

翌晨，季太夫人令媳洗尽铅华，房内熏以檀降香，而协揆睡至半夜，又走往母房内，云与女子同睡，鼻内觉有异味刺人，非但不能安睡，反心恶欲吐。自后夫妇遂索居，琴瑟乖睽，汤夫人以忧郁卒，协揆亦不再续鸾胶，终其身为鳏鱼，以故人指为高僧转世之铁证。更有奇者，凡他房子侄嗣为协揆后者，必夭。一再至三，殆后立孙曾源，吾乡所谓小状元者，而胪唱第一后，即病癫，未几，亦卒。于是创立曾孙以奉嗣，虽幸不夭，然亦多病，至今谈者奇之。协揆为人书联，一翠字，一松字，为其母暨妻之名，从不肯书，晚年号松禅，即此故也。协揆于是年夏，偕其甥金门孝廉，至辛峰亭闲眺，忽见两尼僧劈面来，协揆视不少瞬。既行过，谓孝廉曰，似僧非僧，非男非女，此人妖也。盖为尼者，当摒弃铅华，乃亦抹粉涂脂，或婀娜动人，或顾盼生媚，非妖而何？

凡上所述，皆幼时闻父老言，爱录以殿之，供诸君茶余酒后之谈助。

成败英雄

阅者诸君，犹忆光复之际，有为陕西西路招讨剿土匪而阵亡之钱鼎其人乎？当清宣统元年春，钱鼎由东瀛奉部长命，归国联络军队，集合同志，乃自关中来江南，尤留意于草泽英雄。至某邑，得钱某与严某。

钱某为世家子，素行无赖，与季某博，博负，以所乘之马押青龙。经多数人排解，还其资本始已。后因殴伤人，亡命走东瀛，入大森体育团，继为经济所迫，归国执教鞭于梅林，销声匿迹。不久，人指为革命党，盖钱已剪发易服，乡愚无知，指为革党。钱不得已，投身军界，充四十六标目兵，又为诱贵家妾，通者踵接，复单身走东京。年余，蓄发归隐梅林，日与二三无赖呼卢喝雉，效信陵君醇酒妇人，不复问世事也。自钱鼎造访后，俨然又以中国主人翁自命，锋芒日露，阴结枭痞，为他日计。

严某为梅林虎而冠者，性静默寡言笑，喜驰马击剑，尤好与江湖健儿相交接，故曩在大江南北著名悍枭曾也、徐也莫不与之通声气。时革党利用此辈，钱鼎由钱某介绍，订交以去，而严与钱友谊亦由是日深也。

岁辛亥，黄花岗失败，秋八月，武昌举义师，严跃然曰："事机至矣。"乃亟诣钱约，同赴潼洛间投钱鼎。钱唯唯，严要以

170

三日为期，而三日后，钱安然无行意。严深夜往叩其行止，钱正色曰："世事错杂，风云易变，余筹之熟，苟真大汉光复，何地非吾侪建树范围中，而必欲迢迢千里，至秦陇依人。倘一朝反复，祸有不忍言者。"严大叹服。

呜呼！首鼠两端，余殊不赞成，而钱与严之优劣，亦立判矣。

东篱菊绽，白旆飞扬，茗溪陈氏建牙沪上，湘人李柱中亦树帜于吴淞口。钱乃谓严曰："当今之世，强权时代，余为君计，倘单身走投他人，孤掌难鸣，恐于事无济。君速募敢死士若干人成劲旅，而后出山，则无往不利也。余拟往沪游说招募事，君盍亟从余计？"

严允之。讵知钱由乡赴城，密与绅士谋光复本邑。五日后返乡谓严曰："余事已妥，君速往运动。苟能得委任组织军队就地开征尤妙。"严乃破产挟金走沪上，所招勇士，暂留乡间，然所费已不可胜算。及抵沪，得如愿以归，欣然返里，而邑已光复。钱假都督命，设立防务局，严所集合之勇士，半为选去。严欲与之各树一帜，苦无饷需，依其肘下，心实有所不甘。而钱则军书旁午，亦不计及沧江旧侣。严愤然曰："钱某夜郎自大，欺人太甚矣。"

呜呼！天下事往往弄巧成拙，一误再误。钱某之手段虽狡狯，而未尝不思安置严也，苦无缘便，亦未与人谈及。严某既衔钱，其徒党为钱所摒弃者，日噪聒于严之耳鼓。此辈小人，安知大局，唯以教复私仇为快。千古恨在一失足，其严之谓乎。

梅林之西僻，有石碑兀峙于途，相传为明阁将军神道碑，然字迹湮没，徒留凭吊而已。严自沪上归，既不得逞志，日与其死党某甲、某乙等，徜徉间里。偶过碑旁，笑谓从者曰："余久不试腕力矣，未识此际较前逊让否。汝辈取我佩刀来，将以此碑作

171

余力之试验品也。"实严之意谓，仇可报，碑则立仆。从者急以佩刀至，严奋力一劈，火星四射，此碑竟分为二。于是严之志决，而严之命亦随此碑断矣。

钱某官梦方浓，灼手可热。严某断碑之日，适钱某来乡募饷之时。有王姓者，家道小康，性极鄙吝，钱强欲其出三千金，钱固不善辞令者，广场谈判，非但目的不能达，且为王某所嘲。会闭，无良效，钱恨之曰："余必有以报此伧！"

众口难防，风声四布。严欣然曰："事机至矣。"盖王与严亦素有隙，虽同里而不通庆吊。钱既扬言报复于人前，严则实践斯语，嫁祸他人，公仇私愤得以报矣。

呜呼！九州铸铁，大错竟成。今也，若王、若严、若钱均殁，地下相逢，当悔生前多事。苟终不悟，佛家云："冤冤相报，恐无已也。"

是日为王某生辰，有戚自远方来，绮席纷陈，冈陵献颂，宁知不旋踵而祸已至矣。更筹再报，月黯云凄，天似知斯夕将演此惨剧，而天容乃若是惨淡也。黑影闪烁，步履匆促，盖严率死党若干人至王许矣。王之司阍曰小张，适启扉小溲，朱门洞开，严等得乘机入，反身阖户。而小张归，讶闭门何人，急叩之。严等茫然若失，盖不辨为何等人也。就中胆壮者，开门见小张，遂饷利刃，可怜小张方欲诘尔辈何来，声尚未出，身已颠于户外死矣。

王与其戚其妾，在后堂作叶子戏，闻怪声出视。严等已由厅事猛进，遇王于后庭。王见严努目挟刃，其徒均杀机盈眉宇，知祸在眉睫，哀告曰："严某，吾与尔不致相加白刃也。"语未竟，严某党徒已刃伤王面部，血溅严衫裤。严杀机顿生，连劈之。王某遂踣于庭，于是逢人便斫，血肉横飞，戚也妾也，均伤要害。厨役某，有力如虎者，持长凳击严等。众寡不敌，亦死。

严曰:"休!我辈行!"严之意,王某虽毙,而妾戚势不得不灭其口。今目的已达,可以行矣。讵知其党徒以掳掠为宗旨,既得手于室中,肯舍财于楼上?严虽禁止,而已蜂拥上楼。

楼上为王之大妇及其子女居。时儿已熟睡,女与其母在作生活。闻此恶声,母前女后,将下楼探其究竟。至梯旁,严党已拾级上。王女固有学识者,叱曰:"鼠辈何为?杀人偿命,行看汝等上断头台矣!"

呜呼!扰攘之际,王女命岂能保耶?

王妇知事不可为,抱七岁儿,由屋面遁于邻家。及严党上楼,王妇携儿已得保首领。床睡一周岁小儿,妾所生也。扼其吭,当时晕厥,闻后亦苏云。

尸骸枕藉,冷气逼人。严上楼时,其党正翻箱倒箧,搜罗细软。严顿足曰:"误乃公事矣!"愤气先下楼出门去。未几,徒党亦鸟兽散。而王妇偕儿遁至邻舍,犹不敢声张,哭女思夫,一夜目为之肿。殆天晓趋城控告,群往视之,佥曰:"盗指楼上失物为证。"于是官吏亦以为盗戕事主矣。

当鹤唳风声、飘荡国魂之际,此事一布,人人自危,纷纷迁家者有之,终日戚戚者有之。孰知不一来复,此案遂破。此案发生,明眼人已辨钱某位处嫌疑,侦察尤亟。县长新膺民任,治之更严,缇骑四出,密布网罗,其党为分赃内溃,官吏得乘隙以进。案内黠者,或弋他乡以避之,或投军警以蒙之,而愚鲁者则罗法网也。

时严已单身走沪上,依某团副,闻此案破,波及于某某。严慨然曰:"宁人负我,无我负人!"遂归投案。

钱大惊,欲纵之。

严笑曰:"君休沽名,严某岂怕死哉?"

钱语塞,君子于此,更重严而鄙钱。及庭讯,严直认不讳,案乃定。某日受戮于海岸，临刑时，观者如堵。严将此案缘由宣告于众，且殷殷以爱国务本为言，其暴虎冯河、怀宝迷邦者，亦以余及王某为前鉴。据人传说，严犹责兵士之毫无智识，宜亟求兵事教育云。

越二年，钱之军队，以江防淘汰，由步队而改县长卫队。钱某亦由教练而谪队长，郁郁不得志，广置姬妾，自戕其身。未几病目，未几病咯血，未几卒。谣传卒之前三夜，邻人均闻有严某唤钱名声也。噫，奇矣！

天宣曰：余此篇草创于此案发生之后一日，然传闻失实，中多错误。及遇广平冠子，始悉其详。呜呼！钱某身后萧条，其惨苦亦不减于王之被戕于庭内，萧墙祸变，反不若严之目瞑地下。人情冷淡，世态炎凉，我友双热已先我言之。我书既竟，不禁感慨系之矣。

侬是情场失意人

古吴有姬生者，其父学优而仕，宦于赣，然有傲骨，一肚皮不合时宜，坐是不得升调。

姬生生二年，其父客死江右，母杨氏扶孤归槟，艰苦备尝，归而咯血，遂陨其生。遗言嘱其弟中台，曰："予旦夕就木，此呱呱黄口，将以托汝矣。嗟乎！予自适姬氏，即遭翁姑丧，殆服阕，又随稿砧客异乡，首尾十五年，无一日得少安乐。所可慰藉者，生此一块肉耳。弟其念同胞之谊而善视之，姬氏族虽衍繁，然无足以托孤者，不得已而托诸弟。然累汝甚矣！"

姬生年仅四岁，才离襁褓，不解伤心。时姬族诸败类，乘丧作虎视，咄咄逼人，幸赖中台申亡姊遗命，因而操纵之，用保姬氏产。然而任劳任怨，时起风波，流言飞来，继之以讼。如是者累年，而中台气不为所夺，盖亦难能矣。

又逾年，姬生忽患天花几死，某年患惊风几死。中台医之、药之、护持之，幸皆无恙。姬生诚无恙，而其舅氏中台则华发为之星星斑矣。爱之者讽之曰："为人作嫁耳，直欲鞠躬尽瘁，死而后已耶？"中台凄然曰："我誓不负亡姊于地下，倘得抚孤成人，幸甚，劳瘁所不顾也。"殆姬生年将舞勺，中台即送之入乡立小学校。三年毕业，则舍级而升高等小学。不三月，生请于舅

175

氏，谓乡校不足以大成，愿负箧游学春申江，冀得闻异闻也。中台默然，继思大儿伯安，悬壶沪渎久，虽亡姊视之亲密不我若，然亦是儿舅氏也。狐犯狐偃，岂有轩轾哉？而我犹子清如、蓬如，胥肄业于震旦，则以是儿寄大兄入震旦。予则居此持其家门计，亦良得，遂允所请。生大喜，濒行，中台率之谒若翁墓，展拜为别，白杨几树，黄土一抔，殊怅人意。生方匍匐稽颡，忽有旋风自西来，吹落中台帽，黄沙起迷姬生之目，各骇然神凛而返。迷信者或问之，窃窃议曰：姬生此行必不吉。

姬生既至沪，持书谒伯安，已入震旦肄业焉，与其中表兄弟清如、蓬如甚相得，休沐日初辄偕诣伯安许，其后踪迹渐疏，伯安亦不为意，置不问也。未几，武汉义军起，风声所至，鸡犬皆惊，沪校遂相率休业。其间血性少年，多有倾向革命、投笔从戎者，中台恐姬生亦复尔尔，急趋沪促之归。殆共和建，干戈息，乃复遣姬生行，而乡人之游学海上者，实繁有徒。姬生相与过从，遂亲损友，辄于课余，征逐酒肉游戏之场。

星期日之夕，恒见三数人驾高车骏马，风驰十里洋场间，姬生必与焉。伯安微问之，驰书告中台，中台大骇，念少年血气未定，戒之在色，早授之室，或能羁縻之也。于是为之物色淑女，且以书规生，戒勿放诞。未几，得陈氏女，中台以告生而委禽也，而里人谤曰：陈氏姊妹花，胥有桑濮行。间者信口开河，竟有面嘲姬生者，曰："君得小乔，头巾绿矣。"姬生赧然，恧恨甚，因归咎中台，谓舅氏何愦愦，今宁终身鳏耳，誓不娶陈氏女。中台曰："噫！人言妄耳。"然而姬生已惑于众口，转以舅氏之言为妄矣。

癸丑夏六月，战祸起于古越，沪上南北军亦以兵戈相见，各校又辍课矣。姬生不愿归，僦屋居留，益荒于嬉。得一女郎曰钟月者为腻友。钟月与姬生同姓，父早卒，母有不栉进士之称，而

176

失其晚节者也，中媾之言，腾于乡里，避谤而居沪。钟月其季女也。时肄业于某女校，一自邂逅姬生，两情欢洽，遂订私盟。沪上固一藏污纳垢之薮，男女交际，逾荡自由，成一惯习。彼二人独不然，唯有耳鬓厮磨，喁喁作情话而已，未尝及于乱也。彼两人之爱情，势有不能进此一步者，盖宗衍相同，难为夫妇，且钟月亦罗敷有夫矣。虽啮臂有盟，终为画饼而已。欲即而不可即，欲离而不忍离，一双痴儿女，亦大可怜哉！

未几，沪上之战祸息，于是学校复活，盈盈桃李，无恙门墙，姬生入学如故。然以钟月故，心乃旁驰，举止咸失常度。往者虽事游嬉，而于所学，未尝荒废，每试犹能战胜其曹。兹乃不然，每况愈下，即以心目中横亘一情人钟月故也。

呜呼！情之累人，如是如是。殆夫秋凉九月，菊瘦秋风，而某逆旅之三层楼上，有一面如冠玉之美少年，凭栏而眺，意殊索然。俄而夕阳西去，灯上黄昏，而此美少年之侧，来一十七八好女郎，并肩私语，亲昵无伦，此盖姬生与钟月于入校后，作第一度之相会也。或问姬生："当日私语云何？"

姬生亦无讳，率然曰："予欲与之结婚耳。"

曰："彼已字于人，而可改就君耶？"

曰："然。"

彼略沉吟，谓："前婚可毁，而决从予矣。"

痴哉姬生！钟月爱情何尝独钟于一？而姬生甚信之，遂辍业归其乡。钟月从焉，督促离陈氏婚，己则先返沪，贻书姬生曰：

> 侬先行矣，迟君于海上，幸早来咏于飞乐也。

生得书，泥舅氏，离陈氏之婚益力。中台不可，姬生拂袖行曰："行当削发为僧耳。"

中台急曳之返，则又四顾欲觅死。中台无奈，允其请，陈氏亦竟允焉。姬生则大喜，急走沪，距钟月行期仅九十日耳。然此三阅月中之钟月，行止迥非前比，身心放荡，名节不羁，赠芍于某名伶，与某姬、某伎捻酸翻醋海之波，腾诮于新闻纸上，声闻殊彰。其母无奈之何，其兄则愤甚，因杜门禁不令出，而速其夫家行婚礼。冤哉！姬生未之知也，或以告，未敢信，易数人而言皆同，则又不能不信。身如触电，麻木几失知觉，翌晨，寄书钟月曰：

我亲爱之月妹乎！自汝行后，余出百计，始得离陈氏之婚，此可谓如愿以偿矣，宁非快事。急理行装，趋来践约，满拟朝至而夕合，双飞双宿，白首盟谐。讵人言啧啧，刺耳难堪。

呜呼！妹何一变至此耶？虽男女交际自由，司空见惯，然如妹所为，毋乃已甚。凡与优伶通往来者，人皆鄙为荡妇，奈何妹亦然耶？众口悠悠，予亦不能替汝辩白矣。

月妹乎！汝知余曷为而却陈氏之婚，则以曾听人言，未婚妻已非女贞花也。予今即冒耻徇情而纳妹，宁不哑然失笑。况一蟹不如一蟹，生何以对舅氏，死何以对父母，且必贻陈氏揶揄，受旁人唾骂。予其何以为人乎？

妹曩不尝言，舍予外，绝无第二意中人矣。今也何如，将谁欺欤？

嗟乎！往者不咎，来者可追，已而已而。息壤虽在，不啻蚊虻之一过，而今而后，请毁婚约，还居于友朋之列。予自恨无福侍妹终身，予自悔前此之孟浪，而不敢怨妹之诳我也。

　　我亲爱之月妹乎！善事新人，毋以我为念。予也失意情场，一误再误，此后当忏除儿女恩爱关头，不复作鸳鸯同梦想矣。乃者予所贻妹之物若干事，函札又若干事，妹其聚而毁之。即尚爱不忍毁，则束之高阁，与鲰生名字，一例置之度外可耳。

　　言尽于此，千万珍重。

　　钟月得书不报，一笑置之，未几遂嫁。姬生微闻之，爽然自失，沦落春申江头，忽忽若无聊赖。中台屡驰书速归，置不到。居有顷，其交广且滥，昵败类，遂染阿芙蓉癖，且于烟霞窟中识荡妇周莲芳，便尔倾倒结合成野鸳鸯，若将终身云。识者谓别墓时之旋风，究非吉兆。

名花漂泊

　　某年，余有冀北之行，道出徐宿，小作勾留，投宿一逆旅，见有以《金缕曲》题壁者，雒诵一过，觉酸辛无似。其词云：

　　　　作计留春住，又沉吟，花开花谢，春来春去。寒食清明曾几日，芳草迷离归路。剩影事，凄凉重数。浊酒长安残蜡尽，只梅花，相伴灯深处，窗外雪，深几许？
　　　　春宵切切灯前语，苦低回，桃根桃叶，临江携渡。回首雕兰春似梦，梦醒落红无主。更不道，流莺声妒。收拾锦茵新旧恨，一丝丝和着风前絮。溅春泪，相尔汝。

　　个中知有伤心人呼之欲出，其美人之迟暮自伤欤？抑名士之兴嗟坎坷欤？是颇费人疑猜。幸而垩粉虽剥落，下尚有署款，移灯再四审视，依稀"醉红为瑚儿题"六字。秋水伊人，令人神往，究不知醉红何如人，更不知瑚儿又何如人。

　　期年复经故道，心仍耿耿于壁间题句，重往迹之，则该处已为伧夫占去。心殊闷闷，然亦无如之何。百无聊赖，偶与佣者语，询及壁间题词，意欲借以探问，或者可得万一之消息。

逆旅佣者曰阿龙，虽乡愚，亦颇解风雅事，欣然告我曰："前日有北来客，在此作一宵留，濒行渠忘一纸八行书。余爱其字颇有致，今尚珍藏，纸上所语云何，余实不解，当取与先生一阅。"

余笑其所闻匪所对，继思本无聊赖，此八行书不知作何语，亦可借以破片刻岑寂，乃索观之。俄顷，阿龙以纸进，纸为商务出品，字极韶秀，第一行曰：

夜不成寐，倚此寄瑚儿。

下有腰圆小钤，篆曰寒霄，章刻颇精，词曰：

惆怅章台路，看多少，青骢油碧，踏残朝暮。忍说蘼芜山下过，追逐芳尘歌舞。待重把，玉箫低诉。绿惨红愁天漠漠，怕东风，冷暖都无据，又隔却，红楼雨。

杜鹃啼彻天涯树，怨青鸟，一笺消息，沉沉朱户。镜里流年襟上泪，瘦损腰肢如许。况恹恹，伤春病苦。却扫眉痕寻旧垒，同双双燕子归何处。春一例，伤羁旅。

奇哉！读其语气，寒霄即是醉红，殆亦情场失意，寄托辞赋，以鸣其牢骚不平之态哉。嗟乎！茫茫人海，渺渺情天，余置身软红十丈中，阅人多矣。历尽九州，看五岳，士多于棘，大半飘零。彼美人矣，同嗟命薄，寒生翠袖，谁是黄衫？地棘天荆，自嗟行路之难，又何怪伤心人触处皆非也。寒霄、瑚儿，殆亦吾辈流亚欤？余虽有穷乡兹事之心，欲得其真姓名，然恐难矣。读其前后两词，不胜惆怅。古乐府云：心非木与石，岂无感吞声？

181

踯躅不敢言，君子哀其遇。此之谓也。

翌日，渡江南旋，而过扬子江头时，犹未消余之冥思幻想，诚如《花月痕》载陶然亭韦韩同题壁，分道各扬镳所云，相思终未已矣。

袁政府时代之党人，稍有资者，遄逃三岛，次则以租界为安乐窝。余自冀北归来，岁月不居，华年易逝，已裘葛五更矣。海上为极龌龊地，久居移性，竟能使人磨尽气节，舍尊安外，别无所欲。括言之，晏安鸩毒，其害何可胜言？虽曰清者自清，浊者自浊，然而日往月来，性与时移，清者亦将漩浑入浊流矣。真能孑立不染、守身如玉、不为流俗所浸淫者，十不得一二。余之居沪，不得已耳。老于此邦者，谓贤者处此，尚有失足之虑，遑论我辈中人。故旅居上海之党人，简直为法螺、饭桶、比匪三种而已。余不幸亦为旅沪党人之一，始尚持洁身主义，闭关自守，不愿与若辈为伍。未几为时势所迫，不得不外出周旋。而社会上种种举动，触目入耳，无一不令余蹙额者，故自忏坚持心，不可少逊尺寸，一味与若辈委蛇，然而已唇焦舌敝矣。

党人籍贯不一，湘、桂、闽、粤，无地无之。与余往来晤谈者甚众，而有一事极可笑，往往有相处甚久，仅知其为某某，尚未知其向为何种职业。甚者有一再握手，寒暄聚阔已不止一次，尚未知其尊姓大名，但混称之曰先生。噫！党人之党，如是如是。

一日午后，余偶至机关部中，足甫入户限，闻群相赞叹声，咸曰："韵人韵事，不易多得。"余默然，私衷又有不满意之点。盖党人不以党务进行为重，袖视人民之颠沛，反硁硁然如村中学究，日日作此无谓讨论，殊觉非宜。虽然，如村学究之讨论诗词文字，尚不失为书生本色，更有卑下之子，长日无事，以樗蒲猎艳为事者，愈觉荒谬。余闲闲入座，强笑以询颠末。读者以一纸授余，展而诵之，则五年前徐宿道中所见之"瑚儿"二字，又触余眼帘。纸为玉版笺，其字迹与前所见者直出一手，且又系《金缕曲》词一阕曰：

珠箔灯昏处，恰相似，鬓丝禅榻，谁摩天女。阅遍华筵丝竹冷，累汝安排去住。怜作茧，春蚕自苦。一种情根万千劫，把金经，细细调鹦鹉。恩怨意，休记取。

惺忪重把花期数，转思量，病里帘栊，万花如雾。石髓兰膏春脉脉，还我天然眉妩。更摘取，海棠清露。一笑置君怀袖里，觅蓬山料理春常住，莫再遣，堕尘土。

余阅竟，谈者喟然曰："昔王子敬谓羊叔子之缓带轻裘，袁简斋之乡亲苏小，均不谓世俗所赏，今著此词者，亦复类是。"

余乃进而询之，谈者曰："先是京口有贫家女郎瑚儿者，陆姓，辗转流离，失身为娼。时义师乍兴，南人客燕云，咸山海道北归。瑚儿适在津隶飞云班，芳名乍噪，身价正高，津人士咸谓龙寓之色艺冠军。而瑚儿一出，遂压龙寓，其歌皮黄，大似蒲牢夜鸣，足以振聋发聩，每唱悲壮之剧，如碰碑哭灵，不啻秋城画角，凄彻心脾，令人闻之，有落日大旗之想。其貌秀昳，神采焕发，桃花醺面，光艳照人。尤不可及者，长眉入鬓，时露异彩，如春雨初霁，远山新沐，浓翠欲滴。昔隋殿御女三十人，唯吴绛仙善画长眉，打桨踏歌者，群相仿效。有司日给螺子黛五斛，绛仙独得波斯真品，炀帝目之曰：'秀色可餐。'坐对瑚儿，仿佛想其眉妩。曹子建《感甄赋》曰：'修眉连娟。'《西厢记》曰：'宫样眉儿新月偃，侵入鬓云边。'若瑚儿者，固天之生是使独，非京兆尹所能点染，更无事乞灵于颊上添笔手也。国事既危，居

183

民迁徙，勾栏营业，顿形冷落，独瑚儿依然盈门车马，阗户王孙。伤哉瑚儿，岂其不惜身命，不惮奔走于花月场耶？盖迫于毒龟恶鸨之淫威，实不得已耳！

"时有湘中名士醉红生者，寄食津门，蛰居郁郁，慕瑚儿之名，亲往访之于马樱花下。瑚儿一见醉红，心怦然动曰：'阅人夥矣，神采风流，从未有此君之焕发者。'由是醉红生无日不往其妆阁，看花饮酒，无影不双；赏雪踏青，出必携手。瑚儿固绝世之姿，醉红生亦才调翩翩，璧人一对，几疑来自天上。怜卿怜我，相亲相爱。未几，南北统一，政治更始，醉红生承旧侣之招，赴山陕司笔札。濒行，瑚儿为之饯别，一樽相对，清泪潸然，眉黛间怅恨之色，幽微掩饰，不能自胜。

"醉红既去，瑚儿不久亦回南，从此天涯迢递，阻隔关山，青鸟音沉，鱼书断绝。醉红虽钟情瑚儿，争奈劳劳尘事，身世飘零，瑶台梦醒，天上人间之乐，徒托之想象而已。

"瑚儿既南旋，北苑名花，移植南国，易名曰芝娘。初张艳帜，生涯尚不恶，继而江河日下，日衰一日。芝娘出山以来，从未受此逆境，于是如信陵君之妇人醮酒，自戕其身。初与新剧家往还，复与一季某相交。季固政界无赖子，谚所谓高等拆白党是也，貌白皙而心墨黑，言磊落而行狡狯。芝娘堕其术中，竟受其愚，为之撤榜同居某旅社中。季某囊无积钞，芝娘典尽金珠，供其挥霍，铜山易尽，金穴渐空。芝娘思他去，季某哂曰：'汝既随余，恐不易分析，季某非惧祸者。'芝娘聆季言，痛哭觅死。而季看守甚严，两难进退。芝娘自嗟命薄，有眼无珠，错认奸人为情种，不其误欤。

"醉红生有执友，曰摩云，夙以磨勒、黄衫自负。当醉红之在津与瑚儿交好，摩云知之颇稔。芝娘为季某所困，是时摩云适有事南方，亦居息某旅主，适在芝娘之邻号，夜深人静，闻彼等诟谇，初犹不以为意。一旬后，扰人清梦，深厌苦之。垂询庸人，始得其详。愤然曰：'既是瑚儿，余不得不援手。'乃为芝娘极力设法，脱季某樊笼，复以若干金济其眉急。芝娘感焉，芝娘体质素弱，复经此劫，既脱虎口，又遭病魔，奄奄一息，几濒于危。殆病愈，摩云他去，留言芝娘，谓已驰书醉红，令其耐心守候。醉红非扬州杜牧，决不甘为薄幸人也。

"摩云去沪未久，醉红自陕返津，知芝娘消息，乃南下访之。时芝娘已侨居沪北某里，小楼一角，半榻青灯。醉红造庐访之。芝娘衣薄罗衫，坐旧藤床，凄然谓生曰：'不图今日得于此相见。'言已，俯首泣下，若不胜情。醉红百计譬慰，且出白镪若干，以济其贫乏。芝娘曰：'君苟迟一日至，则又不谋面矣。'醉红询之，盖芝娘将有汉皋之行也。醉红自忖无十斛明珠为之量聘，任听之去。芝娘为醉红故，暂留海上。盘桓匝月，醉红复去津，芝娘亦溯江去汉也。濒行，醉红复填《金缕曲》以志别，并谢摩云。其词曰：

漂泊无从诉，又目断衡皋，冉冉申江烟树。别泪涓涓流不尽，一夕离亭絮语。好珍重，玉钗心绪。愁煞渡头丁字水，是晓风残月魂销处，海天远，别离苦。

斜街共话春前雨，劳故人，侠骨柔肠，还拈新句。哀乐中年应念我，一半春心辜负。更绮恨，销残辞赋。人间哪得黄衫客，把宣南十万花将护，待百遍，歌金缕。

"闻醉红因芝娘事，前后著作颇伙，谱《金缕曲》词，尤为赏心惬意之作。现传芝娘赴汉后，已忏悔情场，遁入空门为尼。"
谈者至斯，余脑海中猛忆徐宿道中所见向日疑团，至此

185

遂释。

　　呜呼！英雄老去，妇女生愁，结真赏于牝牡骊黄之外，定品题于须眉巾帼之间。如此佳人难再，若兹韵事堪传，醉红不能筑金屋以庇珠娘，是亦情天缺陷，此白太傅于焉增感也。幸留琼什，妙句欲仙。有花有酒，浇磊块于胸中；选色选声，志沧桑于眼底。拈得生花之笔，缀成红豆之词。丈夫不遇时，乞灵湘管，写彼牢愁，是何伤已！

切肤之痛

曩时寄旅吴门，邻舍有汤氏妇者，年已五十外，端庄静穆。我母尝举以诏我姊妹曰："为女子身当如汤家姨之持重，庶不为他人所蔑视。"其仪范概可想见。

时余年尚稚，仅知彼汤姨为潘氏女，其夫名汤执中，有声庠序。姨为其继室，育一女，年事与我姊相若，名曰似馨，家道颇富有。执中为人亦谌挚，乐善好施，里人有善人之目。所憾者，与邓伯道同抱无儿之痛耳。余所知者只此。

翌年，余父因衰病不支，迁返故乡，余亦负笈海上，与汤氏音问隔绝矣。

韶华逝水，余别虎阜，已近二十载。辛亥秋，武汉师兴，天下响应，宵小乘机结队剽掠。内地之稍有身家者，莫不纷纷迁徙至沪，假租界为安乐窝。而二十年前之旧邻汤氏，适又与余家为对门居，于是重通旧谊，彼此往来颇稔。余妻茜霞，与彼女似馨，相交尤笃。似馨已十九岁，皓齿明眸，姿首秀丽，因余妻之介绍，入某女校肄业。执中则已物故，遗腹有儿曰戚，命名所指，当时极力研诘，终不得要领。如是一年，而汤姨忽病足，其子戚官，年将长成，旧在某师范插班，因母病而无人管束，所交又非善类。十里洋场，本五浊之府，稍一不慎，即悔噬脐。戚官

187

入世日浅，浑难自主，自其母病后，忽作北里游，恣意荡检，缠头一掷千金无吝色，不三月，已挥霍九千余金。汤氏本非巨富，至是岌岌有破产之危，而汤姨死矣。母死，而其子忽归正。

又越月，而全家去苏。余默思，殆其母一灵未泯，致能使败子回头。执中在日，平素为人不恶，故天所以报善人，使戚官洗心革面，得能保存余产，孰谓冥冥中无报应耶？

今年春，余家雇一老妪，面貌颇善，详细询之，始知曾为汤氏服役，望衡对宇之际，出入朝夕相见，故而似曾相识也。一夕，妪忽以一纸相示，谓汤氏绝命之时，得之于其枕下，为有价值之证据，秘不示人。因主与汤氏稔，敢以相示。度其意，假余说项，冀达其赚钱目的。余乃展而视之，其文曰：

嗟乎，戚官！汝竟敢败家荡产，贻祖宗地下之羞乎？余尚有何面目偷生尘世，今与汝决绝矣！然余虽死，犹冀汝悔过自省，改行为善，则余在重泉之下，亦可以勉强对汤氏祖先于地下。

汝知乎？汝非汤氏血胤。余夫汤执中，娶余之际，年已不惑，时余尚二十二也。余父潘廷璧，亦为邑之名诸生。余生七岁而丧母，余父旷达，恐余之受芦花厄，故宣言但求半子收成，不欲鸱弦重续，因是求婚过余家者，余父必慎重遴选，唯恐余遇人不淑，致抱恨终身。厥后得执中，父欣然曰："向平心愿，从此了矣。女志之，今后度安乐岁月，无忘阿爷之苦心孤诣。得婿若执中，颇不易也。"

余既嫁以后，期年育一女，即汝姊似馨。余父见余抑郁，余夫见余不满意，互相慰曰："得见甥女，我愿已足。"复曰："生女虽属外姓，究较胜于无也。"余明知吾父、吾夫之语，系有意之慰抚余，自忖余夫虽四十一，而余仅二十有三，日月正长，再索或得男焉。

如是匆匆三年，而余父殁矣。临绝之时，握余夫妇手而喘言曰："尔等志之，将来潘氏香烟，唯汝等自赖。苟女能连育两雄，则求其次承潘氏之祧，否则亦望好自为之，毋使潘氏祖先做若敖之鬼。"言已遂绝。

余父死后，余急力怂余夫纳宠，余夫辄闻语微笑，不置可否。厥后见余进行日迫，乃谓余曰："卿其癫乎？得子之迟早，后人之有无，攸命攸天，非人力所可强求。卿以为纳妾而后，必定育儿。设再育女，并女不育，则卿又将何如？卿年未三十，岂自知从此不孕乎？请毋扰我神，打消此议可也。"

呜呼！余夫之作此语，可谓爱余弥极，是亦可见余等伉俪之情悃也。讵料横逆之来，出人意表。距余父死之翌年，余夫因秋试报罢，用心过度，以致咯血。初尚能扶杖行，未几，竟淹卧床席，势将不起。远族有汤理卿、汤琏卿者，与余夫为兄弟行，向存意见，不通庆吊。闻余夫病，忽纷至沓来，虽曰问病，实则窥夫无讳萧之子，彼等固受多男累者，觊觎家产，其奸昭然。余夫恨恨曰："余宁无祀为若敖之鬼，不甘彼等受用也。"

殆理卿等复来，则已遍召亲戚，公然议承继问题。理卿子二，琏卿三，彼等又因争相承嗣，致即在余家用武。余夫急招亲族至榻前曰："余妻适有妊，如生男，则当然接续嗣香；如再生女，则以家产析分为三，使彼母女三人，各得其一。将来余妻殁时，再论继续之说，未为迟也。"亲族唯唯无一语。余夫且令族长执笔，为缮遗嘱三，余执一纸，似馨执一纸，一则请族长执管。

事竟，亲族散，理卿亦怏怏去。

是夕，余夫病骤剧，即于翌晨寅时卒。临终时，呜咽谓余曰："卿乎，悔不听汝纳宠之说，致正首丘亦无人。我死之后，卿好为之，能使家产不入恶奴手，则余目瞑矣。有妊之说，即所以示卿明路，卿好自为之。"语未竟而气绝。

嗟夫！此余夫最后之语，耿耿于怀，至今未泯也。然而夫死而腹空，将何以证实遗腹之说？初欲密购一苦人家小儿，以保存固有之家产，无如理卿辈监督严缜，无从设法。夫有爱仆阿福者，貌颇忠厚，平素行事，亦异常拘谨，殊不知其忠厚其面，蛇蝎其心。余之隐秘，竟为其窥破。

一夕更阑人静，忽至余卧房，先破余怀之隐，谓血抱之策非上者，继且进以媚言，坚云已有特种性理可以育儿，终且施以威迫，强余从焉。呜呼！失身败节，痛也何如！而自此一度以后，腹竟有孕，距夫死十七月而临盆，故名汝曰戚，所以志痛也。怀孕之日月不符，理卿等控之公庭，谓异姓乱宗，此人情之当，毋怪其然。阿福又为辇巨金，赂某巨绅，案乃得直。问官历举古代贤豪为引证，理卿等明知官受贿袒护，然亦无如之何，于是家产勉强保全，恶族之抵抗可以消灭。然而阿福之专横，其奈之何？幸不一年，阿福亦患疫卒，然此一年中，余已受累不浅矣。

阿福既死，余心稍安，无如汝成童以来，面貌绝类阿福。余每见汝面，辄如利刃攒心，肺腑欲裂，仿佛见余父、余夫之魂屏立余前，似笑似哭。古语所谓切肤之痛，莫甚于余者。幸汝尚恂恂有儒雅气，私祝汝为克家令子，则或可勉强对余去于泉下。讵料汝今竟如是挥霍乎，闻现资已为汝消耗殆尽，将售不动产。

呜呼！戚官，余实自贻以戚也，尚复何言，有死而已。汝苟有人心，则今后家政悉听汝姊操纳，将来苦守田园，尚不致如范叔之寒。否则……

潘雅美绝笔

×年×月×日

余阅竟，瞠目咋舌，久之谓媪曰："汝何以得此不祥物？"

媪曰："汤夫人之死非病也，实自缢者。余为首先得见之人，故得此。"

余勃然曰："此冤单也，汝以为有值之凭纸，将借以射利，恐为汤家人知之，将指汝为罪人也。"

媪闻言失色曰："然则奈何？"

余曰："焚之也。"

乃以此纸投之火。媪退而喃喃曰："原来不值半文钱。"

敦　煌　生

敦煌生春闱报罢，怅怅无依。友人荐之为辽海幕府，生以道学自励，尝自规朱程之法，以宋儒自况。

清季作幕者，大抵群聚为非，非浸淫于樗蒲，即沉湎于狎邪。独生不随流俗，庸中佼佼，洵足为末世士风劝。然而嫉者踵起，蜚语纷腾，谓其只知读古人书，食而不化，甚即有面讥其迂阔者。于是生益侘傺万状，终日咄咄书空，频呼文章误我。生师荥阳司徒，素重生才，稔知近状，贻书告曰：

　　身为王粲，自当随机从俗。古道沦胥，士气浇薄，苟不同流和众，恐有溃决之虞，起于眉睫。君家景况，余所稔熟，如不暂蛰关东，待三年之振翮，而于此时翩然南下，将以何面目对故乡父老耶？

生得书大感，西望而号曰："师诚生死肉骨，生知过矣！"

一旦矫习之性，为之骤减，日与同事相骋逐，人咸以为异。沈阳虽当东北孔道，市廛繁盛，然气候苦寒，且外有强邻虎视，内则盗风蜂炽，白昼劫杀，时有所闻，以故连年元气中伤，民众菜色。而彼处之红楼翠馆中人物，虽非尽无盐嫫母，而风俗悬

192

殊，彼都人士所好亦各异。盖南人尚秀媚，北人尚英爽，诸凡服御应对，咸有不同。故敦煌生名虽曲巷寻芳，实不啻受罪于脂粉地狱。当夫华灯四张，催花传笛，狂者方步陈同甫纵博驰射之语，生已心烦欲呕，头痛欲裂，往往先告罪避席去。生曾有《高阳台》词一阕，曰：

　　一桁帘垂，一支灯剪，如烟如梦光阴。又近重阳，秋痕易上秋襟。角巾已悔浮名误，甚杯传，还劝深深。奈秋声，不住如筝，弹破蕉心。

　　客船换尽歌楼味，渐微寒斗帐，不耐罗衾。纵逼中年，谁曾惯听秋砧。樱桃记否开奁处，润琴弦煮梦沉沉。剩今宵，笛里霖铃，自谱微吟。

　　无何有妓自南中来，曰秦爱玉，美艳绰约，如花中牡丹，所居曲居小院，张自画蕙兰小幅，吴清卿为之补缀盆石，王湘绮为之题八绝句。绿窗人静，空谷生香。游人入此室者，如置身李贞美十娘家，洗桐倚竹，言笑晏晏，迥非凡境。爱玉动止蕴积，妙于酬答，对之者未尝见其有疾言遽色，而神韵渊穆，令人自尔倾倒。生犹未之知，其同事走相告曰："如此名花，书愚恐亦将颠倒矣。"乃张筵邀生，并招爱玉。生至，群相贺曰："君向日眼界高远，今已代为物色一相当人才，定情有夕，三星在户，君将何以酬我辈撮合之功欤？"

　　生微笑不之答。是日，爱玉适小极，红笺飞去，久之足音杳如。友人怂生过妆阁。生婉辞之，乃止。

　　一日，天大雪，生披重裘，驾帏车，至城外云起楼酒肆买醉。云起楼者，沈阳著名胜地也。生游宴于此，已非一次。薄醉返署，途遇一车自迎面来，适风动其幕，露半面，觉容光焕发，朗朗照人。生私念，不图绝塞荒城，乃有如此丽姝，旅食年余，仅见此㚢也。

又逾一时，修禊教坊，友朋团饮，酒酣，生击箸歌"枝上柳绵，天涯芳草"之句，谑者佥谓其春心已动之供状，乃复为招爱玉。生坚谓不可，云仆本恨人，半生蹭蹬，文章憎命，魑魅嘻人，谁复有兴致，以与猎艳家角逐于十丈软红尘中者？友笑曰："君苟见爱玉，则人倚栏杆，一声长笛，当如谢镇西着紫罗裤褶，据胡床，临城楼北窗，弹琵琶情状，断不致再同桓子野之奈何辄唤也。"

无何爱玉姗姗来，风鬟螺黛，缟袂湘裙，馥郁衣香，翩翩若舞，望之似神仙中人。生气为之夺，谛视其面，似曾相识，沉思有顷，曰："畴昔车中半面，殆即卿耶？"友人见此状况，咸笑不可仰，且曰："半载假道学，今一旦戳破，虽然伯乐有珠，良骥脱颖，子看花法眼，洵不虚矣。"自是，生遂识爱玉，文酒之宴，过从无虚。爱玉以诚意待生，阴有委身而事之心。生极表同情，因订白首约。

爱玉系越商女，幼为匪诱，沦堕烟花队中。其举止饶有大家风度，非寻常妓女所可比拟。生于客中获遇此多情之女知己，亦足以破岑寂之苦。

流光似箭，一瞥中秋。是夕，玉置酒画楼，款生度节。酒正酣，生忽停杯微喟。玉见状，询曰："君何所思，对此明月，乃侘傺如许？"生唯诵《牡丹亭》"良辰美景奈何天，赏心乐事谁家院"十四字而已。玉窥生状，屏退侍儿，凝眸复进曰："妾固早窥君心矣，依人寄食，所怀难展，久屈幕中，不但有伏枥之伤，且蒙呰灌之辱。"

生敛容曰："不图风尘中，竟复有张书尘在耶。"

玉曰："君何不舍此鸡肋，以图远大之业？"

生俯首无辞，怆然欲涕。玉乃启钥出三百金，谓："十年来辛苦所得，尽在于斯。君苟有志雄飞，盍携此戋戋物去，借壮行色，毋再为他人做嫁也。"

生坚不受，拒之数四，后见玉诚意难却，忸怩袖之曰："苟有飞黄之日，淮阴少年决不忘漂母一饭，当以十倍酬卿。"

玉曰："黄金虽贵，妾不欲。脱君有成，万望垂念风尘中尚有薄命妾在，勿使他日年华老大，沦落浔阳江头，夜拨四弦，余愿足矣。"言已黯然。

生曰："苟富贵而负卿，有如皎日。"

是夕，玉留生宿。

翌日，生遂束装就道，襆被入都矣。江郎赋别，千古伤心。玉之与生，更觉依依难判，只互道珍重，叮咛怅然而别。自此，爱玉别营小楼一角，挈一小婢同居，不露色相于烦恼场，日唯焚香祷天，祝生早日通籍耳。

无何试期已届，时生之鱼书已渐疏忽，较之乍别时之殷勤，相去远矣。玉谅生聚会精神，以与天下士子一角，故不作此无谓之尺鲤，以乱心曲。玉可云善体人矣。

殆捷书驰报，敦煌生胪唱第一。玉闻之喜不成寐，一班姊妹行，莫不踵玉所而贺曰："状元夫人巨眼识英雄，后福至无量也。"

玉虽谦谢，然窃喜赏识不虚，由是晨占鹊报，夜卜金钱，翘首燕云，望穿秋水，意谓生遣人来迎矣。讵久久不至。

适有生旧时同事某君将至京师，玉转恳其妥为致意。及某君归来，云新状元不复忆前三年事也。玉闻之大哭，继复大笑，状类疯癫，即于是夕自缢死，身后萧条，由某钱庈市薄榇而葬之野。惨矣！

著者曰：余闻之父老言，秦爱玉气绝之时，即外交美人赛金花降生之日。赛颈有红圈似线，即其明证。初名傅彩云，适敦煌生为妾，生身后微名为赛扫尽。庚子议和，名倾中外，至今犹健在也。上年与某商结婚，年近花甲，尚若四十余人，殆亦今之夏姬欤？而识者见之，莫不戟指曰："此敦煌生之妾也。"伶人孙三儿，为赛下堂后之第一爱宠，知其肺腑中事，谓赛自云生待遇渠不薄，唯一闻其声，即觉恨恨。于此可见爱玉投生之说，确有因也。佛家因果，虽未必尽然，生之负爱玉，赛之辱生身后名，则天之报应，可谓丝毫不爽。青年男女之喜言情爱者，盍以为龟鉴乎！

甘侉子

　　日本人在吾国经营的大商店有一个三菱公司，很出名的。殊不知在清朝光绪末叶，北京官场中也有个三霖公司。那是三个御史，名字都叫春霖，而且都不避权贵，参劾显要，故得名震一时，大有头可断、正言不可不陈气概。好在时候又在差不多，所以当时于右任先生办的《神州报》上，便将他们并称为三霖公司。不过现在人家传述起来，指是赵春霖、江春霖、刘春霖三人。

　　小子听顾巨六君说起道，刘是末科殿元，其时才得开坊，尚无备位西台资望。赵、江二人之外，还有一个乃是入民国做过福建巡按使及肃政司等职的胡春霖。究竟是刘是胡，现姑不去管他。单道那个四川赵春霖，自从参劾庆亲王奕劻的折子一上，恼了西太后，立即将赵褫职拿问，打入刑司狱中，俗谈所谓"下天牢"。雷厉风行，案情重大，不知道结果是杀头呢，还是充军。无如那时候四维不张，网纪沦夷，正应着"天大的官司，只消有地大的银子去料理"的两句俗谚。

　　赵春霖本人下狱之后，自有他的寅年世谊、门生故旧、嫡亲同乡等四处八路走门路。好在那时朝中大老没有一个吃不进药的，居然强心针打准，案情渐渐地缓和下来。不过金钱却花掉不

197

少，京中一时周转不灵，没奈何，由赵御史夫人出面向几个有交情的外任官儿告帮借贷。一壁再致电故乡亲友，求他们尽力援助。再命在家用功的儿子速即变卖产业，像伯邑考相似，辇金入都，搭救生身之父的性命。

在专制时代，又是政以贿成的当儿，这些手续都是题内应有文章。官宦之家没甚事儿发生便罢，一旦发生变端，大概都是如此的吧。

这位赵公子，虽已幼童入泮，是个秀才相公，无奈从未出过远门，真和《儿女英雄传》上的安龙媒仿佛。一旦接到了生母电报，可怜急已急得神志昏迷，忙将祖遗的若干田亩拿出去三不作两，卖的卖，押的押，勉强凑了近三千块钱。至于一般亲友，人情势利，所谓"时来谁不来，时不来谁来"，非但不拔一毛资助，还要责备赵公太不识时务，在这个年头儿上想做包铁面、赵琴鹤吗？真正呆子！庆亲王上得两宫欢心，名倾朝野，巴结他尚恐不及，怎么敢去捋虎须参劾他？这是活得不耐烦，颈内热血发痒，自讨苦吃。快快断绝往来，不然要遭着夷及九族的飞来横祸的。但是赵公子钱倒不一定要向他们移挪，只希望他们有老出门的亲友陪伴着上趟北京去。殊不知求张良、拜韩信，始终没有如愿。

安公子到淮安，倒先有奶公华忠同伴长行，后来华忠病了，又转荐妹婿褚一官同去。如今赵公子，连华忠其人都没有哩。最后却恼了他两个同案，一个叫冯鸿宾，一个叫郭希仪，都是血气方刚的少年。因见赵公子情实可怜，那班至亲近族实在可恶，所以他俩仗着一时义愤，自备资斧，譬如游历，情愿做伴赴京。有了他俩同行，赵公子才少定心神，敢收拾了银钱上路。

其时的交通，虽比不上现在便利，较之以前，已经大不对了。他们由四川赴京，实在可以搭短载到了重庆，然后乘下水江轮到了汉口，转平汉火车北上的了。不过彼时人民对于江轮，所谓洋船，不时有爆烟囱水火者，走错水线，轮船和轮船互撞，船上边消防器具又都不完备，故而每逢出一回岔子，往往全船之人白死，因此咸有戒心。并且有种专门造谣生事之人说起来道，洋船上每月暗杀几个客人，抛下去祭江祭海的。至于火车，称为"旱火轮"，指是外国人办的，谁去乘坐了，他们要把你姓名八字抄录去，用钉头七箭书将你咒死了，然后摄你的魂魄回国去，填筑炮台，宛比秦始皇捕捉孟姜女的丈夫万喜良去填筑万里长城一样，不然合不拢龙门哩。故而乘车之人愈加稀少。像赵公子和冯、郭二人都是有知识的，对于这种齐东野人之语固然不至于相信。不过乘车搭轮，迅速虽较迅速，无如川资要多花一半，恐尚不止。自知元气不足，为贫所累，只好仍照从前的驿路，由四川上京，乃是一路向东前北进，计共五千七百里旱道官站，实只四千七百五十里足路。乃是经由栈道到了陕西，出潼关折入山西，再由井径、获鹿，进直隶的正定、保定，也必须走南大道入都。而且雇了长行的驿车，他们一班鞭杖行内揽客的脚夫，也有一定行程的期限。按照钦定吏部赴任凭限例则，打个八折（查前清部则，由北京至成都、潼川、绵州等处赴任，限八十日到省缴凭倒换饬知），大约总两个月挂零三四天赶到。如其雇主多给酒饭，或者老交易买卖，那么叫飞车偷站，最快四十多天或五十六七天亦可赶到，这是例外的。若是雇车主儿逢山玩山，遇水赏水，或是逢商调换的短载，那就没有准确日子了，也许在路上行了三四个月，近半年光景都有的。

这回赵、冯、郭三人上京，那是雇定罗家老行的牲口两头、骡车一辆。二名赶脚，一个叫曹六儿，一个叫烟鬼熊四，都是著名飞毛腿，而且都是老江湖。赵公子许了他俩重酬，所以也走的飞车偷站，一个月出头三天，已经出潼关，到风陵渡渡过黄河，搭进山西水济县境下马口歇店，总算迅速极了。

他们三人到了下马口客店中投宿，照例看定房头、卸行李。跑堂的打洗脸水、泡茶进屋，先代三位爷掸去身上灰沙，然后请他们擦脸漱口。他忙着替客人摊铺暖炕，然后再出去拿灯烛进房，顺便带菜牌进来，请客点菜下锅，并问明喝什么酒，做面呢还是做米饭，要不要喊娘们儿暖被窝儿。这都是北五省下宿店的一定程序。赵公子等也不比初起手几天，老是瞪着眼发愣，一时找不出话发放跑堂的，现在都会依次回答，像老出门般，不慌不忙的了。

当下打发过了那跑堂出去预备夜膳，他们三人对灯围坐，喝水闲谈，等吃了夜膳睡觉。忽然闯进一个六七十岁的老头儿来，此老生得面如重枣，颏下一部络腮胡子，根根同银丝相似。身上行装打扮像个当公事的武官模样，就不过是眇一目，欠些仪表。但是他的举止行动非常大派，礼貌亦极周到。自承姓高，是太原府威远镖局的把局达官，新由咸阳收账回来，也在此落店，卧房就在对面，遥见三位一表非俗，故此冒险进来谈谈。敢请教三位贵姓高名，从何到此，现欲何往。赵公子等早由曹六、熊四俩叮嘱过了，出门人少开口为是，万一有人动问，那么逼不得已，也只得三真七假地回答人家，所谓"逢人且说三分话，未可全抛一片心"，所以躬身回答那老头儿道："小子姓赵，这两位姓马。我们是中表弟兄，由四川到来，入京游学去的。"

高老头儿听了，仰天打了个哈哈道："既然三位是赴京游学，行囊中要携带二千不到、千五有余些现款干吗呀？老朽是个热心人，因见三位都是初出门，带了这现款，自己不知危险，故此前来关切。吾辈走惯江湖的，只要瞥见车轮入土多深、尘土碾飞得多高，便已知道有多少水头油花。如今山西省内正闹义和拳、黑边钱、连环党、臂花党、大刀会等土匪，路上实在不太平，常有三人欺两、谋财害命的事情发生。咱们当了镖局达官，尚愁过门

200

不到，腰手不灵，被土码子拔了镖旗去栽跟头，何况你们初出茅庐、不知江湖险恶的好世兄？哥们儿呀，再加从此下马口过去，就要进猗氏县的水稷山山道，再过去所经的榆次、寿阳、平定州等地，虽是平原，因为地气和太岳山山脉贯通，所以全是黑石子路。黑石子经日光一晒，炙得牲口脚底发热，人足是踏都踏不下，故须下半天就道，搭夜站赶路。你们想吧，地面上出了歹人，你们赶夜站，正对他们胃，好似小羊入了虎口，单身孤客，囊内一无所有地经过，尚愁打杠子、霸王卸甲，剥剩一条单裤。你们又带了这许油水，怕连性命都要失堕。老朽是热心好事，专门锄强扶弱，打抱不平，有心爱惜三位，所以会闯进来多嘴管闲事。你们还是说了老实话，待老朽与你们出主意。"

赵公子被这老儿说话，句句打入心坎上，不禁把自己入京救父，他俩是仗义做伴等等老实话全都吐露出来。高老头儿听了，便闭了一只眼，思忖了半天，然后开眼吩咐道："你们不走大路，从小径兜抄，索性走平陆、翼城、安泽、沁源，由砥柱山翻走霍山道，出马陵关、大邑谷，径由井陉山出井陉关，路程并不远。不过都是山道难行些，但是太平却太平的了。老朽也暂不就回太原，在暗中保护三位，至十一或是十二天可到大邑谷。谷口有座白云道观，那时老朽在观中候驾，再同三位见了一面之后，那才分手。这也是天缘前定，有老朽暗保，绝不再会出岔的了，你们可以毋庸害怕了。"

赵公子等听了，再三致谢。

恰巧跑堂夜膳开进房来，高老头儿便起身告辞。赵公子要留他吃饭，老头儿说："我也预备的了，彼此出门人不必客气，不过你们牢记着莫走大道走小路就得啦。"嘱罢，翩然出房去了。

赵等三人听了老头儿说话，心上愁急万分。夜饭哪里还吃得下，大家只勉强吃了一些，差不多剩了十分之八的菜饭。

忽然房门外又闯进一个蓝布衫裤、高勒袜子、山东皂鞋、发头稀少、小辫绾了个得胜髻、手中执了黑漆短旱烟袋、形同赶脚的黑麻大汉进来。他一进了门，也不招呼人，一眼瞧见桌上的残肴，口中便自言自语道："可惜这许多东西，着实要几文啦。你们不吃掉，也是造化跑堂的，待俺修了福吧。"一壁说时，一壁已一屁股坐下，狼吞虎咽，据案大嚼。席上那许多残余东西顷刻间被他风卷残云般吃个罄净，连那大葱、清酱、辣子、姜丝、拌酸齑菜等五六种堂菜小碟子也吃得盘底向天的。

　　此时的赵公子有事在心，对于这个下流混混非常厌恶，一进门就要开口下逐客令的。还是冯鸿宾眼力凶些，忙在旁向赵连连摇手阻止，直待他把桌上残肴吃光了，鸿宾才从容询问道："老乡，够吗？可要再添些什么？"

　　那人两目一瞪，向鸿宾上下身一打量，扑哧一笑道："够了，瞧你这笔管生不出，倒懂得江湖上交朋友的道理。罢罢罢，吃了你们这一饱，也该报答报答。方才那个老头儿不是个好人，但是所说的话是不错的。你们不可不听他，准其走小道莫走大路。横竖暗中有俺保护你们，放心走好了。大约十二三天之后，你们赶到大龟谷白云观了，那时你们经过马陵关，代俺打好四五斤白干、买端正七八斤牛肉、一大包三山灵鹤牌的老黄烟，俺自然代你们两家来解扣儿。这酒肉烟三项，千定不可忘怀了。"说罢，自顾自走了出去。

　　赵、冯、郭三人被这两个怪人来一搅，搅得睡也睡不稳，整整计议了一夜。因为两人都说大路走不得，决定翻山行小路。

　　第二天算清店账，照旧套车就道，望北进发。离开下马口二三里路，就是大小路分道的岔口来了。赵公子吩咐径进山套，由小道往井陉。

　　曹六听了，忙道："爷敢是信了鹞子的说话，要走小道昨晚

202

为何不提这话呢？早提及了，好在有大行家同店，好和他打商量。”

冯鸿宾忙问道："什么大行家？姓什么叫什么？"

熊四忙向曹六丢个眼色，接口道："不是武行内的大行家，昨儿有班西帮皮货商，和咱们同店，也是上北京去的。他们都是宣化、大同一带开设皮货行的大商家，人多势大，又备着长短风炮。爷们早说走小道，咱们好跟他们合伙儿同行。如今他们在四更天起身做饭，五更天出门赶早站，咱们追不上了，只得单帮进小道山套。不过咱们情愿先君子，后小人，什么话都得说明。走小道是爷们主意，万一有个三长两短，咱们不负责的。并且牲口车等倘被山嘴碰砸，或其他意外岔子闹了出来，还得向爷们说明，须照价赔偿。"

冯鸿宾笑道："坐车的叫你们走小道，自然没有你们事。果真车马有损坏，自也该赔便赔，该修便修。这些打过门话儿，也何消说得呢？"

熊四听了，便高声儿喊道："曹六儿，您听明白了没有？这是坐车主儿的主意，没有咱们份儿，咱们说不得，这一趟多辛苦点儿了。"

曹六口内虽然无话，照他脸上情形瞧去，不用说了，他心上有一百二十四分不愿意走这条羊肠仄径哩。

他们一行五众，两骡一车，进了这山道。果然山连山，山套山，山接山，两边都是高山。居中一道山弄，仅容一人一骑行走着，迎面如有行人过来，不能交肩而过，只好拣稍微广阔些所在，由轻载退让一旁，待重载过去了才能再走。而且一会儿上坡，一会儿下坡，高低起落，实在难行。凡遇到山坡上下所在，两旁必定又是深不见底的山涧。在上头望望，已觉阴森森冷气扑面，令人毛骨悚然。如其失足跌下去，万无生理。耳边厢常有猿啼、虎啸、狼嗥、狐鸣的声息，不要说人听见了心别别跳哩，连牲口闻了这声浪，有时也常身发抖，拳毛跳动。怪不得曹六不愿走这条路，实在难行。

走了十一天，果然到马陵关宿夜。一问店家，明早果然进大邑谷口哩。又问及白云观这处地方，一个年轻店伙骇然道："前两年正是块好地方，香烟茂盛，看庙的吃喝不完，穿着不尽。现在可不是劲儿了，因为有……"

他再要往下说去，却被一个年老店伙跑过来喝住道："排五的又要口健哩，前三月找的麻烦，难道已忘怀了吗？"

年轻店伙一闻此话，伸伸舌头，截住话源，搭讪着走开去了。

赵等三人明知这白云观不是好去处，已经到了此地，只好明知山有虎，故作采樵人了。唯有冯鸿宾心上较为放宽些，想起那个蓝衣黑麻壮汉的嘱咐，竟然在马陵关集上把酒、肉、烟三项办就了动身。

第二天一出马陵关，愈加地土荒僻，山谷深邃，人烟稀少。走到未末申初，才有个小村集打了午尖。依着曹、熊俩，就此宿夜，明早再走，恐怕过去没有宿头。无奈赵公子救父心切，恨不能一步跨到北京，催着上路。曹、熊俩拗不过他们，只得勉强就道。果然走到太阳沉西，尚没有尖站走着，更莫问宿头哩。

直至皓月东升，已届黄昏时分，目前才发现在四五箭路外，黑沉沉有座庄院来了。大家很兴奋地赶到那里，赵公子借着月光，抬头停神一瞧上面一方匾额，乃是"白云观"三字。他们三人心上都忐忐忑忑，晓得今宵是生死存亡的紧要关头了。但是两扉朱漆山门虚掩着，推开了进去一瞧，正中朝东出向的一所大殿，虽不是墙坍壁倒，然已败旧不堪。倒是左右有三间一边、南北六间配房，好似新收拾过，非常洁净。北耳房三间，那是像灶间食堂下房，南耳房三间是对面卧房，留出正中一间，像会客厅般。

他们站在庭中叫喊了半天，庙内不见有人出来答话。那个蓝衣黑麻壮汉却从山门外移步进来。赵公子等见了，如同小孩儿瞧见了乳母一般。冯鸿宾要紧告诉他东西已代为置办妥洽，他便走至殿上，拿了许多烧残蜡烛下来，叫赶脚的点了火，将行李卸进来，车马安顿在殿上。吩咐曹六、熊四去睡在南厢下首房内。赵等三人睡在上首房内。好在都有现成床炕，只消把被褥铺上去好了。"火速弄舒齐了，吃了些干粮睡觉。晚间若是听见什么响动，千万不可声张及窥探，天塌有俺长人在此支撑哩。"

赵等三人虽则遵教睡觉，但是哪里睡得着，不时蹑手蹑脚、偷偷摸摸轮流到门隙中去张望。始见蓝衣黑汉将肉酒吃喝，后来把三斤白干饮尽，七斤牛肉也留剩不过一斤光景，又打开了烟包抽烟了，横一袋竖一袋吸个不了。外头非但山门仍然虚掩着，连南厢正间内的四扇长槅子、八扇短窗也洞开了未关。

天交三鼓，忽听大殿屋面上瓦响，接着便有一团黑影向南屋内扑来。那壮汉依然端坐在那里，好似没有听见般，直待那黑影跨上台阶，他方抬起头来，把口一张，将适才抽的回笼烟向窗外一喷。那一股黑沉沉、白闪闪的烟头喷至窗前，恰巧将那黑影罩住，只听得哎呀，接着扑通一响，烟也散了，黑影也不见了。壮汉又低下头去抽烟。

大约过了一盏茶时候，又有两条黑影，一前一后，一东一西，由北耳房上扑下来，直奔南屋。壮汉又是吐了一口闷烟，依旧把黑影喷不见了。

此时忽闻南厢屋上有人问道："下面是谁?"

壮汉低低答了一句，赵等三人没有听清楚，好似"甘侉子"三字。

上头又问道："和您沾亲带故吗？"

壮汉高声答道："一不沾亲，二不带故。"

上头道："既非亲故，为何吃里爬外，伤自家人和气？"

壮汉道："姓赵的是孝子，冯、郭俩是义士。咱们江湖上人所恨的贪官污吏，所敬的孝子义友，咱路见不平，尚且拔刀相助，何况是孝义之子？再者，他们近二千块钱也是卖田卖地拼凑了去赎天伦批鳞大罪，怎忍下手呢？"

上头叹道："唉！再不料您来管这闲账，也算俺三个孩子晦气，青山不减，绿水长流，往后去总有相逢的日子，再见吧！"

只听得屋上一阵脚步响，大约那人走了。从此直至天明，太平没事。不过那屋上人的声口，山西土音中间杂些陕西三原话，和下马口遇见的那个眇目老头声口竟有七八分相像哩。

到了翌日清晨，赵等出房来，向那壮汉致谢救命之恩。只见庭心内横着三个尸首，倒卧在血泊之中。曹、熊俩走近去瞧瞧，三个人别处并无伤痕，只喉间有个小孔，那鲜血都从孔内流出。因为时候相距已久了，所以孔内流出来的黄水不是血哩。

当下壮汉向赵等三人道："你们此次遇见这个半吊子老儿，就是连环党的首领，专做这种软硬两戗的捉羊事情。且喜遇见了俺，也是你们的运气。好在至多再行了两三天，出了山西地界，就不怕这老儿报复了。不过你们年纪轻轻，都是手无缚鸡之力，带了这许多圆圆头，就到了北京直隶省内，难道就没有歹人转你们念头吗？俺敬重你们三人'孝义'二字，现在管了你们闲账，索性管到了底吧。"

说时，便从胸前袋内掏出一方尖角小旗，上绣着一条独角蛟，那蛟头在水浪内高高透起，授给冯鸿宾道："三人之中，你头脑最清爽点儿，俺就交给了你。回头进了北直地界，把旗插在车上，保你们平安抵京，不会再闹甚乱子出来。到京之后，你千

206

定把这方小旗送至骡马市大街、虎坊桥附近，有一家姓李的开设牌号'天达'旅店之中，有个烧火兼担水的山东老甘，把这旗交还了他就得啦。"

当下非但赵公子等连声道谢，连两个赶脚的也跪在地下不住磕头。

壮汉笑道："萍水相逢，前缘早定，四海之内，皆兄弟也。你们又何用道谢，俺就此去也。"等待"也"字出口，人已到了屋外。眼睛一瞬，已经出了白云观大门，走得不知去向。

赵公子等也忙着收拾了上路。因为观内有三个尸首，恐怕有做公人遇巧到来瞧见了，要遭着一场冤枉人命官司打打，所以也要紧登程上路了。

回头出了井陉关，一进北直地界，冯鸿宾依那壮汉嘱咐，把尖角旗插在车上，果然一路平安无事。有时朝上赶早站，或者搭一个早黄昏投宿店，也有一班不三不四的尴尬人碰着。但不过走到他们近身，樱桃要蹦出来之际，一眼瞧见车上那方小旗，他们仔细认了一认，自淘伙内丢了一个眼色，自然地抢前或是落后散开去了。

那天将到北京，车过卢沟桥时候，忽然迎面起了一阵大大旋风，飞沙走石，扬尘舞土，吹得路上往来行人都把双手掩了脸面，眼都张不开来。等待风定重行，冯鸿宾惊然道："咦！我们车上的镖旗被风吹掉到了地上去了。"

忙停车扣马，人打回头，仔细地在桥上桥下找寻了七八次，也没找到。他们三人都异常懊丧，心上觉得很对不起那个蓝衣黑麻壮汉的一番美意。

到了北京，赵公子和母亲见面，当然先忙着走门路搭救爸爸。冯鸿宾却要紧拉着郭希仪，同至虎坊桥天达店内去晤了山东老甘，声明失旗原委。岂知跑至天达店一问，水火夫山东老甘是有这个人的，不过上两天为害了肚薄，向柜上自动辞去了职役，回山东登州府文登县原籍去了。冯等迟来一步，没有遇见，心上还怕往后去那壮汉要来讨取原物，一时将何言对付人家，但是这壮汉始终没有来。

后来和武行中人谈起这两人状貌，探听探听究属何许样人。年轻的尚不知道，有人转述北五省有名教头单刀李的说话道："那眇目老儿准是陕西三原的高鹞子无疑，至于那个黑麻壮汉，既似德州的马龙标，又像沧州的独角蛟韩成公。照他的作为，又同文登追风大侠甘疯子，不过年纪又不对了，甘疯子要七八十岁哩！"

究竟是哪一个，莫说传述者未曾认准，连受恩未报的赵公子三人也至今耿耿，未曾弄明白是谁哩。

周四先生

　　前清光绪庚子年，那件义和团、红灯照等扶清灭洋的拳匪玩意儿，也算得中华近代历史上一件大大的辱国痛史。著书人以前听见同邑做过河南按察使的幼兰俞钟颖谈及，那时有一个周四先生，确然有些奇怪的。我因这周四先生的举止行为和"武侠""党会"多有点儿小关系，故而现在不惮烦屑，把他夫妻俩的往事追录出来，供阅者的谈助。

　　在戊戌政变之后，天津县署后面、王店前的杨家余屋，来了一个口操安徽庐江口音的人租赁了去。此人就是自称周四先生，虽只夫妻二人一个小家庭，排场倒很阔绰。而且这位周夫人生得丰姿绝世，真个有减一分太瘦、增一分太肥之概，并又擅长交际手段。

　　住下了未满半年，已经和旅津那些大佬的阔姨太太结了手帕之交。她偶然一天不出去，这班阔姨太太就一日不快活。就是周四先生，也算得一件"大物事"，当门客的篾骗手段，和《品花宝鉴》内的张仲雨相似，也能占全"一团和气不变，二种才情不露，三斤酒量不醉，四季衣裳不当，五声音律不错，六品实官不做，七言诗句不荒，八面张罗不断，九流通透不短，十分应酬不俗"的十个字，可以算得优等毕业的上等头串客。故而受他们夫

209

妻俩笼络的显宦富商、男女诸色人等，真不知有多少。

一到庚子年，就为拳乱关系，从北平搬至天津住的王公大臣同潮水般迁来。于是周四先生夫妻俩的交游更加广阔，简直天天在外应酬，寓内连伙食都不需开的了。

辛丑回銮以后，那些王公大臣的姬妾愿甘住在租界上，不再迁回北平。故此周四先生夫妻俩依旧很忙的。不料到了秋天，这许多王公大臣的外宅都同时失窃，而且起码失去两三万金。最大的要失去珠钻珍饰，价值十五六万，自然都要报官请缉，而且都是碰不得的人家。

天津府县两署的捕快为了这一大叠窃案，都屁股打得烂的了。追究追究土相，一毫影踪没有，不知是哪一帮人来开的生意。

其时，租界方面有势力的白相人首推郜三父子，同着一个无锡小丁。他们也重托过郜、丁，要求帮助一臂之力。郜、丁虽都答应的，但也是空口说白话，久久没有确讯报告来。讵料官厅方面越是捕治严厉，那个窃贼在暗中案子越做得多，并且案情越做越大。索性刃伤事主，事主伤重身亡，而且这个死胚乃是荣中堂爱姬所出的宝贝肉心肝。那时候的荣禄真是炙手可热，他的爱子一旦被贼戕伤致死，这还了得！可怜那班快班公人，肩头上愈加扛不起哩。

有一天，有个快班小伙计，乃是头儿派他在城门口留心瞧那进进出出的人们可有形迹可疑之辈。他无意间和守城门的老将瞎谈谈，谈出一点儿线索来了。

老将道："我等每逢清早开城，倘瞧见一个个儿这么高、脸这么胖的人进城或者出城，而此人手中又必嬲一包东西，那么这一天上必有一家绅宦报失窃。而且此人嬲包进城，城外宦家出事；嬲包出城，城内有人家闹贼。咱们暗中留心探访，倒屡试不

210

爽哩。不过咱们又打听打听这嬲包之人名姓，原来就是王公大臣们奉为上宾的周四先生。想上去，他不见得会做贼吧？"

小伙计得闻此话，回头忙告诉了卯首。卯首始而也不相信，回后仔细一打探，果然遭窃的几家巨家，周四先生夫妻俩都时常进出的。而且越是相交得割头换颈、不避内外的人家，越是失窃得多。这一下，就不能不疑心到他夫妻二人身上，暗中派了专人监视了。监视了他好久，虽没抓住他的真赃实据，不过地方上却安静得多，不是东闹贼西报窃了。故此府县两班捕快都好似鹰犬一般，将周四先生当作野兔子看待，专待有隙，就要下爪。无奈他照旧出入豪门，做他的诸侯上宾，一无过失，总不敢下手。因为前清定例，如其白捕反坐起来，要加等治罪。何况周四先生是何等人物，所以始终没有这胆门子动他的手。

而且有一天傍晚的时候，周四先生经过天津县署前，经人一挤，他好像挤得要跌了，顺手抢扎一把石狮子借借力。岂知石狮子经他一扎，竟扎歪了二尺多，他又起中、食两指钩住了石狮抱球那条腿的空隙内，轻轻往那边一带，又落窠按正的了。捕快等见了，暗暗伸出了舌头缩不进去，晓得周四先生明知暗中有人监了他，故意显这一显功夫。但是快班等为衣食所迫，哪怕明晓不是他对手，也要冒险试一试。于是商量了一条诡计，翌日清早，前去叩门找他，因为晏了他总不在寓里的。待他开门出来，后面众人有意呼啸道："你害得我们好苦，今天找着了，光棍些归案吧！"瞧他神色如其略变常度，不管三七二十一，解了进去再说。谁知众捕快依计进行，门倒确是周四先生自己来开的，神色一毫不变动。大家仍旧不敢冒昧下手，反被他诘问得无话可对，讨了场大大没趣儿退下来，只好自淘伙内二十四个人，互相埋怨而散。

距离拍门恫吓的后三天，那站场的二十四个人家内枕头边都发现一百块钱、一把尖刀，不知从何而至。大家会齐了一商量，这周四先生愈加是重大嫌疑犯了。自淘伙人无人能够抵敌他，便公求本官，动公事到徐州铜山县衙门内，去借杨独眼来办这案。

独眼到了天津，先问明了经过的大概情形，便端正了名帖，单身前去拜会周四先生。当天没有见面，第二日，周四先生反差下人到独眼寓内，专恭其诚请回家去，备了盛筵款待。席间所谈的说话，全是拳棒行语，没谈别的。因为苍蝇飞来飞去很多，独眼是抽水烟的，便用咫尺去击苍蝇，一击一个，百不失一。周四先生笑他只会捉死的，不能捉活的，便伸出两个指头来，一壁照常谈话，一壁顺手拈拈，一刻工夫，他面前积了近百个苍蝇，都是失去一扇左翅、两条后腿。

回头席散了，独眼告辞出去，在下阶沿上滑了一滑。周四先生带醉送客，指阶沿石欺生慢客，只轻轻用足一跺，一条五六寸厚、六七寸阔的青石阶沿已跺了三四道通天裂纹出来。杨独眼回寓之后，便告诉大众道："俺也不是此人的对手，容回到南边去访问了淮安的癫三妹、昆山的洪九老胡子两个老前辈，再行给信与你们。目前千定莫去惹他，一来枉送性命，再者打草惊蛇，反为不美。"

癫三妹同洪九老胡子俩都是彭玉麟赏拔的人物，大小疑难案子手中也不知办过多少，那时都因年老退卯洗手了好几年了。等待杨独眼亲来访道，提及周四先生这个人，癫三妹只知此人好像是孔雀党内的当家，别的不知道。洪九老胡子听了，皱了一皱眉头道："真正扎手货，也说不出他根底。"经杨独眼再四央求，九老胡子逼不得已，才指引一条线路出来道："彭宫保有个亲信刽子手，现在江西石钟山出家当老道，他见多识广，您上江西去访问访问他，或者可以掏着这周四先生的底盘。"

212

杨独眼自便搭了长江船，赶至湖口上陆，寻找这个老道。直寻到景德镇那边同安徽交界的石城山内，才同这老儿遇到。跟他一提此事，那老儿骇然道："怎么这夫妻二人又出来开玩笑了？哎呀，克制得住这对怪男女的人，现代怕没有的了。两广、云、贵、四川五省的在门公人，断送在他夫妻俩手内的真不在少数。如今又闹到北五省去了，这家伙太高兴了，同他去对垒没有便宜讨得着的。不过他生就受软不受硬的英雄脾气，如其向他善言软求，或者好打动他强盗发善心。除此以外，别无方法对付他的。他七岁就出道走江湖，小人胆大，那时连我们老宫保也不曾奈何他。你去想吧，这东西扎手不扎手？"

　　杨独眼听了这套说话，回至徐州，他自己怕丢脸，也不曾二次上天津，仅捎了封书信去，指点天津府县两署捕快道"稻柴能缚树柴，树柴缚不住稻柴的。要动这厮的手，只有一条苦肉计，或可成功卸肩"云云。

　　津门快班接到这信，自己人再会议了几次，然后两署两班快健大小三十七人，那一天约齐了，都是早赶至周四先生公馆内，都跪在他面前哀哀求告。说也古怪，周四先生好像已经知道他们要来软求的一般。上一天将家中男女用人一个个结清薪工，打发他们回去或另寻新主，连房子也退了租。所有软硬家用器具都是租赁来的，也喊原店里来一气搬回去。这班捕快来哀求他慈悲方便，说："可怜小的们三十七家男女老少，倒要有一百二三十条性命出入哩，总求您老人家怜念了这一点，成全了小的们吧！"

　　此刻家生店内正也派小伙计领了出店，到来搬东西。周四先生笑向大众道："你们起来，不用这样儿，被那店主、苦力瞧在眼内，有关你们县前大叔自家的体面。莫慌，待他们搬空了东西，俺自有交代，绝不再使你等受排挤的了。"

于是大家都站立起来，呆呆地等候任务。回头东西搬空，周四先生正要开口向大众说话，忽然他的夫人从里头赶出来，向周四先生道："总怪那老不死多嘴的不好，现在您也不用再累他们，这场官司准其去打了吧。依先走一步，到那里去候您啦。"说罢，匆匆出门。门外忽来一个黄头发赶脚的，牵了一头红毛大骡，好似预约定的。周夫人一出门，便跨上这马骡，两腿一扇，赶脚在后一打号子，两人一骑一瞬之间跑得不知去向。

　　周四先生笑向大众道："咱们走吧，上天津县销案去吧！"于是大家欢天喜地，前呼后拥，同至县衙。

　　其时，天津县是苏州的李振鹏，天津府是湖州的沈子惇。周四先生一到堂上，把天津新发生的窃案全都承认是自己所做。李知县问他为何要刃伤荣中堂的少爷。

　　周四先生道："一来他是满洲人，非吾族类，其心必异。再者他老子专门献媚那拉氏，六君子的性命固然伤在他手内，就是最近那件拳匪事情，始而荣禄也附和着端刚，高嚷扶清灭洋，后见风头不对，又去调那董福祥进京，做他傀儡。袁、许二人性命，端王曾请问过荣禄怎么办，荣说斩首尚不足以儆众，非腰斩不可。如今倒又附在李少荃一党之内，自夸反对义和团的了。那么最初袁世凯到了山东，将拳匪驱入直隶界内来的时节，那时直督就是荣禄，干吗不同袁慰亭联络了，派兵到直鲁交界去会剿余孽，使匪众首尾难顾，腹背受敌，反纵容他们窜入直省呢？这种首鼠两端、陷害正人君子的骑墙满奴，真正祸国殃民，罪案罄发难数。俺早有心要做掉他，因为做不着他老子，才把这小杂种来代表的。"

　　李令因为关系太太，所以不再追问，回头和沈太守商量了，详文上把这节话也捺掉了，将他定的绞罪。等待刑部回文倒转，照准原拟，就地施行。岂知周四先生晓得明午要处决自己了，当晚便翩然出狱，恢复自由，海角天涯，任兴动止，不知跑到哪里去了。

当时，天津官场为了此事，曾雷厉风行搜捕过几次。结果府县都记了一次大过，公差手内添了一张海捕文书而已。

癸卯年，恩正并科的北场乡试，乃是借河南开封府的贡院举行。有几个天津士子到汴梁赴试，偶然上街散步，却和周四先生碰着了。本都认识的，被他硬拉到家去，乃是寓在南鼓楼街，门上贴着"广东周公馆"。周夫人也出来相见，姿态依然一些不见老颜。一切排场，比在津时更阔。这班士子留心一打听，才知周四先生为资助山西赈灾得的保举，乃是个道班分发河南候补，而且很得上峰欢心。现正当着铁路局差使，也是中州官场中的红人。等待场后，周四先生又为这班士子钱行，每人都有份厚礼馈赠，并且在席间说心话，道自己既是广东九龙山的当家老三，又是中国同盟会的经济主席委员，实在名字叫周木天。内人焦氏，乃是湖南哥老会老大哥焦大鹏的族妹，也是革命老同志。他再要说下去，却被他夫人出来阻住道："二呆子，您又多喝了一杯酒，在那里胡说乱道了，难道新近在杭州找的麻烦又完全忘怀了？"

四先生听了，便仰天打了个哈哈道："小金编派我醉，我就醉了。"当下尽欢而散。

这班士子既有大嚼，又有回头货带回家去，自然十分倾向他。不过在路上研究研究，这周四先生终究是官呢还是盗？还是窃贼、党人、会匪、清客？始终没有研究出来。

俞幼兰廉访，就是在河南臬台任内和周四先生见面的。但是周四先生的大名，俞在北平当七品小京官时候已早耳闻，及至晤面，见他胖胖的个儿，说话略带一些皖音，大半是广州土音。因俞也做过广东的琼崖兵备道，所以分辨得出。后来忽然弃官而去，不知下落。光复以后，俞闻得苏州有个开古董铺的老板叫周木天，特去瞧瞧，不是周四先生。后在上海窑子里碰见一个广东人叫黄云山，声音笑貌直和周四先生一般无二，同他交谈交谈，又似是而非。

这个周四先生可称奇怪人了，著书人后来晓得那"脚鱼顾问"又就是他。惜乎俞公已逝，无从证实了。

喳叭全全

　　我们常熟地方，从前欢喜养马的豪贵公子实在不少，每逢春秋佳日，骑马出北门，到破山寺（俗名兴福）去打一个来回，也算一件时髦行乐。因此旱北门大街上，十家居民倒有六七家是喂养牲口的骡马行，土语所谓"马槽上"。小子九岁那年，由苏州搬回故乡来。那旱北门大街上的马厩依然望衡对宇，鳞次栉比。听先君子提起，在考武未废时候，此间的马槽还要盛哩。以今视古，已经衰落了多啦。

　　然而到了目前，交通一天利便一天，漂亮朋友，够考究坐摩托卡，其次坐丁零当啷的橡皮轮包车，骑马不出风头的了。故此北门大街的民房虽比前多造了大一半起来，不过马槽只剩得七八家老牌子。马也不到五十匹，而且多是槽上豢养的毛长膘瘦、口齿将满的疲癃货色。户头上购的良驹宝马，寄槽代养的，甚少甚少。

　　莫谈武科未停辰光，就小子童年所见情形和目下现状相比较，那荣枯盛衰状态已有天渊之隔，使我脑海里平添无穷感慨。区区一街，一业首尾，仅只二三十年的小沧桑，已足令人凭吊唏嘘、抑郁寡欢的了，更无论襄阳重到，化鹤归来，等年月长久，黍离麦秀、荆棘铜驼般国家大事，自然愈加使人难受的了。

当养马时髦年代，那班骡马行老板和饲养牲口专门家的马夫，吾乡所谓"马牌子"，自也人多势盛。在中下社会上，自有一种潜势力，很可震慑一班无智无识的乡愚，并且还有那些没出息的文童、武庠等辈，不惜自身人格和这班人互相联络，实行折节下交政策，俾达狼狈为奸、敲善诈良、欺贫压苦目的。故此吾乡至今有一句"某人是'牛头乌鬼马牌子'一类人物"的比例话儿，言其此辈近之则不逊，远之则怨，不是好相识，宜乎当心亲热为是。因为这班马夫十有八九是孑然一身的光棍改造，倒又懂得几下三脚猫，三言两语不合式，便邀人打架，存了一些小意见，就拼舍性命穷并包，有时还铤而走险，合伙出去开武差使。一旦破了案，又要把平日有睚眦之怨的熟人信口诬攀入案，累得人们了家了命。故此正当民人家的父兄师长都要管束子弟，不准同这些人混淘。至于牵嫖引赌，或者教唆你买马豢养（你分明花了好行情购了一匹次脚力，于是他又来怂恿你贩卖掉了它，再往某处去挖一头什么伏骥出来养。一出一进，把你袋内的银钱间接都转到了他的腰包内去）以及偷料加工，一再连三借辞索借，或者暗中招呼客籍同党来盗掉你的心爱代步。诸如此类的种种弊实，真个写不尽净，确然不相结交为是，也是社会害虫、人类蠹虫之一种啊。

孔仲尼说，"十室之内，必有忠信"，古人又有"君子中亦有小人，小人中亦有君子"两句传说，这话都是有道理的。普通人士皮相月旦，大抵指"马牌子"队中没有大好老的。

其实据小子知道，当时有二龙、三辖脚弟兄俩，虽也是当马牌子的，却可称鹤立鸡群，比众不同。就算不能恭维他俩是完全行侠尚义、顶天立地的奇男子，也可谓是庸中佼佼、个中罕有的奇怪人物了。小子听人说，他们弟兄俩是姓顾，也是很好的出身。他俩的高祖在前清康熙、雍正时候，乃是大江南岸的著名武术家。跟习礼桥夏竺孙，周东庄周蔚若，江阴王寿山，长泾华天述、包祖赓，徐野徐大郎、徐二郎，华墅徐琛如等齐名，当时所谓江苏十八根头庭柱，都有明初常、胡、李、沐诸众等开国元勋福命。后经一个湖南人姓王的，乃是少年科第，十七岁点翰林，散馆考在四等，变作榜下知县，俗谈叫作老虎班，分发江苏候补。十八岁冬天，就到江阴做百里诸侯。此人深通地理专门学，他一到任上，亲自往四乡去一踏勘，指坐落澄东华墅镇上那座沙山是天生龙脉。其时已经长到长泾，如其再蔓延出去，和邻邑无锡龙山、常熟虞山两山山脉勾通了，此间必出真命帝主。所以他一壁亲自督工，用了铁屑、石灰等物在沙山上龙脉发源之处掘泄地气，并施出种种厌胜方法，同铁屑、石灰等一淘掩埋在那地下；一壁又利用治下乡愚夏某，在那龙脉挺生出去的当头，盖了一所祠堂，将地脉斩断，不能再长出去。

现在虞西澄东一带乡民提及这件事情，所谓小王知县破龙脉，能绘声绘色详细追述的人很多，并且有"先有夏家祠，后有长泾镇"等附带传说。这十八根头庭柱，就为被小王知县弄了这下玄虚，至于都老死牖下，姓名不出里间，辜负着这一身好本领。这些老农暴日闲谈，虽则正史邑乘以及前人私家笔札多不有一言记及，然而言者凿凿，不尽无因。在清德宗末造，伶人赵如泉、李春利等于上海石路开天仙茶园曾经排着一出连台本戏，名唤"十八大好老"，它的材料大一半就是采取这节野史做蓝本的。

二龙、三瘸脚俩也是十八大好老队中一分子的后人，因受环境的逼迫，家道中落，没奈何才流入马夫淘内去的，所以他俩一生的行为举止和寻常马夫不同。二龙出道的时候，年少气盛，曾经干过几件恃强行霸、蛮不讲理的横暴事情。后经无名英雄大力瓜贩的教训之后，顿变初行。如北门打丘八，和三峰禅院巡山和尚赌力，计退铁香炉化缘和尚，打倒江淮帮吃大户暴客，义释两头蛇，以及三瘸脚挖墙沙代眼睛，保全冶塘石寡妇，抚养小瘌痢

219

等事，多有侠行义气值得代为宣传、鼓励士气的。可是这许多事情的详细因由，不是三言两语可以了结，小子准备纳入《奇鹰怪象录》长篇内去哩。

在小子始初意谓，他俩的拳棒不问可知，乃是出于家传的了，不料新近探访明白，他俩的爸爸乃是个轻风吹得倒的鸦片鬼，尚是年轻。当时练过一年多沙包，后来有了嗜好，并喜渔色，这一门不谈了。三鞑脚的功夫出于乃兄指授，二龙的能为却是从北外一个沿山居住的乡农名叫"喳叭全全"手内套出来的。小子一闻这话，千方百计地设法打听，总算探访着一些些地方小历史，便代这湮没无闻于当世的"喳叭全全"胡乱诌成这篇东西。

全全家居在北外兴福头出门口，有人说他姓邵。他家所做的烂粉甜馅，外拌芝麻屑的团子，有特殊风味。著名的叫邵麻团，就是由全全始创出来的。又有人说，全全初时虽挑麻团担，做这行小生意，不过他实在不姓邵。全全究竟姓什么，姑且不去讨论，因为他一只左眼有病，瞧起人来一瞟一白，俗名"喳叭眼"，故此人们多叫他"喳叭全全"的。在那专制时代，并且是四维不张、牝鸡司晨、权奸柄政、纲常紊乱的清朝末造期间，有谁留心识拔到小本经纪人队中显扬出这喳叭全全一个拳术专门家名誉来？非但外间无人知晓，就是常熟本地方上和他生长在同时的人们也没有一个深知他底蕴，把他另眼相看的。

其时，有位陆大少，乃是陆云孙太史的大儿子，欢喜驰马击剑，寻是生非，实行旧小说上所载的"小奸""恶少"等腐劣行为。他养着一匹走马叫掼头黄，它走了二三丈路，要昂起头来，忽左忽右地望后掼一掼，这一掼至少要五斗米重量。所以骑在它的背上，须把缰绳扯得短些，时时当心它这掼头玩意儿。同时有个姓屈的武秀才，在南京买着一头青鬃马，除了主人和服侍它的马夫俩外，不愿驮第三者。陌生人跨上去，它虽照常开趟，走到半途霍地回过头来，要把背上人的膝盖滥咬，轻则被咬得皮开淌血，重的竟被它骨头都咬碎。马确是匹好马，屈武庠逢人便吹，指这青马，莫说小小一个常熟城内没有第二匹，竟可算得苏州一府九县地界之中跷起大拇指。

陆大少听了，不服气道："你的青鬃虽好，究不及我养的那匹黄骠来得壮健。"

两下话说僵了，便同西人赛马般把它俩实地较验。不料两下赛跑了五六次，竟不相上下，于是掼头黄同咬人青的声名传播全城，都说是无独有偶，天生一对龙驹良马。殊不知马的名是出了，可是住居在北门内外一带的妇女小孩儿却着实遭着它俩的害累。有的跌开头，有的踏断手足，甚至于才会走路、四五岁的孩子小命在这两头马蹄下牺牲的也不少了。人家惮于陆大少的势头，只得饮泣吞声，背后空自咒骂一顿，真正敢怒而不敢言。

有一天，喳叭全全的麻团担停在张家的半日野新庄门首，有七八个男女小孩儿围立在他担畔咽馋唾。恰巧那一青一黄两头马又从北外跑进城来。回槽马格外走得快，风驰电掣向南飞奔而来。那群孩子听见鸾铃响亮，吓得齐向自家门口躲避。偏偏有两个五六岁的孩子家在路东，究竟年纪幼稚，也不向北瞧瞧，那两头马已经在两箭不到路外，不及奔回自家门首的了。这两个孩子尚不知死活，拼命从西首蹿过东边去。全全想要抓喊，已嫌迟了。

眼见这两条小命起码又要被马蹄踹得半死，全全此时恻隐为怀，一不顾自身危险，二不买马背上人的穷账，忙也站起身子，一个箭步蹿到当街，把两手向左右一张，身子同电杆木头般一根，面北背南，挺立街心。

咬人青和掼头黄跑上来，跨在背上人眼前发现有人，要喊人

221

闪开来已来不及，想用力扣住它，手内多欠缺这一把功劲，只不约而同齐嚷一声哎呀，两个马头已撞到全全胸前的两乳旁边。

此刻全全不慌不忙把两条铁臂弯转来，对准它俩的嚼口环上用力抢住，顺势往北一送，八个马蹄立时停止不前，马头都向两边一侧，极声嘶叫，嚼环半边的口缝已被全全扯碎。本则白沫同小雨般吐射，如今喷出红沫来了，只要全全这一挡，两条小命儿保全。全全仍旧将身子往路西刺斜里一闪，再伸出手掌来对准手边的那头黄马颈脖子内拍了一掌，口内吆喝道："去吧!"掼头黄果然又打了个喷嚏，放开四蹄，仍往前面奔去。马是将军性，只要打头的一走，落后半步的咬人青也如飞地追了上去哩。

马背上人目睹这情形，惊叹这个挡马之人是天神下降，不然如何能有这点膂力。多想下骑订交，岂知坐骑又被他拍了一掌，它不由你背上做主，又开趱了。好容易用力横扣竖扣，勉强扣住，已跑到了监生堂门首。及至带转马头，放妥辔头，重又往北找寻过来，谁知全全不愿露脸，已挑起了担子向路东横街上急急走避，躲得不知去向了。

据云，这天骑咬人青的乃是本主屈武库，掼头黄背上乃顾二龙代表陆大少骑着，等待回过来找不到了挡马之人，屈武库并不十分在心，寻不着也就罢了。唯独二龙素喜这一门，一旦遇到这种大力奇人，怎肯放过，故而被他千方百计访问着了，先交朋友，后来索性拜他为师了。

全全自在半野新庄门口空身挡马之后，本人非常懊悔，晓得要有麻烦找上头来。幸亏得社会上识货人少，初时确有人疑心是他的，后来因见他常被家内的妻子一把揪住了打耳刮子，他吓得动都不敢动，不像是个大行家，否则岂甘受媳妇的殴辱呢？其实他只好任凭妻小殴打，他不是不敢还手，实是不能还手。若一还手，就要还出性命交关来，故此挺身挨打，横竖尽妻子用足了劲打到他身上，他一毫没有觉着，只当整容辱光喊剃头的敲了一阵膀背哩。

到了这年年底，往北市心陈东阳号内去办年货。为受了店伙的说话，他伸手在胡桃栲栳内用力掏了一下，一栲栳二三百个大胡桃都被他掏作两半片。

翌年春天，南外修理总马桥，惊动了火龙。大火着起来，阖城水龙齐到场，依旧救不熄，而且地步狭窄，不能施展手脚。有人主张水龙内装足了盐卤，扛到城墙上头去浇。法子虽是不错，无奈龙内装满了盐水，往高处抬上去不容易呀。恰巧全全也赶来救火，风闻此话，便自告奋勇，他单人双手举了四条盐龙上城墙。从此他的名儿响起来了。

是年秋天，又在牌楼档鹤岭泉茶馆门首，见一班昭文县衙门内的跑腿小差人有意和卖蟋蟀的乡下小儿捣蛋，全全上前去仗责难，以致触恼了这班人，一共四五十名小差役，攒殴他一个人。始而他老是不还手，听凭近百个拳头在他浑身打遍，不过想上前去摞翻他倒地，休想休想，非但他被揪者不倒，想揪他的人反而要栽一个筋斗。一条小辫子上吊了十一个人，他也不曾觉着难过。后来他打出了火来了，嫌此地步太小，招呼大众："敢同我往石梅场上再去爽爽快快打一下？"这班人不知轻重，竟会跟他走的。

到了石梅的道门场上，他正要出手，给点儿小苦头予这班人尝尝，幸而二龙得了信，赶来解开这个扣儿。回头全全同人提及此事道："小徒只消迟来一步，大概这班东西被我服侍得他们至少要半数坏手坏脚的。"

全全经过了这几次事实证明之后，于是大家都知道他是个不出名师家，一班欢喜弄弄拳棒的青年都去和他亲近。同时有家客籍富绅，主人是个捐班候补道，因为买田凶狠，收租厉害，乡下人背后称他"孙长毛"的，本则住宅建在北门大街上，就托顾二龙再三说法，将全全敦请到宅内去做护院镖客，叫他不必再做卖麻团小生意了。无如任别人颂扬他有如何如何本领，全全自己总道："您休上别人的当，我真有了恁般大的功夫，决不再在本地站脚，要往外间去骗饭吃的了。"但是全全越是如此说法，崇信他的人越多。经徒弟二龙苦口劝驾了七八次，才勉强到孙家去做保镖。

进了孙宅不满一个月，他的妻子死了。孙家上下诸色人等留意他的起居饮食，和常人一般无二。不过他腰内缚一条青布褡膊，俗名猪肚子。哪怕一等大热天，不卸掉的。有时他鼻息如雷，鼾睡在那里，别人随便怎样叫他推他，他竟不醒，只要把手轻轻地揿到褡膊上，他立刻就开眼坐起来。这一点，大家很觉奇异的。除此以外，别无罕闻未睹的惊人动作。

其年是庚子年，适逢清德宗蒙尘西秦，八国联军入踞北平。长江一带虽赖刘坤一、张香涛俩的同盟互助，不曾遭着拳匪和外人的骚扰，然而惊涛骇浪，倏起倏落，蛇影杯弓，频惊风鹤，也闹得小百姓够受累的了。

恰巧这时候的常熟市上，先盛传外国人买嘱了教徒，在河内或井内暗撒杀人毒药，害尽中国人，很热烈地嚷了一阵。继又谣言义和团教匪派人到南五省来，用纸人吸人魂魄去合药，其名压虎子，又命党徒用铁算盘方法四出去算计人家金银财帛，攫充该团扶清灭洋经费。居然这种无根不经的废话传遍了扬子江流域各城镇，带累那班守财奴既宝铜钱，又惜性命，听见了这些说话，吓得上天无路，入地无门，镇日价愁眉不展，可称度日如年，无办法了。

喳叭全全的主人翁孙长毛自然在这种情势的时间内，再加他是客籍富绅，平素又有那种"长毛"口碑，愈加栗栗自危、心绪不宁了。只得用尽心计，把蜜糖般的话来笼络那班看家护院的镖客。

其时，孙家保镖的一共有十三个，除了喳叽全全一个人之外，余者都是河南、安徽、山东、直隶、宁绍、温台、淮扬、徐海等客帮。当下听了主人说话，别人一味唯唯答应，唯独喳叽全全侃侃回答道："这种甘言我不要听，我除非不答应，既已进了您的门，吃啥饭，当啥心，不必瞎操神思滥奉承。我尽我心担责任，决弗口吃南朝饭，心向北边人。若得吃里爬外踏船沉，真正猫狗勿如瘟众牲。"当场全全说出这一番话来，大家都很诧异和嗔怪的。

不料隔不到半个月，宅内出事情了。蓦地来一个外帮飞贼翻墙头进来，想大大地偷一票的，辰光在二更半后，三更不到。恰巧碰着这一夜是全全和一个山东德州人马大忠俩值班，他俩言明每人轮值半夜天，于是这个飞贼同全全俩遇着了。两下动起手来，这贼倒也是个行货，不是利巴。彼此一往一来，在孙家的仓厅上足足放了一个半更次对，临了全全使出看家本领鹰击长蛇手来，那贼见不是头，才跳出圈子，觅路上屋，越墙逃遁。全全追出去，见那贼上高如履平地，不敢怠慢，用足功夫，追上围墙，顺手一抓，再巧也没有，那贼头上的发辫本则绾着个得胜髻，垂搁在后脑壳上。此刻忽然那得胜髻散出来，恰巧被全全一把抓住，把贼二次提上墙头。那贼真不含糊，等待全全提他上高墙，冷不防他左足踏着墙沿，提起右足来一脚后翻腿，踢在全全的膝盖骨上。此时全全的地步尴尬，再者又是扭打了好久才追上墙，立脚未稳当儿，经他一踢，自然仰面朝天向墙内反踢下来。幸亏手内的一把辫子依旧用力抓住着，不曾放松一些。那贼发了一腿，觉得敌人已被踢下墙，他也无心恋战，要紧走脱身，故而急急地仍向墙外一跳，岂知辫子上吊着一个人呢。

此时全全索性两只手都伸过了头，用足气力，吊住了贼人的龙梢。于是两个人的身体都四肢悬空，一个墙里，一个墙外，荡得溜溜悬吊着。但是全全是借劲在贼人的辫子上，好比秤锤一般，有借力处的。那墙外的贼人苦楚受得够了，越是用力想逃走，越是头顶心内痛得像劈开来，截断头发逃命去了。

当下全全在墙内也栽了一跤筋斗，身上跌出一些微伤来的。到了第二天，全全并不声张，反是那个马大忠向主人说家中有事，立即告假回德州去。事后，全全同二龙偶然谈及此事，二龙怪师父当场何不叫喊起来，为甚和这厮闭口闷干呢？全全叹了一口气，嘴唇皮翕了翕，又摇摇头叹了一口长气，终究没有说明他何以不声张的一个缘由来。

到了辛丑年的冬天，忽然有个宜兴人姓任的，也是个候补道身份，同孙长毛很要好的，写封信来提及他有个门生，世居在皖南屯溪山内，因为年来强盗多不过，地方不太平，这门生家内要请个保镖，一向留心察访，没有合适的人物。新近探知府上有位喳叭全全，力敌万夫，智勇足备，特地转恳任甘，向府上商拨此人。叨在同寅，又辱相知，定不见却云云。在孙是不肯放全全他去，无如全全本人不愿再在孙家耽搁，故而倒很高兴地就了屯溪之聘，出门去了。

从此信息不通，连二龙也不知师父在外状况如何。

光阴迅速，转眼之间，已到了癸卯春天。二龙有个远邻的儿子，自小在翁家做底下人。他伺候的主人乃是翁松禅的侄孙，由部郎外放山西大同府知府，因爱这小厮伶俐，特地由家乡带到任上去，做亲信长随的。等待癸卯年自山西回来，和二龙谈起道："您的师父喳叭全全现在宣化万全一带做贩马牙子的经纪人，面子着实搅得不错，凡是南五省的人往口外去买马，必须烦他向地主讲价，那么围起来不至于吃大亏。若跳过了他，买主的哑苦吃

226

得足了，往往耗了很大的代价，只围着两三头跳槽货。回头想带着它进口，它路道来得熟，跟走了一两天，霍地向刺斜里山套内一溜，溜得无影无踪。请教办马的人向谁去算这损失，回至地头上，想向地主去要回定钱，更加做不到的事。如其经了令师的手，他人头熟，地头熟，万万不会出这种被累（读如皮漏）的了。"

二龙说："吾家师父前年出门，乃是就的皖南屯溪人聘请，怎么弄到口外去了？不要您认错了人。"

那人笑道："我又不是不认得喳叭全全的，此番南下临行的前一天，尚承他情，端正了酒菜，招呼衙内一班南边同事，借一家酒肆内饯行的呢。我同他偶然谈起拳术，请问他究竟南派好呢，还是北派高明。他说北派拳术大刀阔斧，利于野战；南派手法鸡行鹤立，利于巷斗。最好兼工并习，一旦学成了，可以无往不利。若是偏练一门，任凭如何精专法，总有一朝怯战的。他又道：'俺到此地来开码头，倒全仗了一门六段短手，同人放起对子来，必定被我占上风。妙在这门功夫可以借敌方气力还制敌人。往往蛮力比俺大三四倍的，搭着就掼出去，所以俺一个客边人，能享这一方血食。'您想吧，我尚同令师如是盘桓交谈过的，岂有会认错人之理呢？"

二龙听了那人说话，觉得言论风采，确是师父无疑。他既在口外露脸，我大可乘机去贩趟马去。主见打定，正欲收拾动身，忽然有个山东沂州府兰山县独树头人，自称叫崔三根子，拿出喳叭全全的一条青布褡膊、一封书信，到常熟来找寻二龙。

及至拆开信来一看，原来这崔三根子就是庚子年到孙家来想动手、和全全厮打的那个飞贼。本则那马大忠等和崔暗通风色的。那一晚如其没有全全，他们预备软进硬出，大大地做一票。初不料被全全从中一阻挠，非但没达目的，反赔掉了三根子一条发辫。因此他们仔细去一商量，晓得开硬弓是不对工的了，想出这"番犬伏窝"之计。先设法去求得了任观察一封信，把全全哄到了屯溪，再转转弯弯迤逦引荐到崔家。

三根子一共弟兄五个，都拜全全做了师父，求他传授内外软硬、马步水陆功夫。全全见他们哥儿五个好学不倦，对于师父的饮食供应可称十二分周到，无微不至，故也很诚挚地教导。等待训练了半年，三根子和最小的兄弟五细子俩进步得最快，已把全全本领十停中学去了七八停。

又过了两个多月，那天晚上，全全特地向他们天伦崔老头道："在下一身能耐，全拿出来教给五位郎公的了。三贤郎同五郎俩尤其了不得。现在在下传授他们的空手入白刃功夫，实在我只精上两段、中三段和下三段，您们要去求教北平杨家或者山西董家的了。我待过了明天，算教导的责任终了，后天一早准备回南去了。"谁知全全是宅心忠厚，不肯误人子弟，发表这一席老实话。

第二天下午，崔家备酒饯行，席次弟兄五人各走一趟家伙，三根子落在最后，使一套钩镰枪法。全全见他从腰胯里泛到中上七路来，三钩四拨，一掤一分九步变法，拨荡捯缴，挪攒盖护大翻身，由四步做起，做到三十六步正法做齐，实在有解数，不住地一迭连声喝彩，竟出席走近他身去瞧看。冷不防他反手一枪，直戳入了全全小腹之内，先问："师父，而今枪刺入腹，尚有破法否？"继又说明："在孙家栽在您手，如今有心哄您到来，学拳打师父的。"

照全全功夫，虽受重伤，尚力足以制三根子性命，继念："收拾掉了他，自己这一派功夫没有传人了。"故此含愤殉艺，反叫他送个信给二龙。二龙恪遵师父遗命，竟把下书的杀师仇人轻轻放过。于是计算年月，愈加疑惑，究竟全全是死是生，至今不曾确定。

228

青龙元元

距离小子故乡常熟城西四十里奇，有个乡镇叫"鹿苑"。据传战国年间，吴王夫差曾在此处豢养过麋鹿。养大了，移到馆娃宫中做点缀品，供他和西施俩的赏玩，所以叫鹿苑。它虽是个小小乡镇，因和江阴县境界接壤，又属常阴沙的咽喉所在地，那东来镇、合兴街、牛市街（合兴街俗称黑心街，牛市街俗称牛屎街，均系老沙上热闹场合）等地，皆近在咫尺之间。从前段山夹坝没有填垦之际，鹿苑也算扬子江南岸的一个小口岸，每逢洋汛发动，黄鱼、鲞鱼等上市，虽不如虞东浒浦口般繁盛热闹，而和虞北福山港口情形不相上下。

自从钱绍仲表叔建议围填段夹以来，淤沙日积，捕鱼巨舶不能驶入港口，鹿苑的鱼市也随之一年不如一年了。

我到过这镇上去唱过两回书，民国三年一次，民国十六年又去一次。第二次去，瞧见一个姓孙之人，奇怪得很。他吸鸦片烟，既不装在竹枪上抽吸，又不烧成了烟泡吞吃，每天二三次不等，向私售灯吸人家购了一箬烟（以前苏膏，大抵挑在竹箬上出售的）去贴在下阴大肛门上，然后横倒榻上，再购一箬，一壁把烟挑在铁签上烧卷，一壁且卷且嗅，回头一箬烟次第嗅遍。或人见其未吸，认为可以再装在枪上去抽的呢。谁知经孙鼻子嗅过之烟，已

229

完全变成烟灰，不能再抽。最稀奇的，等他坐起来将肛门上箬叶揭下来，绢光的滑，一些烟渍没有，竟和他人舌尖舐干净的一样。这种烟瘾可称奇特。小子个人目中，确为仅见，仔细猜想猜想，此人定有武行功夫，所以有这股倒吞鼻嗅的气力。因此上逢人便探听，最后居然问着了他的逸史，自喜猜想不谬。

这姓孙的确有功夫，可惜有了这身能耐，竟自弃自暴，辜负了天赋了。

这姓孙的，乃是诞生在正月里头，故此小名叫元元。家中向来开小米店度活，元元自小就顽皮不堪。稍长，便和镇上一班暴勇斗狠之人厮混，白天聚会在空旷场上，舞石担、涮石锁、打抄手、打马鞍石，以及木手、沙包、梅花桩等等，都要练练的。到了晚上，总是去混在赌场内。

始而鹿苑乡风盛行两子滩（用两粒骰子摇的），和江阴赌规相似。有一种匾三匾四的骰子，摇起来有那立直困倒的名目。迨后，又改从本县赌例，摇四子滩了。摇滩是分"进门""出门""青龙""白虎"四门做输赢。元元通盘一筹算，进门只有"五""九""十三""十七""二十一"五种点色。白虎也只有"六""十""十四""十八""二十二"五种。出门最少，虽也是"七""十一""十五""十九""二十三"五种，但是四粒骰子拼成"七"点，除了三颗二、一颗幺，或者三幺一四、两幺一二一三的三项之外，没有第四项。表面说起来，每门都是六种点色，殊不知竖里的进出两门，因为是四颗骰子摇的，故此"一点"的进门，"三点"的出门皆须除外。其次配点色内，又有参差，同样"二"点的白虎也要除外。但配点色内，比较出门容易一些了。四门之中，唯独"四""八""十二""十六""二十""二十四"六种齐全无缺的青龙一门占着最多数。四颗骰子总共要摇一百二十六项花色，四颗一色的六种，三颗一色的三十种，二颗一色的六十种，四颗完全不同色，和两颗一色的各十五种。仔细研究出来，竖里的进出两门，总共只有三十个一门，白虎三十二门，青龙要占三十四门（如其摇两子滩，就只得念一门了，但是这念一门当中，只有进门，名为三色，实只"五""九"两色，其余多是三色一门，比较四子滩好算得多）。故而元元无钱不赌便罢，若是身上有钱押下风，他不问大路小路，总是押在青龙门上的，所以大家都信口叫他"青龙元元"。

元元家中开了小米店，一年到头，家中自然米不会断档的了。有的散开了盛在箅篮内，有的装了叉袋堆在墙壁边。

元元从七岁那年开始，每天总在散开的米内伸直了五指去插上几十插，然后再握了拳头，在米袋上敲上十几敲。自七岁到十五岁，首尾九个年头儿，他对于这一敲一插两种玩意儿变作例行公事，寒暑无间，风雨不更。

到了十六岁那年的春天，老子命他往乡下户头上籴了四石糙米，分装八袋，用四辆二把小手车载着，载至镇上。因为每石米的重量要有一百三十八斤左右，每一辆小车两边装了两车袋米，在田岸上平线推行，只要车轮转滑，地上光润，有借劲可以取巧的。但若逢高大桥梁，推车上下，膂力含糊一点儿，就休想推得动它。所以米车推至桥梁跟首，押运之人必须上前拉一把上桥，下桥时又必挽一下子。好在这次是小老板青龙元元押运，他性喜习武，喊他推挽拉扯，他总是很高兴地帮忙，不稍偷懒婉拒的。车儿已经推至市上，只消推过一条大石桥，便可到店了。讵料他们第一辆米车由元元一手拉着，后面车夫用力往桥上推行，将次推上桥面之际，桥面上有一个大汉，挑了一担私盐，自西往东，正移步下桥。本则苦力中有种不成文规则，南北一例，彼此保守得很谨严，总是轻担让重担。无奈当时大汉挑的那担私盐估量上去也要百斤以外，所以他自顾自挑了下桥，并不让避重车。这一来，元元可生气了，也不管三七二十一，就把那汉顺手一拦一插。幸亏那挑盐大汉也是个惯家，赶向旁边躲闪得快，无如肩上到底尚挑着一副担子，故被元元在他腰内一插手，略略带着一带，当场那人说了一句："好，回头来找你。"

元元也气鼓鼓地回答道："我是桥西某米店的小东，姓孙，你来找我好了。"

两下仅斗了这几声口舌，没有打架，各走各道。元元把米运回了店内，脑筋里也不把适才之言当回事，自然云过天空，完全忘怀了。

不料第三天的朝上，那个贩盐汉子去招呼了一大批人，特地找到元元店内来，喊元元父子到茶肆内讲一句。原来这一班人是海州帮，内中有个近八十岁的老头儿，那是海州的著名老师家，姓梁，责备元元不该踏门槛大，如此蛮不讲理，同人家争道，怎好就下这毒手伤人。并唤那汉子脱出来给大家瞧看，果然那腰内有了一道青紫伤痕。

那汉子道："前晚我若大意一些，遭这厮一插手插着，性命恐怕都丢了。幸而避得快，已经吃了这亏了。"

当下元元的老子忙向那汉子赔礼。元元福至心灵，便一本直说，表明自己并不知道这一插手是能插得伤人的，当场只顾着急于要抢上桥面，如其自己松一松劲，推米的车夫要不得了的，所以没法可想，只好把迎面下桥之人顺手一拦一插，毫无其他用意。至于自己的功夫，乃是自小在米上弄白相，"实在不明白什么功夫不功夫，我尚认道无甚用场的呢"。

那梁老头儿见元元天真烂漫，说话爽直，又见他的老子一味小心赔礼满担错，故此非但把那争道公案就此算叫没事，并且爱上了元元的人才，向元元父亲觍面子讨去做了徒弟。不久，便把他带出去，说是教他练习拳脚，有了解数，也不枉这孩子的一片苦心，造成一家。不然，那近十年的苦功，那是白练掉的了。

元元出外了五年，回家来了。出门时节是个小胖子，如今变作骨瘦如柴，两个眼珠子凹瘪在眼眶内骨碌碌转着，活像一只大马猴。问他出门五载，一向寄居何处，那梁老头儿教授了你一种什么功夫，他一味指东话西，瞎七瞎八地同人胡缠，不肯说出真话来。

未几，元元的父亲死了，他接手开那米店。有一件可怪事情，譬如傍晚辰光，许多人瞧见元元在自己店内，坐在账台上记账。等到晚上八九点钟去叫他，他家中人回说往常熟城内去哩。等待翌晨六点半钟，元元倒又在那里开牌门，做早市生意了。有人存心试试他，闻得他今晚又要上常熟了，便去托他带购城内寺前街上著名茶食店的益泰丰肉饺，待到来日清晨，他果有该店货色交给这人。从鹿苑到邻镇西塘桥，相距六里，西塘桥至常熟城内三十六里，计共有四十二里路程。元元于下午七点钟开步，赶至城内，益泰丰尚未打烊（内地店家到下午十点钟一定要打烊休息了），所以买得着肉饺。倒是连夜尚须赶回鹿苑，来去走八十四里路（普通人每点钟不过走六七里路），不当一回事，而且只消耗费五六个钟头。若没有练过功夫，寻常人万办不到。只是研究他漏夜赶来赶去，究竟为了什么重大要事呢？却再也研究不出个所以然，至于去问他，他总是一笑，永不有半句真话吐露出口的。

民国十六年秋冬之交，小子二次至鹿苑镇说书之际，那个青龙元元的米店早已闭歇。有个儿子，其时从军外出，传闻在第一军第二师刘峙部下当炊士长，大约是伙夫头脑。家中开了一所小客寓，由元元的妻子主持。元元自己却在另一家米店内做伙计，和一个意中人别组着小家庭度活。

小子因为听人述及他有这一段以往练功历史，并又晓得他那种吸大烟的怪瘾，有心同他去搭讪着交谈。无如他总是装得呆鸟

233

样的，好似不知天地为何物般的呆汉。但瞧他那副神气，两目灼灼有光，绝非寻常小辈。他见我那种殷勤慰问状况，想也谅解了，所以最后得闻他"我一生被'烟色'二字所误"一句真心话儿了。

盲盗蒋妞妞儿

每年的夏天到了，一班写意朋友大都要找一块清凉地方，跑去住居一两个月，叫作避暑。其实呢，够了钱，要装阔摆架子，所以想出这种种名目来。譬如穷苦之人，三伏天气的炎热日子，当然也怕过的，眼见他们有钱之人往青岛啦、普陀啦，最近的到莫干山避暑了，心上何尝不也想去轧一下子时髦？无如力不从民，只好挣着二十四根肋骨，拼着命去和环境奋斗，勉强生活着。然而倒居然也一年年地挣扎过来，不见得无力避暑的穷人性命都断送在炎天暑日之中，那些有钱避暑之人个个长生不老，与天地同休。如其注定要死在夏天，凭你避到哪里去，终究免不了一死的。

不过话可说回来，若得有钱避暑，起居服御、饮食一切上头，比常人考究舒适一点儿，不至于有冤枉丢命乱子闹出来。故此避暑这桩玩意儿，不会像别的投机事业，随兴随败的。像吾们这般中产阶级的文丐，比较那些什么都不知道，只晓得日图三餐、夜图一瞌的准苦力，更加苦恼呢。自己无力避暑，只好访问访问那班避暑回来的富人，拾了他们牙慧，胡诌一篇东西，聊快朵颐，把"卧游"二字自家骗骗自家，又可说自家安慰自家的了。小子新近向人打听莫干山的避暑乐趣，因之却得到了这篇小说资料了，现在写出来，供阅者诸君资为一种谈助。

莫干山在浙江武康县的西北，离开杭州一百多里。以前交通只仗内河小轮，或到了湖州雇民船。现在浙江全省公路局建筑的杭莫公路已竣工告成，长途汽车可以直达山下。总称莫干山，其实包含炮台山、上横山、荫山、中华山、金家山、馒头山、塔山等七座小山，及岗头、岗头墩、芦花荡等，地处在内，是山高出海面二千五百尺。

据云，战国年间，吴王阖闾命干将、莫邪夫妇二人曾假此山铸冶过雌雄二剑，故名莫干山。本则不出名的，还是前清光绪二十四年，上海有个传道的教友，英国人，叫洪慈恩，要觅一处清凉避暑场合，经湖州丝帮中人提及此山。于是洪首先在山上筑屋傲居，由是一年兴盛一年。什么教堂、医院、游泳池、体育场等均次第建设。全山公私庐舍合计达二百余所。以前全山行政，竟操于外人所设之避暑公会中。清末，浙江咨议局成立，曾有人提议收回，不曾成功。入民国，汤寿浅督浙之际，禁止山民售地于外人。直至民国十六年，几经交涉，始将全山管理权收回来。荫山场合为全山最繁盛处。入山道路，旧只由炮台山入去，俗称老路。另外一条新路，乃是卢永祥在浙江时候筑的。甲子年和齐燮元私斗，因为要搜刮军饷，故将该路卖给沪杭路局的，这是莫干山的历史大概。

在光绪二十年左右，莫干山内忽然迁来一家山右富家，买地造屋，寄居山内。这家人家一共男女五口。掌家夫妇二人，年纪都要近六。其次一对男女，据称也是夫妇，不过是掌家下人。另外一个双目不明、年纪约在二十左右的小姐，生得艳丽夺人，丰姿绰约，可惜是个瞽女。不然，真具有颠倒众生、扰乱造化的绝大魔力了。不过她两目虽则失明，而家中一应巨细杂务却皆禀明了她，由她做主施行。非但那壮年男女固然是奴婢地位，不敢稍有违抗，就是那对老年夫妇，乃是她的父母呢，而对于她的说话也奉命维谨，未闻有过一次背反不从之事发生的。或人叩问他家姓氏，据说姓亢，山西亢家，何等有名，莫怪他们起居一切穷极奢华。往往有山中人从来不曾见识过的衣裳穿着出来，或者有山中人从来不曾尝着过的东西，馈送四邻八舍吃喝。照这排场，确乎是像一家天下闻名的大富人家。

光阴迅速，亢家寄居到了山中，倏忽之间已过了二年有奇，却从未有过亲族邻里到山中来访问过他们。估量他们的用途，不时差下人往杭、沪两地采办日用东西。每出去一回，至少二三千金，每月开支浩大，不问可知，而亦从未见人汇送过银钱到来，他家也不做一些生利思想，老是关门吃死饭。这两点，颇使山中人疑惑的。

除了上述两端疑点之外，尚有一层也很奇特的，就是他家这位盲目小姐时常要带了一个下人，充作明杖，出门游玩去的。出游的时间至少半个月，有时四五十、八九十天不等，而随带的下人倒又是那个男仆居多数。家中二老，每逢她一出了门，晚上便不问暗泛亮泛，又必定点燃天灯。而且这天灯格式又和寻常人家只点一盏头油灯不同的，乃是一连串燃点九盏，顶上另加一个用竹头扎的十字叉罩，四角也系上四盏较大一些灯，一共分明大小十三盏灯。那根灯杆又格外长些，拣他们屋后最高的一个小山峰上矗竖着，简直二十里外，好眼力的人们都望得出这一串十三颗小红星儿。点天灯的人家是有的，大概总是对天立誓，连点若干日子，从未有像亢家这种点法的。只要瞽女回家就不点，她若一出门，马上就又要点。大家猜疑上去，这十三盏异式天灯一定有个讲究在内，不过是什么一个讲究，再也研究不出一个所以然来。

有一回，盲女郎才得返家，随后便有个年将弱冠、修眉朗目、举止俊逸、口操北方口音的美少年到山中来拜望亢家家长。因为他家一向没有陌生人进出的,偶来个远方孤客,使得邻家男妇异常注目,都向他们下人探听来客究属何许样人。据亢家下人道,此人乃是盲小姐的未婚夫,山东济宁州人,姓周。

那位周公子自入亢家大门以后,足足住了三个月,连大门口都不曾站立过一次。就是那盲小姐,也足不出户,不复出去游历了。照这情形瞧去,姓周人确似亢家的祖腹。直至三月之后,周郎告辞出山,回济宁去了。

等待姓周人上一天动身,后三天,盲小姐又带了男女两个下人离家游玩去了。而且这次出门随带了好几件行李,和以前轻装就道情状截然不同。家中只剩下一对老年人,她一走以后,谅来老夫妇俩忙着料理家政,所以连那照例燃点的十三盏头天灯也没空悬点了。

到了她去后的第九天晚上,亢家忽然失火。一因山中起水不便,二因缺乏消防器械,三因在仲冬天气的子末丑初辰光,故而亢家一所房屋竟全部烧完,变为一片瓦砾场。而且看家二老无人瞧见逃出来,想已葬身火窟。不过事后有人去扒垦这片火烧场,始终不曾发现烧死的痕迹。

亢家回禄之后,相距半个月光景,忽然又有个魁梧其伟的山东人特来打听这亢家人踪迹。见了那片火烧场合,恨恨地叹了几声气,嗒然回出山去了。山中居民更加莫名其妙了。

直至一年以后,山中有人往杭州去,在阿才哥家内做打杂,听见主人的北方朋友道及,说沧州有个名捕叫快手周,受了李傅相的重聘,缉捕一个独脚女强盗叫海不收蒋妞妞儿。蒋妞妞儿虽是女流,却擅长五祖点血拳及七十二把鹰爪擒拿手,能够隔山打牛,百步打空,身上大小风火,共背二三百起。直、鲁、豫、陕、甘、闽、粤七省,犯有格杀勿论公事,倒是她行踪诡秘,来

238

去飘忽，甚至于江湖上传说她竟有来去一阵风的本领。故而官厅虽出了重大赏格，捉了她好几年，非但始终没有捉到，反断送了好几个高手做公人的手脚和眼目了。

快手周是张佩纶一力保荐他出山承办此案，他有个女儿叫周蝎子，也是草上飞轻功夫门中的超等角儿。和蒋妞妞儿是堂房师弟兄，她晓得她乔装盲目女郎，同着部下得力伙伴隐居在南方，故而周蝎子改扮了男人，南下探案。不料妞妞儿的窠场居然被蝎子找着，捎信给老子快手周赶紧也南来。想下手，非但仍扑一个空，并且把个爱女丢了。好容易四处八路托人打听，才知蒋妞妞儿是男非女，同周蝎子两下爱上了，已在广东九龙山内结了婚了。快手周得闻此信，气得发昏，自己投往北京潭柘寺出家去做和尚了。

山中人听了这话，暗忖："吾们山中那个亢家盲小姐，定是这独脚大盗蒋妞妞儿无疑。"追想经过情形，不说穿不觉着，现在一闻此语，越想越对了。

岂知他亲闻这话的后几天，那一日，往清和坊大街买东西，忽然瞧见一个沿门托钵的化缘和尚，打扮虽则两样，仔细瞧瞧他面目，分明就是那个亢家男仆。他忙搭讪着上前交谈，一来口音不符，再者那和尚道："与汝从未识荆，汝怎么说老友久违云云？同我们出家人谈话，不行打半句诳语。汝与我，究在何处会面过的呢？"

反被他诘问得哑口无言，但是再留心瞧瞧他的身段举止，定是亢家男仆无疑。心想尾随在后，要觇到他的栖宿所在，奈何一眨眼睛，在人淘内挤不见了。因此，愈加认定是蒋妞妞儿的部队了，可惜失之交臂了。

小子听见了这段逸事，忙追问后文，谈说之人道："即此结局，下文没有了。"

当时小子颇以为憾，等待回后静思，觉得如此不了了之，真隽永无穷。那蒋、周二人首见尾不露，这对贤伉俪真令人羡杀妒杀。倘以之摄成一部影片，或者可以引人入胜，使人深长思之。

记齐村三义店

　　上一回我动身到北京去，被直奉开衅阻挡住了，只好留住济南公司里，等上海的信。我的朋友长清俞伴石那时受了济南商会的委托，上枣庄去调查中兴煤矿公司事情，瞧见我在客边无聊得很，就邀我一同去玩儿一趟。我横竖没事做，跟了伴石搭津浦车到了临城，然后再搭临枣火车到枣庄。

　　伴石把公事办好了，提议游玩青檀山金界楼和许由泉，因此上不搭火车，坐轩子赶路（轩子形式和南边青布小轿仿佛，不过不用竹杠人抬着走，系用两只骡子分开驮着赶路的）。足足地玩了两天，才由峄县动身到齐村。天色晚了不能赶夜站，就在齐村三义店内过夜。

　　那天是阴历三月二十九，却巧赶集，齐村非常热闹。到晚上一点钟，街上尚有人往来。

　　我最喜欢采风问俗。那晚伴石早就安睡，我一个人上街找着一家羊肉馆，走进去自斟自饮。因为瞧见这家招牌和我们住身的客寓一样，也叫三义店。讲到北边人取招牌最喜欢用着那个"义"字，什么"义顺和""三义兴""三义公""三义和""三义顺"，譬如这店是公司性质，取名就逃不了"三义"两个字。其实发生问题起来，同我们南边一样，各顾各饱，哪里真有陈

241

雷、管鲍、羊左古人那般义气？客寓名字叫三义店，北道上多得很，就是北京仿佛在施家胡同里也有一家三义店，算是赫赫有名的老客寓。现在齐村不过峄县管辖的一个镇口，怎么说也有三义店客寓，难道说冒北京的牌吗？并且连一间茅草屋、三盏火油灯的羊肉馆也称起三义店来（羊肉馆门口大多一只火油招牌灯，炉子旁边一只火油灯，堂口里挂一只稍漂亮些的火油灯。除此之外，简直找不到第四只灯了。好在地方小，也用不着第四只灯），其中一定有道理。

我动了好奇之心，去问那伙计。谁知这伙计是个浑虫，再者我的北边话不行，胡缠了一会儿，没有问出所以然来。

喝完了酒，回到寓里，同那掌柜交谈起来。他姓郝，欢喜抽大烟，我破费了一块大洋请他饱吸一顿鸦片，然后问起这店名的意思。郝掌柜见了黑黑东西，谈锋来了，一面吸着烟，一面把三义的历史原原本本讲给我听，并且说："凡是齐村姓郝、姓周、姓丁子孙开的店，无论什么都叫三义店。"他所讲的事实，好像我小时候看的《七侠五义》《彭公案》《施公案》那一类小说，不晓得是真是假，但是他讲得头头是道，未必完全伪造。现在我把它写出来，一毫不点缀，给生长南边的人看看。虽然没有道理，里头却有多少春典（隐语俗名切江，江湖上则曰春典），出门逢尴尬，用得着的。

闲言少叙，书归正传。却说大清光绪初年，齐村镇上出了一个武举叫周殿臣，骑得好马，射得好箭，欢喜结交江湖朋友。家里常养着二三十名闲汉，在临枣一带八十里路地方里头，无人不晓，大家都叫他小孟尝君。未中武举之前，请了许多教师，打沙包、马鞍石、走木桩、坐香头，练成一身软硬功夫。中了武举之后，财势兼全，在地方上不免有些任性妄为，那种气焰真叫作顺我者生，逆我者死。

有一天，刚逢赶集，周殿臣在街上带了许多人闲逛，跑过一家酒店门口，里头正有许多人喝酒。那开酒店的姓丁，因为是个秃子，排行第三，人家都叫他丁三瘌子。出身当过响马，后来做过济宁州马快，又办过滕县团练，也算干过一番事业。现在已经六十多岁，洗手不干，在此开酒店度日。平日间瞧周殿臣太觉肆无忌惮，久已有心要献点儿能耐征服他。

却巧那天喝了几杯酒，一眼看见殿臣经过，便尾随出去，假作酒醉，东一歪，西一斜，看准了殿臣身上撞去。殿臣始而躲让，后来晓得这人有心寻事，运足了功夫把双手护住了肩部胸部，等待丁三瘌子再撞上来，他就用力往外一掌，想推他跌一个筋斗。谁知道两手没有出门，被丁三瘌子十个指头在周殿臣脉窝里一吊，下面左腿一扫，手往里一拉，殿臣不由自主跌了下去。那还了得，顿时间起了风潮了，跟随殿臣的那班游手好闲之徒把丁三瘌子一围，你一拳我一脚打他。丁三瘌子还是假装酒醉，招架也不招架，由他们掼殴。周殿臣在地上爬起，也动手去抓他。总算他有见识，爬到瘌子身上，觉得像抓了一把棉花，柔软异常。殿臣就晓得不是好惹的，赶紧假装笑脸，喝住了手下，向丁三瘌子拱拱手道："领教，领教！再会，再会！"说完了，掉转身就走。

丁三瘌子哈哈大笑道："我叫秃丁，你没事到小店里坐坐。"

当日晚上，周殿臣带了一柄利刃，爬墙头到丁家酒店里，只见丁三瘌子睡在店堂里台子上，仰面朝天，一丝不挂。殿臣暗暗骂道："秃贼！你若是睡着了，活该死在我刀下，白天在街上也太觉扫人家面子。"留神一听，丁三瘌子鼾声同雷震一般。周殿臣便纵身蹿进去，抽出利刃往他腰眼里刺进去。

这个当儿，三瘌子本来朝天睡着，两条腿竖起在那里，忽然往上一挺，殿臣的刀刺一个空。殿臣赶紧又把刀收回来，三瘌子身体倒又躺平了，把殿臣一把刀恰好压在身底下。殿臣要想拔，再也拔不出。殿臣从心里佩服出来，赶紧跪下去叫师父，不住地叩头。三癞子还假装睡着，不去理睬。殿臣跪了好一会儿工夫，叫了几十声师父，三癞子还想不开口，哪晓得惊动了店里两个伙计，都起来喊捉贼。

丁三癞子不能不开口了，从从容容坐起来，先把刀挟在腋下，然后穿好衣服，对着殿臣道："我没有什么本领，你是个举人老爷，何苦这样地挖苦人呢？劝你还是回去，练好了功夫，好收拾我这颗癞痢头去。"

殿臣哪里肯依，还是直挺挺跪在地上，要求丁三癞子答应收他做门生。丁三癞子瞧见殿臣一片至诚，方才应允，并且叮嘱两个伙计："明天不许把晚上事情声张出去。"

吩咐殿臣仍旧越墙，悄悄地回去。临行，把刀仍旧还给他，笑着道："不要说这东西我不怕，就是外国人的枪子，我运足了功劲，也可以挡一阵呢。"

从此以后，周殿臣不像从前蛮横，开了一所客寓，做公平买卖。丁三癞时常过来替他照料，每天清晨、晚上，教殿臣习练功夫。

约莫过了两三年光景，丁三癞子忽然把酒店关闭，同殿臣说要动身到泗阳去一趟，因为自己出身是泗阳人，回去瞧瞧祖坟。本人终身没有娶过妻子，所以没有后代，但是哥哥丁二有个儿子，从小就习练柔术，膂力也不小，叔侄两个分手二十年了，牵挂得很，这回也得去找寻找寻。殿臣虽然舍不得离开，但是师父归心似箭，不好强留，不过哀求他早些回来。

临走的那一天，丁三癞拿出一只镖袋，里头装着半袋铁镖，另外一面三角小旗，上面画着一只猴子在那里偷桃，叮嘱殿臣："暗兵器不到山穷水尽时候不能滥用。那面小旗，你现在吃招贤（客寓，响马中称为招贤馆）饭，论不定有线上（同在外边打光棍者曰

244

线上）、黑道（巨窃）、红道（关东胡子）、鹰爪（捕快武弁）那班湖（小帮）、海（大帮）、合字（同道）来投宿，万一开差（动手抢劫）出岔，住在你的店里，你要被累了，你只消照子（眼睛）放亮，瞧见有形迹可疑的人来过夜，就把这面小旗插在账台旁侧，也不消樱桃松巧（会舌辩之谓），他们自然会扯的（走开谓之扯），绝不会在此地开门掘藏了（附近二十里内动手抢掠或偷窃，谓之开门掘藏；二十里外，曰门槛掘藏；百里以外，曰吹风藏；百五十里以外，及邻省等等，统曰出远门）。"殿臣很欢喜地接受下来，丁三癞子就此动身去了。

隔了两个多月，殿臣盼望师父回来，却天天望个空。其时才交五月，天气热得很。

那日傍晚时候，殿臣斜躺在醉翁椅上，在店门口一棵榆树下乘凉，背对着店门，面对着那条溪河，蒙蒙眬眬合着眼将要睡着的时候，忽听得马蹄声音到他店门口打住。殿臣赶紧在醉翁椅上坐起来，回头一望，只见一个二三十岁紫糖色脸的汉子，身材不满五尺，背着一顶雨伞、一个包裹，马鞍上拴着一个铺程。在他店门口滚鞍下骑，要找房头过夜。

殿臣再把他坐骑一看，四蹄圆正，两耳高耸，毛片白得同银针一样，肚内寻思道："今天可要用着三癞子那面小旗了。"他慢吞吞站起身躯，也想上前搭话，那人已经由伙计领了进去。

隔不多时，伙计出来说："客人看定了十二号房间，叫吾们预备凉席和晚餐，一面替客人收拾马匹，喂料上糟。"

殿臣更加明白是跑生意的来了。十二号紧靠后墙，出入可以便利。他自己马鞍上拴的像一副铺程，何以不用，叫我们替他准备凉席？所以殿臣特地跑过去，把伙计卸下来的那个形似铺程的东西提了一提，觉得沉重异常，料想里头是一件军器。但是他不拿出来交明柜上，也未便打开乱看。

到了晚上，殿臣有意拣十二号对面的九号空房间内睡着，留心十二号客人的行为。那客人行路辛苦，一下店就洗澡，洗罢后吃东西，吃罢关房门睡觉，一毫动静没有。直到二更打过了好久，殿臣暗道："精神也养够了，难道还不动手吗?"心上正想着，只听得唰的一响，接连屋上瓦砰的一声。

殿臣点点头道："功夫不坏，人已经出挡的了。"

自己赶紧也把长衣一卸，把腰内围的一条软鞭整了一整，轻轻蹿出窗外，到天井内。好在天气热，九号的四扇窗子都开着没关，所以一些声音没有。殿臣也上了屋，四面一望，黑影全无，晓得人是去远了。只好踏他的内盘，从屋上绕到后面，从后墙上下去，隔窗一望，只见床上端端一个人睡在那里，倒把殿臣愣住，埋怨自己没照子，把好人当作歹人。赶紧从原路回到九号里头，正想开门回到后面自己房里和妻子睡去，只听屋上又是窣窣几声，往前去了。殿臣到底不放心，再由原路到十二号后窗去一望，果然房内的客人不见了。

殿臣先拾着一块土块向窗里一丢，里头没有动静。殿臣然后蹿进去，四面一看，那拴在马上那个铺程似的打开的了，单剩一条毡单、一顶雨伞放在台上，小包裹搁在枕头旁侧。殿臣先把身旁预备的一支红蜡在灯上点着，插好在房间内应用的木筌上面，然后把油盏吹熄了，把伞替他张开来，在床上一放。然后回出来，才安然到后面自己房里去睡觉。

殿臣第二天一早起身，有意在十二号房门外首吩咐伙计道："大家小心脚步，昨晚这房里的客人辛苦了，不要惊吵他好梦。"

殿臣有意挂招牌亮相（切口），使得这客人觉着。果然那房门呀的一声响，那客人走出来，向着殿臣抱拳带笑道："兄弟来得鲁莽，忘却招呼，以致惊动掌柜。但是拳不打少林，标不喝沧州，兄弟此来，一来访贤，二来有些小事。此间不是讲话之所，

246

可能借一步说话？"

殿臣听他说的江湖套话非常谦恭，好汉不做上门货，也便拱拱手道："既然是自己人，请到后边聚话。"

那人顺手把房门带上，殿臣吩咐伙计小心，便领了那人，一直走到后边自己的书房内坐地。正想开口问他名字，那人先道："兄弟叫郝金标，安徽寿州人氏，在安庆府当快班。因为前一年安庆来了一个外来义士，那是贵省曹州府人，做了几桩血案，我们同事为了他，不晓挨了多少板子。幸亏本府太爷差人到芜湖聘请来一个同道叫丁锦柱，晓得那人底细，才知道他是北五省的有名好手，名唤遮天张洪。丁锦柱曾经在南京和他交过手，较量本领，不相上下。那时我们定下包抄之计，访明了张洪的下处，预备动手。又谁知张洪得着消息，先一步走了。安庆太爷务必要我们破案，我们不得已，分了几路出门，领了海捕文书到外省办案。我和丁锦柱是一路到了徐州，锦柱说到他家乡曹州府去打听，叫我动身上济南，沿路访问，预定在党家庄碰头。锦柱又叫我到此地来探访他叔父，能可打动他叔父念头，出来相助一臂之力，这事就容易办了。所以我到此地的昨晚下了店，二更过后，我就出去哨探，因为客地不敢多走，回来时候见自己房间屋上有条黑影一闪，我就赶紧兜抄。谁知那人的本领在我之上，仿佛像背上有眼似的，往东一拐下屋去了。我追赶下去，他一出市梢，转进树林里在。我不敢冒险，依着'逢林不追'的老话，回转店房。一进屋子，见伞张在床上，油灯换着蜡台，我就晓得有能人到此。检点东西，把一角海捕文书失掉，纳闷到天明。正在盘算，听得兄台在外说话，我方才明白，所以赶紧赔罪，请你高抬贵手，把那文书还了我吧。"

殿臣听金标讲完，急道："事情闹糟了！实不相瞒，足下落店，咱就注意，当你是个歹人，所以在二十号对面九号里留神着你的行径。昨晚二更过后，听见屋上响声，我就知道人走了，赶紧踹你的内盘，但是你床上好端端有个人睡着。咱自己埋怨自己瞎眼，回到九号里头，正想睡觉，又听得屋上打响，二次里再到足下房内。伞是咱张的，蜡台是咱换的，可没有拿你东西。照足下所说，第一次咱听见的声响乃是足下出去哨探，咱去瞧见床上睡着的那个人也许就是偷文书的贼人。第二次屋上声音乃是足下二次追人出去，咱在这个当儿进屋去，可是你的东西已经丢了吧？”

郝金标听见这番话，脸上颜色不对了，从身畔掏出一张梅红单片，上书"骆英忠问讯"五个字，潦草不堪，授给殿臣道："这是兄台的大名吗？"

殿臣接过一瞧，连连摇头道："非也，咱叫铁鞭周殿臣。"

金标站起身躯，叹口气道："罢了，罢了！"懊悔不把那劳什子的文书交给了丁锦柱，就没有这回乱子闹了。

殿臣道："你说的丁锦柱，哪里人氏？"

金标无精打采地回答道："那是泗阳人。"

殿臣心上一动，再问道："他叫你打听他家叔父，但是他叔父叫什么呢？"

金标想了一想道："叫作秃头虎丁大鹏，排行第三。"

殿臣拍手道："愈谈愈亲近了，丁大鹏乃是敝业师，原来都不是外人。"

金标一听，站起来深打一躬道："原来是丁老英雄的高足，少敬少敬！但是他老人家耽搁何处，想烦指点，好去求见，或者就可以知道偷文书的贼人。"

殿臣道："郝兄来得不巧，敝业师为因祭扫坟墓，再者寻访他侄子下落，两月之前动身回泗阳去了。"

金标顿足道："晦气晦气，人倒起霉来，自有这样的事发生。

留得他老人家在此地，我绝不会一到就丢东西。"

殿臣劝道："郝兄不要这样焦急……"正想说出第二句安慰话，外间忽然吵闹起来。

殿臣是店主，自然格外当心，立刻就跑出去动问。郝金标一个人未便再坐在里头，也跟了出来，到店堂里瞧热闹。

他们俩直出来一瞧，原来店堂外面来了个抄化和尚，手内拿着一副铙钹，乃是广东式样，足有车轮大小，在他们店门口摆下一只石鼎，约有七八十斤。那和尚生得眉粗目大，散着蓬松头发，套着一道紫金箍，面带凶光，眼含杀气，他硬要在殿臣店门口做个化缘歇脚。店内伙计因为他站在当门有碍营业，所以同他争吵起来。那和尚泼赖，叫他换地方，只要把他的石鼎踢开，他就走了；如若踢不开，非给他二百吊钱不走。

那时殿臣走到外面，问明理由，自己量了一量功夫，把长衣一卸，用足了功劲，故意慌慌张张往外一闯，走出门口，嘴里嚷道："谁把五道庙里点香东西搁在我们店门口？罪过罪过！"一面嚷着，一面趁势一扫堂腿把那石鼎踢翻，趁势身子伛下去，将左手提了鼎耳，提起来往店门左首的荒场上一丢。

那和尚站在旁侧，一声不响。等殿臣把石鼎丢了之后，他就冲着殿臣当面打个问汛。殿臣一呆，金标在门里头瞧得清清楚楚，见和尚两手合拢来，他借着纳缀和手内大铙钹的掩护，一条右腿早已提了起来。金标哎呀一声，顺手在柜上抓了一方大砚台，望准那和尚左边下三部抛去。和尚真有能耐，眼睛一瞄，就知道有人暗算下部，那么脚心腿发不出了，赶紧放平右足，把身子向右边一闪，那方砚台却好掉在他的左足旁边。只听砰的一声，砚石和阶石一碰，火星四射，和尚念了一声阿弥陀佛。

殿臣不是呆鸟，赶紧身子往后一退，口内嚷道："好和尚，大家暗算暗算！"

那和尚停睛把殿臣望了一望，再把门里边金标望了一望，说了一声再会，挟着铙钹就往西去，连那石鼎都不要。

殿臣回进店门，向金标道谢，那班伙计还没有明白他们为什么一个掷砚台、一个道谢的理由。

正在这个当儿，门口马蹄声响，又来了两个人。殿臣用目往外一瞧，头里一个少年不认识，后面的人不是师父丁三癞子是谁？这一喜非同小可，赶紧抢步出去，欢迎师父。

郝金标往那少年一看，也笑道："咦，怎么锦柱也来了？"

丁锦柱对着金标正色道："金标，你也太大意，单身落了店，紧要东西不小心些随身带着，如今丢了打算怎么样呢？"

丁三癞子也向殿臣道："年轻的人最忌好勇斗狠，你的功夫并不在人之下，但是轻易和人家寻衅，真是自寻烦恼。"

他们叔侄两人一开口把周、郝二人说住了。当下一到里边，金标就哀求锦柱设法，先追回那色公文。

三癞子说道："你们莫忙，我来说给你们听。"一面说着，一面从怀里掏出一张纸来。

金标一瞧，就是自己失去的那张安庆府海捕公文，心上更加纳闷，暗想："不要他们昨宵来同我开玩笑，我追的那条黑影就是他们叔侄吧？"回头仔细一想，"影子长短不对，但是这角公文书怎么会到他们手内呢？"

三癞子道："我自离开此地，回到家乡，找寻侄儿不着。好容易打听得到在芜湖当差消息，我就赶到芜湖，一打听上了安庆，我就上安庆。到了安庆，又得信开差到山东，我想同侄儿没有见面之缘，只好罢了。我一个人逢山游山，遇水玩水。转兜过来，无意之中和侄儿遇见。他打听得遮天张洪有个女人住在临城县，所以也往这边来，同我遇到。我说齐村有个徒弟在那里，而且是个武举，不如去招呼了，好歹多一条膀子。我们是昨天晚上

250

到的，我特地要试殿臣本领，所以黑夜从屋上进来，进来的时节刚遇金标出去。我家侄儿说，这是同来的伙伴，不知道他上哪里。我就叫侄儿暗中保护着，我自己借金标的床躺一会儿养养神。谁知一躺下去就听得窗外有声儿，偷目一瞧，却是殿臣往屋里瞧了一瞧，仍旧回了上去。我想睡在此地不好，站起来往外想走，又听屋上有声儿，我就赶趴在床下，进来的却是个披发头陀。我冷眼觑他把金标的行李搜索一回，回头在伞里边搜着一张纸，他非常欢喜，遂在身畔拿出一张纸，在伞里头一搁，回头要想走，怎么又不走，把手内那张纸在台上一放，把伞安放原处。

"其时屋上隐隐有声儿，他回过头去听屋上声息，我在床底下蹿出去，抓了台上东西，往外就跑。那头陀赶紧追出来，我已经上屋，往黑暗里一避。那头陀追上来瞧我不见，忽然间头陀侧首起了两条黑影，我一量身材是金标和侄儿。那头陀就跑了，一条黑影跟了下去，我就招呼了侄儿暗中也跟随着，亲见那头陀进树林。金标不追，我们却代劳追了下去。"

金标忍不住问道："那头陀敢是叫骆英忠？"

殿臣道："适才店门口抄化的头陀就是吗？"

丁三癞子道："正是他，可是他和遮天张洪在一块儿，金标的行径早被他们窥破，今宵一定要来报仇。论这两个贼人的本领，在你们之上，一时恐怕要中他们的暗算了。"

殿臣和金标听了三癞子一番说话，虽然说视死如归，并不是怕死，倒是彼此有半世英名，看上去难以保全，不知不觉四只眼珠子都停住了。还是殿臣有主见，先开口问道："师父昨夜下半夜耽搁在什么地方？你们叔侄俩追赶贼人，追赶到哪里为止？从哪里看起来那贼人一定要报仇？"

三癞子鼻子里哼了两哼，叹了一口气道："怪不得你们路没跑多少，也不明白江湖上道理。你做了那骆头陀，在店门口当着

251

许多人丢了一个脸，你打算怎么样？人心一体，况且在外面走跳板的，全靠一些把式。今天被你断了他的路，他哪有不和你拼的道理？不说旁人，你当初为甚要白天吃了亏，晚上到俺店里寻事呢？"殿臣听见提起前情，涨红了脸不则声。

三癫子道："咱和锦柱俩昨天追赶到骆英忠，老是跟在他后面，不晓得跑了多少路，拐了多少弯，他的功夫真有脸，我们夜行功夫自己觉得不算坏，无论如何总离着他三尺地。回头一翻眼，人影不见了。我们就找着路旁一所庙宇打算度到天明，回来告诉你们。越墙进去，那是一座枯庙，正殿供的神像仿佛是罗士信老爷，我们就在神像万年台旁侧歇下了。

"不满半个更次，忽然听得墙外有拍掌声音，东首厢廊内放了许多棺枋，有一口忽然棺盖一动，钻出个人来。那时墙上也越进一个人来。听他们一谈话，原来一个是张洪，一个是骆英忠。依张洪说，连夜就要来结果金标的，英忠说：'此地还有能人，方才有两条黑影赶我，功夫不在你我之下。待明天去问过了信，再作计较。'我们听得清清楚楚，一夜不敢合眼。看他们两人都把棺枋当床铺，大约是人家寄在那里的寿材。好在有几口已经装入的，所以容易遮人耳目。那贼就把它作了公馆。依我的意思，等待东方发白，我们俩一人管一口，一把棺材盖推上了缝完事。锦柱说：'一来安庆要张洪活口归案；二来这样地办要被江湖上说小刁揍死老虎，名誉有关，还是献些能耐，较量较量。我们到四更多天就离开了罗爷庙，等那贼子出来暗中动手。谁知骆英忠并不是出家人，不晓得怎样扮了一个头陀，张洪也改作了一个乞丐，都被他们蒙过了眼。

"到了村集，他们一直踩绲过来，一进村口，就听见殿臣在店门口的事情。我们还想掩过来，抓着了姓骆的，在他身上要张洪的下落。哪里知道我们从东首来，他已经往西走掉了。从几方面看起来，他们焉肯就此罢休的呢？"

锦柱道："闲言少讲，为今之计，大家速即整备，好在他和三叔还没有露脸，论不定可以一仗成功。"

当下殿臣关切内外不要声张丁师父已经到了。

三癞子吩咐端正二三十匹白布，两头用短树棍做了天地轴，沿墙壁去埋着，又吩咐店中所有伙计，到晚上预备长短家伙、铙钩绳索。墙外事情，吩咐丁锦柱当心。前院郝金标负责任，后院周殿臣负责任，丁三癞子自己来往梭巡。大家都用足精神，准备晚上拿贼，因为贼人夜行功夫好，所以墙壁边用白布去绊下三部。

又谁知那天晚上，一毫动静没有。大家空守了一夜，接连三天没有消息，防守的人懈怠了许多。到第四天晚上，那班伙计背地埋怨掌柜见鬼，白天招呼来往客人，晚上没有好好儿睡觉，都是那老癞子出的歹主意，连累大家不安逸，所以那天简直偷睡的多，防守的少。只有三癞子叔侄二人还是精神抖擞，一毫不肯松劲。金标是自己公事，当然也不能睡。殿臣表面上虽然没显出什么来，心上暗忖："那两个蟊贼一定知道他们叔侄俩在此，多分吓跑的了。"

一到二更，三癞子和锦柱出去梭巡了一会儿，回到屋子里，殿臣打了一个哈欠，低低道："大约今晚又不来了……"话没说完，只听屋上骨碌一声，接着一个似石子的东西掉在隔壁院子的天井里。

郝金标究竟有些资格，晓得这是投石回信，赶紧把屋内的火吹熄了，顺手拿了一柄软索锤，往外就闯。丁锦柱一个箭步蹿到那屋子后窗跟首，身子往下一蹬，同猴子一样已经跳出后户，上屋去了。周殿臣还没有明白，糊里糊涂拿了那条软鞭，跟着金标往院子里去。一脚刚跨出门口，三癞子忽然跑在他身后，用手在他肩上一扳，殿臣冷不防往后栽了一个筋斗，心想："师父干吗？"那时，只觉得亮嗖嗖一件东西在上面呛的一声飞过，在那屋子门上啪一声射住了。方始明白是贼人放的暗兵刃，自己来不及躲避，所以三癫子扳他一跤，让过那件东西。

金标在天井里正想上屋，觉得肩头上一块石子般东西早已到了，赶紧往旁边一闪，下面被什么东西一绊，也跌了一跤。跌下去的时候，手中那柄软索锤被谁夹手夺了去，哗啦一声，那锤头已经直奔屋上那贼。金标在地下也明白是被三癫子绊跌一跤，借锤打贼人。正想爬起来，屋上的贼人往地上一直跌下来了。金标看得真切，索性不爬起来，在地上滚过去，够得到用手把贼子的腿一拉。那贼本来在屋上对准了屋子门口发暗器，满想来一个打一个。第一镖打殿臣，殿臣一栽筋斗，打在门上；第二块飞蝗石打金标，金标躲过；第三支铁蒺藜正往丁三癫子打去，家伙没出手，不料自己身后已着了丁锦柱一拳。想要回手打身后之人，锦柱望准臀尖上一腿，总算他有能耐借势往下便窜，不致滚下屋来。谁知下面丁三癫子的软索锤已经发了。那贼本来是燕子穿帘式下地，可正迎着那锤头，哎呀一声，往刺斜里落地，躲是实在躲不过的了。一来丁三的功夫好，二来软索锤能收能放，手内紧一紧，望准贼的肩窝打了一下。那贼两足刚点地，已带了伤。论他功夫还可以挣扎，又谁知地下还有一个郝金标，用尽平生之力把他两腿一抱，喝声："下来吧！"那贼扑通一声，也栽倒在地，忍着痛把腿一缩，两手一挣，金标几乎脱手。殿臣也赶了过来，不管三七二十一，拿起鞭来在那贼背上狠命地鞭着，那贼方才吼叫，惊动店内伙计，赶紧抄家伙取亮子喝捉贼。奔到院子内一瞧，丁锦柱也从屋上下来，把贼捆扎好了。拖进屋子一看，原来是遮天张洪。

三癫子叹口气道："好身手！惭愧，我们四个人只捉了他一个。这样本领为甚要做这下作勾当呢……"话未说完，伙计忽然嚷起来，后边马棚走火。

殿臣赶紧招呼救火，三癫子把鼻子一嗅，说声："不好，有硫黄味道，这是调虎离山。"

顾不得江湖义气了，吩咐郝金标拿小刀子把张洪腿上的筋挑断两根，然后一起到后面救火。幸亏人多手众，没闹成大乱子。回到屋子一瞧，躺在血泊里的张洪身上的绳索都已断了，实在断了脚筋，不能走路；再者痛得发晕时候，救他的人恐费了一番手脚，只好丢了他走了。

三癫子道："如何？我早就料到这一层，现在张洪成了废物，路上不妨事的了。明天金标到临城县，请几名民壮，押着他回安庆销案。那骆英忠与我们没甚相干，由他去吧。锦柱芜湖那个差使可以丢也就丢了吧，仍旧在此帮我开酒店。还得提防张洪的朋友报这家仇恨，单放殿臣一个人，万万不是他们对手，我们还得有始有终。"

郝金标听了这句话，忽地跪在三癫子面前说："安庆的事情，请临城县里提解吧，我跟随三叔大哥办了这件案，江湖上结下一个冤仇，以后更加难办了。我想私自回去，缴了文书，辞掉快壮，把家眷一起搬到此间，拜你老人家做了师父，情愿在此耕田为活，一来大家有些帮助，二来保我下半世全尸寿终。不然，我办了这桩案，就算张洪一党不报我的仇，别地方出了重案子，打定我办过这样案的，移提过去代办，不是早晚就送在盗贼手里？"

丁三癫子始而不答应收罗门下，后来见金标说得可怜，也就答应了。

一到第二天，金标到临城县衙门里投了公事，知县立刻照会城守营守备，派人到齐村提了张洪去，问过一堂，钉镣寄监。隔不多时，等安庆公事来了，提解完案。

255

金标果然私下江南，到安庆销差辞职，搬了家眷到齐村居住。但是在路上被人掷了一个石灰包，右眼睛竟然被人损瞎。不过说不定是张洪另外朋友做的呢，还是仍旧骆英忠做的。金标是做厨子出身，而且有个妹子也很能干，丁三癞子一见合适，就定了她做侄媳妇。周殿臣借出些资本来，在齐村开了一爿大酒店，三个人很讲得投机，效学汉朝时候刘关张、宋朝时候柴赵郑，把店名都称作三义店，关切后人不能更改的。

民国十一年三月二十九的晚上，我听了齐村三义店客寓掌柜姓郝的一番说话，方才明白这村上无大无小的店名都是"三义"两个字。不过那郝掌柜说："我是金标的后人，现在村上开三义店的也有不姓丁、不姓周，别姓人冒牌了。讲到义气这句话，更不用说了，能可谁不碰谁，已经算了。那'义'字真个挂挂招牌而已。"

当时姓郝的讲演这段历史，一面抽大烟，一面还做许多把式，精神多好，可惜有些地方我的笔上写不出来，如果能照郝掌柜所谈、所演的情形描写得出，一定有精神。现在只好算在北京天桥讲评话的王杰魁，讲了一回《小五义》罢了。

三　不　党

　　辛亥那年冬天，我听见湖南谭人凤先生提起道："我们家乡有一班焦达峰的生死之交，有憾于达峰的死于非命，暗中组织一个'三不党'，专替平民吐气，监视新官僚的举动。党中组织方法，同以前俄国的虚无党相似，也分'实行'和'鼓吹'两大部分。无论何界青年男女，只要有党员五人以上的介绍，调验确无嗜好者，便可加入为党员。凡为党员者，一不做官，二不用洋货，三不婚嫁，所以叫作'三不党'。"

　　当时我听了这话，好奇心胜，几乎逢人便探问这三不党的消息。无奈人家闻了这个名称，反问我怎么叫作三不党，一时大海捞针，无从捉摸，也只索罢了。

　　直至丙辰年的冬天，我在上海一家报馆内服务。有一天，接到一件由南洋霹雳埠寄来的印刷品。内容略道：

　　　世有富者，斯有贫者，有贫者，斯有富者。我们欲将贫富合并而平均之，使世上不有贫富阶级的分类。我道昌明之世，无非使社会上无有所谓富人。盖人民之富，即国有之富也。换言之，国有之富，即人民公共之富。人民公共既已富有，贫者自然绝迹于社会矣。

又道：

　　二十世纪以后，我党主义之潮流如日中天，暗已弥
漫于六大洲之壤土，竟有通之者昌、遏之者亡之概。吾
祖国平民中，资本家之毒尚浅，大家急速起谋救治，较
之东西各国，一定事半而功倍，可断言也。世有恼贫
者、慕义者之有识人士，盍速来接受我党之光明。

此种论调，好似崇拜日本社会主义学者幸德秋水的信徒所
发，下边署名却是"三不党"三字。

　　其时，我有个四川朋友叫雷昭信，恰在霹雳埠《光华报》内
当总编辑，我当下忙着写封信去动问雷君道：

　　如果晓得三不党的内容，则请示我数行。

不久，雷君的复信到来，道：

　　该党近得华侨资助，将回国大事发展。至于党内详
情，非楮墨所可尽宣，俟后晤时面谈。

　　于是我的心上更将此事常常挂念着，恨不能花一票旅费跑到
南洋去问声雷先生才好呢。不料又隔了些时，反得着雷君西游的
噩耗。从此我想探问三不党内容的希望断绝，只好算毕生一桩很
大的遗憾了。

　　民国十年，我到北京去，先住在香厂的东方饭店内。邻号房
内一个广东姓王的，听茶房说，此人是广东一个大土贩的儿子，

进京来运动烟土公卖的，现已和曹仲珊的一个驻京特派员结识了，所事大有眉目了。

约又隔了两星期光景，又听茶房道："这位王先生原籍虽是广东，他家老子为职业上便利关系，却已迁居在上海很久了。此次他来京谋事，可怜还是新做亲，未曾满月就动身北来。到了京内，始而尚摸不准那门道儿，未免丢了些冤枉钱。好容易认识了这个林秘书，那件事情的正当运动费现尚未曾开价，只就每日跟林秘书等一班人结交，所费已经不少了。听说昨晚同到叶家押牌九，在小台上混了半夜天，又混掉了五六万。及至回寓，又接到上海急电道，他的新夫人暴病身亡。怪不道大赌大输，小赌小输，到底触霉头的，他果然断弦了。幸亏林秘书有心交这个朋友，他有个姑表妹子，愿从中作伐，嫁给王先生做续弦。那林秘书的姑丈，前清也是候补道身份，现在是东交民巷里不知哪一家外国银行当副买办。这头亲事如果成功了，那姓王的可称不幸之中的大幸了。"

我是局外闲人，左右没有相干，听茶房如此谈论，我也如此听听罢了。

又隔了两三天，果然那姓王的忙着租房子，办家用器具。据说亲事已经双方同意，所以赶紧要租了公馆办喜事了。我也在这时候搬到内城友人家中去寄寓，至于姓王的后文，自也不去管了。

直至三个月以后，老友裴国雄为了总商会内陈列所的事情到京和农商部接洽，他也住在东方饭店，我去探望他。恰巧裴君住的房间就是三月之前我住的，于是触动了我的脑海，便向那茶房探问道："可知那个姓王的广东人公馆打在何处，做亲了没有？"

茶房经我一问，很郑重地回答道："不要说起，这姓王的真倒霉，遇着了大翻戏。这姓林的何尝是秘书，一向和狐狸精迷人

259

般牵嫖引赌，迷那姓王的。临了遇着姓王的断弦，便又乘隙而进，什么表妹不表妹，放了一只白鸽。姓王的一共弄掉了二十多万，真成了回不得家乡、见不得爷娘的局面，可怜他要在南下洼子的僻静地方寻短见哩！

"也叫天不绝人，在这姓王的正要寻死的当儿，恰巧被一个过路人瞧见了，救了他的性命。盘问他为何要行拙志，姓王的始尚不肯直说，经不起那人再四追问，只得一五一十地诉说出来。那人听了，惊异道：'这个林秘书是不是五短身材，眉心里有颗黑痣的吗？'姓王的道：'不错。'那人听了，叹道：'实不相瞒，这是我们三不党的新党员，你不要见怪。像你这种钱的来源，与其乜当去孝敬军阀，还不如这样散福给多数贫民分享为妙。不过总该留一点儿给你做川资，不应下这样的绝户计，累你流落在京受苦。这是我不在京，往大连去了，所以弄得你如此的。也罢，我资助你一千块钱盘费，你还是回去吧。不过奉劝你就烟土私贩做做吧，切莫仗着钱多，还要想独吞肥肉，来运动什么公卖不公卖，饭留点儿大家吃吃。你们有钱买威风，想出这种垄断方法来，可知靠此为活的小贩，全中国正不知有多少，将来你们垄断成功，害他们生计愈艰，造孽匪小。到那时真弄成有钱便公则生、无钱便私则死的局面，一朝同水般溃决起来，一时也难收拾的啊。'那人说罢，便从身畔掏出一个小小的铁三叉来，交给姓王的，命他拿到东安市场一个姓刘的相面先生处，凭此符号支取一千块现洋。并叫姓王的向那相面的道：'小吴做事太没程度，下回若再如是，醒狮要张口了。'那人说罢，扬长自去。

"弄得姓王的好似做梦一般，一时反变作没有主张。后来亏他想得着，跑来和我们账房先生打商量，我们所以晓得很详细。大家主张姑且去试试，姓王的到第二天跑去，凭着这小小铁三叉，果然在一个刘姓相面处支领着了一千块钱，拿来做了盘费回上海，去了尚不满两个月。"

当下我一听这话，回思雷君复信上曾云三不党将回国大事发展，原来京地已经有不少党员在此了。于是我忙又问及这相面叫刘什么呢，偏偏茶房又回答不出来。我亲到东安市场去寻访，讵料姓刘虽有，不相面，所有相面的又都不姓刘。我虽时时留心访问，结果依然白费心思，一毫头绪都没有访得到。

民国十二年，我又往汉口去。在江水轮船上，听见一个九江人谈起道，瑞昌县秦家祖传一具诸葛报时炉，那炉上盘龙刻凤，制得非常工细。炉盖上镂着十二个小孔，将地支十二生肖名目按孔分镂，炉底一个插香小洞，倘焚起香来，按时出烟，一毫不错。另有"汉丞相武乡侯诸葛亮监测"一行字迹，所以叫它诸葛报时炉。秦家视为至宝，不肯轻易示人。不料，瑞昌有个土豪叫赵星北，他亦爱上这炉，曾经托人往秦家游说，愿出重价交换此炉。无奈秦家视炉若命，一口回绝。赵星北所欲未遂，怀恨在心，等待陈光远失败，蔡成勋率师入赣之际，不知怎样一来，赵星北会依附到了蔡党内去，委了他做瑞昌的团防局长。及至接事之后，第一件就是清查陈案余孽，把姓秦的也罗织了进去，指他是陈氏走狗，窝藏军火，谋为不轨。只消如此，已足使秦姓破家。于是央人出来调解，许了星北若干重赂，他总铁青着脸，一副公事公办神气。

直至到了山穷水尽的最后地步，方从星北亲信方面透露口风，才知此祸仍从这具诸葛报时炉而起。秦家妇女要紧搭救当家人性命，便将这件祖传宝器暗送星北。星北一得此炉，果然这如火如荼的大案这时冰消瓦解。姓秦的当家人便也保释出外，恢复自由。不过姓秦的一到家内，询知祖传宝物已属他人，未免书空咄咄，镇日愁烦。虽明知是赵星北为了此炉弄的玄虚，一时却没法可以报复此仇，夺还原物。

秦家的房屋适当闹市，门面上常租给走江湖的医卜星相等人作寓。其时忽来了一个浙江相面的叫一鉴明，租了秦家的门面营业。约莫租了半年光景，将近开码头了。那一天无意和房东闲谈，道："足下家计丰裕，不愁衣食，为何尊容常常愁眉不展？"

姓秦的初尚吞吐其词，不肯直说，后因相士诘问得诚恳不过，便将心事诉说出来。

那相士听了，大笑道："东翁何不早言？我是三不党员，专喜管理人间不平之事的。就叫赵星北送还原物也容易，你只消把姓赵的住址、星北的面貌指给我看了，保你三天之中，命他将诸葛报时炉送来还你。"

姓秦的听了这话，将信将疑，姑把赵家住址、星北形状一一指点给那相士看了。果然隔了两天，赵星北派人将炉送了回来。姓秦的方知相士是个异人，无如他已于这天上半日动身他去，连谢也未曾谢一声儿。但不知赵星北何以情愿把诸葛炉拿出来还他呢？

以后在赵家下人方面方探知，那一晚，星北正睡在床上，忽见一件皎若霜雪的小白东西穿窗直射入帐。星北忙将棉被蒙首，但头部、面部已觉得冰冷了一阵。第二天起身，只见枕畔插着一把雪亮的匕首，自己脸上的眉毛、唇上留的胡须，以及当脑门一簇头发，都不知何时遭人削去。正惊异间，又由邮局送来一封书信，信内并附着星北失去的三种髭毛。那信上的大意是，着星北快将诸葛炉送还原主，如敢违抗，足下的须眉便是榜样，恐那时悔之晚矣。星北性命要紧，所以赶忙将炉还给秦家，自己直待须发生了出来，才再出头交际。不过眉毛至今没有重生出来。

如此说来，长江流域也有了三不党的踪迹，可惜我没福遇见，唉！

无　情　弹

　　一九二〇年十一月初六日早上，奉天一个邮差赶早在铁岭动身，越过隆业山，将到懿路驿。踏着冰车，在靠山的那条运粮河里溜冰向前。两面岸上的积雪有六七寸深，七八丈宽阔的河面结了两三尺厚的冰。那时，惨淡无光的朝日才从隆业山东山角嘴透起来，格外映得连天雪白。满地梨云，大好河山都被森寒所罩。

　　邮差腹内寻思道："古人说'青山原不老，为雪白头'这句话，描摹得淋漓尽致。照眼前的光景，莫说山头变白，连青天也成了白色。古人又说'天若有情天亦老'，因为天的颜色老是青翠蔚蓝，不会像人一般满头霜雪，不能明骂它是无情无义的东西，所以在反面衬上这一句。表面上很轻描淡写，替天申说出一个不老的理由来，因为不像人类时时刻刻动情，故此天会不老。若是天也和人一般有情有义，那天也容易老了。试问把这句话反过来看，谁说不是骂天是无情无义的东西呢？明明把'若'字、'亦'字两个虚字来宣布那老天的罪状，除去了这层道理，还有别的用意不成？不过照今天的那种情形观察，老天也仿佛和白发盈顶的人一般衰迈龙钟，时候虽是清晨，已满罩着一团暮气。如此看来，天到底也是有情之物。石曼卿这句'天若有情'就不如那'青山不老'切实。不过天老的时候，平常人非但不大注意，

263

并且不轻易瞧见，就像今天那副天色，能有几个人看见？一班自命多情人物，大抵睡在床上做梦呢。因此上世人大多数赞成石曼卿那句话，竟当天是不会老的了。其实天真的不老，人间恐怕也不会常常发生缺陷事情，还分出什么兜率天、离恨天那些名目来啊。唉！我是很希望天不会老的一个人，偏偏瞧见天衰老情状，打动我心头无限悲伤，恨不能立刻把两眼瞎去，瞧不出这一种悲惨世界，或者立刻跳出这一张情网，不知要省多少烦恼呢。"

那邮差正在胡思乱想出神的时候，忽听得一阵辚辚之声，跟着朔风劈面过来，在耳边吹送过去。东三省的邮局规矩，凡是踏冰车的邮差，那个信袋里头全是重要文件，当这一份职司的人不是平常人当的。

你们道这邮差是何等样人？他也是东省有名人物，连俄罗斯、日本两国都晓得这人的本领。

当时听得车声，停睛往前一瞧，只见离开自己二三十丈光景的右面岸上，一辆驼车正往南来。车沿上坐着一个彪形大汉，戴着一顶海龙帽，穿了一件犴绒大褂，笼着双手，在车上趁着势前仰后合地打瞌睡。

邮差见了，不觉笑了一笑，腹内暗想："今天遇到了话儿哩，笨贼这般打扮，还像赶脚的吗？想来昨晚一晚没睡，所以这样的大风里头打得成瞌睡。可是照这种神气，还有谁上你的钓钩？既然他双手笼着，总算有规矩，我先去招呼他吧。"主意打定，嘴里打了一个呼哨。那车上的人也不理会，仍旧合着眼，由着那骆驼一脚高一脚低走路，顺着吹得人翻倒的西北风过来，和邮差交肩而过。虽然隔着水陆各道，那邮差着实担上一分心事。直待回过头去，望不见那车的后影，邮差还是不放心，把冰车踏近右岸，跳上去把留在雪地上的驼蹄、车辙端详了一会儿，再下冰车，自己埋怨自己道："驼是圆蹄六指，车是空的，这是正当的经纪人赶集。自己也太小心，活见鬼，以后恐怕连树影儿都要打招呼了。赶紧催着冰车，向开原进发吧！"

著书的抽空儿把这邮差的历史约略报告明白。他出身是北京，妈是镶蓝旗人，生了下来尚没有见过生身父亲之面。他妈当初把他带到奉省，寄居铁岭乡下。他还没弥月，他妈亲手编竹为户，堆石成屋，母子两人住下了。因为他命里五行俱全，小名叫作五全，天生神力。

七岁那年，有个游方僧人路经门口，恰巧五全在门外搬石头玩。那僧人没口称赞"好一个孩子"，亲自跑进屋里向他妈抄化，钱米不要，单要这孩子，说跟他有三年师徒缘分。他妈居然一口应承，吩咐五全："随了大师父做徒弟去吧！"五全也一些不难过，跟着和尚就走。临出门时节，五全听妈高声说道："可怜这是没爸的孩子，千万要大师父慈悲。"

五全出去了三年，仍由那僧人送回来，和他母亲说："孩子已经没有敌手的了，千万不要再住在此地。"说完之后，和尚就走了。

他妈贪爱此地清静，仍未搬家。五全有了一身兼人武技，又打得好枪法，不论步枪、马枪，百发百中。所以一到十三岁，就溜到三岔路口做独脚买卖。人家叫他留名，五全说："难道少大爷你们都不认识？"年纪虽轻，一百二三十个大汉简直不放在他心上，不用家伙，趁手撩撩，人家已足够受用。

一到十五岁，声名更大。奉天的老疙瘩、高粱子太岁，锦州的王业银，吉林的高三秀，宽城子的混世魔王，珲春的陈大个子，齐齐哈尔的武衙门姚九，台门的赵铁灯都来拉拢他，和他拜把子。他不敢说自己的真名，恐怕母亲知道，信口说姓郑，名叫海兰。彼此名声一天大似一天，做的案子一天大似一天。官厅方面知道了，不敢下手，因为他和那一班著名人物都有交情，只怕抓了他闹出大事，故而瞒上不瞒下，延搁过去。

五全益发胆大，步哨线越放越远，竟然做起军火买卖来。头一回出手，是一个从关外奉调到口北，驻守库伦滂江边防军里头一个军官。五全还算有良心，只拿了他一只小官箱。他妈哪有不知儿子在外干的什么事，平日假作痴呆，那回带了官箱回去，官箱里面除了金银珠钻之外，底下有半张照片，是一个年轻的人穿着前清七品的冠带，部位和五全差不多。他妈见了，几乎掉泪，就大大地把儿子申斥，指责他在外头所作所为，并且说："懊悔不听你家师父说话，弄出事来。"立刻就逼着五全一同离开此地。

五全没奈何，跟妈迁居到安东，住在日本租界，被妈又硬逼着到学堂里读书。五全天性纯孝，遵从母命，进了一个学堂，一读三年。他的天资可称聪明绝顶，这三年里头竟成了个文武全才的中国好男儿。

将近毕业的时候，有一个同学介绍他入了"三不会"。这会的外表是不挟妓、不赌钱、不饮酒，每逢星期日，也和天主、耶稣两教的做礼拜相仿，举行一种宗教规模。其实内里的宗旨，那是不做官、不出代议士、不放社会上有件不平事情发生，专门除暴安良、扶危济困。东三省和口北一带都有了分会，慢慢地想把势力扩充到黄河和长江流域。这宗旨深合着五全心思，立刻加入。会里边分 A、B 两种会员资格，表面上不过每年缴会费多少的区别，其实 A 部是实行部，B 部是鼓吹部。五全是个血性的男儿，自然加入 A 部。

此番入会，却不比以前做买卖，先在母亲面前禀明过的。他妈很赞成，不过叫儿子入 B 部，每年可以省出些钱。五全口里虽然答应，实在还是加入 A 部。

等待毕业之后，恰巧抵制风潮发生。他妈又带了他回到铁岭，不过不住在乡下，是住在闹市，而且叫儿子改名去充当重要

266

邮差。五全始而不明白妈的用意，及至进了邮局，才知道此地三不会员不知有多少。他虽然做个邮差，会中的消息全在他手里传递，并且晓得 A 部实行部的部长就在此地寄居，脸面却没有见过，所以他也甘心做这种职业。邮局长也很赏识五全，因为他做了这重要邮差以来，无论若何要件，没出过一回岔子，明知他是那道儿上人，但是利用着他，公事安稳，也何乐不为呢！

　　五全今年已经二十二岁，亲虽没对，但是新近有了个情人。这情人是谁呢？就是现在和他同居的王荫堂的女儿王文英。荫堂是当军官的，只有这个女儿。

　　五全和妈从安东搬回来，去租荫堂的余屋。五全的脸子生得一表非俗，文英的相貌在北地胭脂里头也算上一份。荫堂名为军官，实在是陆军第十六师第三十二旅中第二连第三排的一个排长。名字很好听，论他价值和所入，没有什么大不了，所以家里官派未曾十足，尚有平民色彩。驻扎在铁岭已经十余年了，因为奉部令调到喜峰口，他自己湖南人，他妻子是铁岭人，一来不便带了家眷动身，二来他妻子不肯离开家乡，所以招一家人家同居着，彼此照顾照顾，恰巧五全母子搬了来。

　　荫堂出门之后，没有钱寄回来安家，五全的母亲时时去接济。好在五全前几年做的没本生意，积蓄着实不少，一时用不了许多，因此文英母女俩非常地感激五全母子，交情一天深一天。文英又认了五全妈做干娘，和五全兄妹相称，格外觉得亲热。他们虽没有说到婚姻问题，心里可是一个非他不嫁、一个非伊不娶的了。五全到邮局里去服务，文英老大不赞成，但是知道干娘主见，一时也未便昌言反对。

　　那荫堂开调到了喜峰口，不久又调到库伦，改编为筹边使的卫队，一路去宣抚外蒙部落，开了几回火。荫堂是排长，每遇开火，总在第一道火线屡立战功，有保升连长希望。曾经写过一封信回来，并且信内道及卫队长邓振邦待他很好。

又过了几时，荫堂已有升了连长的信回来，不过对于长官邓振邦为了冒着他好几回大功，所以有了怨愤之言，预备要在筹边使面前控诉。从此以后，再也没有信息回来。

那一天，邮局内接到北京来的多少要件，有一包寄到开原的包裹，误递到铁岭局里。铁岭局长就劳五全辛苦一趟，上开原送包裹。五全路上的情形，著书的已经在第一段铺叙过了，不必重言申明。这是五全的历史，所以他虽做邮差，会把前人的诗句联语解剖解剖，伴他旅行的沉寂，谁想得到他还是个多情侠士呢。

当时五全送了包裹到开原交割，自然再循原路回到铁岭。先到局中销差，局长特别给他休息两天。

五全很高兴地回到家中，一到门口，不觉诧异起来，心中暗想："怎么那圆蹄六指的骆驼足迹在我家门口发现了？"心中好不纳闷，赶紧跨进大门。

恰巧文英走出来，一见五全，笑道："五哥，你回来了，干娘遇着吗？"

五全忙道："你的话我不懂，难道我妈也出门去了吗？"

文英道："不错。五哥是早上动身，午牌时候，有一辆驼车、一个很体面的赶脚到来，面见干娘，不知道有件什么东西授给干娘。干娘往怀内一揣，匆匆地到房里收拾了一个小包，就上车走了。临走和我说：'若得你家哥哥回来，叫他千万不要出门。就是有人送什么东西来，也推说没人在家，不要受领。我是回开原娘家去的，至多三四天就回来。'"

五全听了，皱眉道："我今年二十二岁，从没听得我妈说开原有娘家人在，这是怪事，一定歹人奸谋，在太岁头上来动土了。"

文英道："干妈何等老成，外间谁不知五哥的名誉？我想不

268

会闹出什么乱子的吧。"

五全一听这话很有道理："我妈前几年住在四面荒野的独家村，也没半点儿风吹草动，何况现在呢？照这情形，妈是自愿上车。歹人请财神，想来虽然不会。"但一时又想不出这缘故来。

正在狐疑不决时，忽然闯进一个娘儿们，向着文英道："你们这里有位周子全大爷吗？"

五全接口道："你问他有什么事？"

她道："我们方才有个开盘子的客人叫我送一封信给这位大爷。"

五全道："信呢？"

她从袖子内拿出来，文英知道周子全是五全在邮局内当差的假名姓，所以坦然伸手上去接那封信。五全说了一声"有劳"，赶紧在文英手内把信拿过去，拆开观看。来人一瞧不会有赏钱，闲闲地退出去了。

文英道："五哥现在真阔，连窑子里的娘们儿都知道大名了。但瞧她神气，要几文酒钱，五哥睬都不睬，看她出去的几步路很不自然。"

五全一面拆信，一面勉强笑道："你又要多心挑眼，不要说我自己不进窑子门口，我敢说一句，凡是我的真同志，没有一个进窑子的。至于要酒钱，我自己送惯信，从没拿人家一个小钱。自己不拿人钱，你想人家想拿我钱，成功不成功？"

文英笑道："五哥真是三句不离本行。"

五全暂不接嘴，把信笺展开来一看，上写着：

佳要至漏紧速泄开员防号部密一行秘十实守四字须
塔 A 议角是会八凡。

269

这一下可把五全愣住，看不出什么道理，顿足道："奇怪事情并在一起来的。"

文英道："信封背后不是有个'三'字吗？"

五全把信封翻过来一看，乃是"三元倒头"四个字，口里咕哝道："什么三元四喜、倒头顺头呢？"

文英道："前天我听干妈讲《荡寇志》陈希真三打兖州，有张瓦床哄扑天雕李应上当，也有一封信有'三元'两个字，是隔开三个字读去，才连贯得成信句子。这信也有'三元'二字，不知道这'三元'和那'三元'是不是一样两个字？"

五全被文英一提醒，果真隔了三个字一读，"佳"字下面接"漏泄"二字，有些意思。但是下面却是"防密秘守"，又不成话说。忽然想着"三元倒头"，莫非颠倒读过来吗？暗暗再从底下倒读起来，却是：

凡是 A 字实行部员，速至佳八角塔四十一号开紧要会议。须守秘密，防泄漏。

五全不觉高声自责道："不如她，幸亏她。"

文英笑道："五哥发呆了，口中不晓得咕哝什么。"

五全道："头字一定除头，装在脚上对了。"一面把信向衣袋一塞，一面向着文英深深一揖，不住地道谢。

文英莫名其妙，笑着拉住五全问道："你为什么谢我？"

五全一时又未便说出来。可巧文英的母亲从里面走来，一瞧情形，正色道："开了大门，做这些小孩子玩意儿，不怕乡邻人家笑话吗？"

文英讨了没趣，低着头往内一走。五全一声不响，往外便跑。好在明后两天是例外休息，身子可以自由，所以出去上饭馆

270

吃了些东西，也不回家，又动身上开原八角塔找寻四十一号去了。

八角塔是开原一处名胜，在开原城外的西南角上，一座八角形的古塔。那八只角上都有泥塑的佛像供着，高十五丈，一共七级，据说还是唐朝时候建筑。四面都是堆栈，居民绝少，只有多家一所祠堂，房子很大。门牌是有一块的，可是风霜剥蚀，看不清号数的了。

那天晚上，忽然里头有许多人影，熙往攘来。那祠堂最后的一座厅上，点着绿色的蜡烛。那些人谁不能认谁，因为头上都套着一个黑布袋，只留两个眼睛洞、一个鼻头洞，格外觉得阴风凄惨，令人可怕。那一天，西北风刮得呼呼作响，彤云密布，黑暗之中，约略有一线光明。只听得祠面前两三棵寒柳衰榆被风吹得摇摆不定，时时和那祠堂屋檐相碰着，好似有人叩门的剥啄声。

那两个管门的黑衣人低低头："一共来了六十六个人了，单少一个从未赴过大会的，恐怕不会来了。"

那一个道："你怎么知道不会来？"

先前开口的道："这所多隆阿祠不轻易找到，况且门牌又模糊难辨的了。"

正说着，只听门外有脚步声响。那先开口的管门人就轻轻地拍了三掌，外边那人也照样拍了三下，门里边便问道："什么倒报？"

外间的人愣了一愣，才接口道："三元倒报。"

门内又问道："除尾吧？"

门外道："除头便佳。"

那一个管门人一听口号相符，自然动手开门。先前那个管门人叹了一口气。那一个人进来之后，管门的把门下锁，一同走到里头。只见东面人丛里一个身子稍长的人在胸前摸出一个哨子，用力一吹，和鬼叫一样，那班人便挨着次序，席地坐了下来。主席倒是那个先开口的管门人，在居中地上坐定，然后开口道："外蒙分部在总部里告发一桩事情，已由总部调查明白，批准下来，叫本部执行。故此召集大会，抽签定实行员。

"是什么一件事呢？那是一个上级军官冒了一个下级军官的功劳，下级军官知道了，要在最高长官面前申诉。不料被那上级军官知道风声，就用阴谋手段把那下级军官害死了。害死了此人之后，在死者箱笼里头搜着了一张合家欢照片。那上级军官又瞧对了照上一个女孩儿脸子，一打听和死者有交情的友人，才知是死者的女儿。这贼又起了邪念，预备派人到死者家眷所在，只说死者已经荣任何职，接着上任。一到这贼势力范围地内，就不怕孤儿寡妇，打量势迫利诱，满了他的欲念。此等人尚能容留在世吗？诸同志试想，该杀不该杀……"

主席话未说完，只听得一片喊杀之声。那最后进门的人也开口说道："请部长快快抽签，此等人如再容留在世，平民社会还有希望安享幸福的一日吗？"

那部长没有接口，方才吹哨子的那个身长会员就打从袖内拿出一个签筒。那是木头的，外面用漆漆着红、黄、蓝、白、黑五项颜色，分明是按着中华民国国徽，送到部长面前。部长把两手伸缩了一会儿，心中好像感触着什么事，十个指头有些颤动。经不起多数会员催促快抽，部长定了一定神，伸手抽出一根签来。先瞧了一瞧，很不愿意报告，向坐在左首的副部长手内一摁。副部长也就是方才那一个管门人，把签一看，高声道："六十一号。"部长又抽一根签出来，颤声道："预备者，第一号。"身长的人赶紧把这个签筒拿开，又换上一个纯红色签筒。部长再抽出一根签报告道："期限五个月。五个月以后未能达到目的，实行者宣告死刑。"读完之后，把签向筒内一丢，勉力再道："法无贷，毋徇情。实行者其各凛遵勿忘。"说到那"忘"字，那喉音骤然低了许多，好像要哭出声儿来。身长的又把红签筒收拾开。副部长把那二根签向上一举，大家齐声道："中华民国万岁！三不会万岁！六十一号、一号同志万岁！"

一号是部长自己，责任乃是监督第一次被抽者的进行勤惰，和第一次被抽者失败后的继续进行人。六十一号就是最后到会的铁岭邮差五全。当下副部长站起来，走到五全坐的地方，交给他一张照片、一根十三门跳壳勃郎林手枪。五全站起身躯，把这两件东西接过来，口里宣誓道："苟不与此贼同尽，为吾会前途增荣光，为平民伸冤屈，愿受诸同志最后的裁判。"

部长也站起来接口道："倘放弃天职，罪有应得，天厌之，天厌之。"

五全始而距离部长地位远，况且在绿烛光中，黑布套内，分不出部长五官部位，辨不出切实声音。现在只有三个人站着，比较方才清楚，五全一肚皮疑团愈深一层，腹中寻思道："部长绝不是同性的人，很像是……"

那时部长已经高声道："散会。"

大家都站起来，忙着与他们二人拉手道贺，然后纷纷星散。有的从供木主的那个神龛里头，本来装有一部扶梯，可下隧道而去；有的走墙上出去；有的走后门或走边门出去。五全路径不熟，还是跟着那副部长出的前门分手。

连夜熬着严寒，动身回铁岭。虽然天黑，幸而可以借雪光赶路。约莫走了一个更次，忽然前面有几条黑影，内中有一条黑影好似部长模样。五全要解释胸中疑团，想追上去看个明白，无奈前面的人夜行术比他高得多，总离开一丈或是七八尺地步光景，不能追着。五全脚里放松，前面也慢些；五全脚步加紧，前面格外轻快。而且路径比五全熟悉，好像特地来做向导。

走到东方有些发白，前面人影愈觉快了。等待看得清五指，前面人影不见了。五全自言自语道："又是活见鬼，想破疑团，反而筑上一座疑城了。"

第二天巳牌时候，五全回到家中，见门虚掩着，他便忙着推门进来喊："文英，文英。"却不见出来。走到自己房内，见他妈已回来睡在炕上。五全不敢惊动，轻轻地退出去，把大门关好。然后坐在客堂内把那张照片拿出来一看，见是一个旅长服制的中年军官，嘴上撇着燕尾须，一望而知是个大奸巨猾。后面写着"耳登手辰，拆字邦宁"八个字，想不出什么意思。又反过来把脸子细细端详，好像在何处见过，面善得很，一时也想不起来。再把手枪掏出来摩挲了一会儿，暗暗道："你我从今相依为命了，不过要是动身干事，母亲面前怎样启齿倒是难事。至于以后养生送死的责任，只好烦劳意中人王文英的了。但目前却不知道这目的物在哪里呢。昨晚我也粗忽，没问部长，会中人也没告诉我。一会儿又想到部长报告中有外蒙分部报告一句话，大约在恰克图乌梁海那种地方。"想了一会儿，倒觉得倦了，于是把照片、手枪藏好，重复蹑手蹑脚到房里。一瞧妈朝里翻过身子，但仍没有醒。

五全正想钻到自己炕上睡，忽然见娘的炕面前地上有一件东西掉在那里。过去拾来一看，那是半张小照。五全想："这是十五岁那年在火车上带回来的，久已不在心上，妈把它搜出来何用呢？但是妈什么时候回来的？这张照又在什么时候拿出来的呢？瞧妈熟睡的样子，也好似昨晚没有睡觉的一般，搜这张照出来做什么？"正胡思着，手指上觉得有些潮湿，仔细一看，原来这半张小照斑斑泪点，像才加染上去。往地上四面一瞧，都没有潮气影射到湿片上痕迹，炕上、地上都干燥得很。"那么这潮湿一定是眼泪迹，眼泪迹除掉了母亲没有第二人，母亲又为甚要掉泪呢?"越想越疑惑。

再定睛把那照片一看，这照上的脸子分明就是与实行部给我那个民贼小照一般无二。一面是清朝七品服制，无须面白，清瘦些；一面是民国军服，有须面苍，肥胖些，五官地位没有改动分毫。"难道两张照是一个人吗？然而妈是疾恶如仇的天性，她泪点洒在这张照上，不问可知和照上人有关系，怪不得七年以前，我做了这注买卖归家，被妈大大地申斥，这一层难题解决了一半。从妈好善疾恶上推想，绝不会和恶人生关系，那么这半张小照，和会中给我小照是两个人，不过脸子部位相似罢了。好在昨夜所得照片还在身边，拿出来比比何妨？这张照上的人左眼眶上有一颗黑痣，面架子即使相同，这黑痣总不见得也会相同的。"故而再掏出那张照出来一比，左眼眶上黑黑的一点，不是痣是什么？这一下把五全的一股勇壮之气、填胸义愤都化了惊疑骇异，呆看着那两张照片出神。又想着："也曾见过一个左眼眶有痣的人。"猛一抬头，在炕面前台上摆的那面镜子里照着自己脸子，眼花缭乱，伸出一条手来，不住地在自己左眼眶上抹着，抹了半天，再看了看炕上的亲妈，禁不住道："哎呀！妈的名字不是上佳下德两个字吗？"又把两张照和自己脸子仔细地比上一比，腹中连珠般叫苦，不住地顿足道："糟了，糟了！再不料这样难问题轮到我自己身上，如何办法呢？"

不料顿足顿得太重，把他妈惊觉了，骨碌又是一个翻身向外，好像说梦话似的，在那里说两难的了。五全赶紧把全张小照藏过，半张小照依旧摆在地上。听妈还没醒，看看妈脸上颜色，本来是一脸慈祥恺悌，如今变成眉锁深愁，焦黄不堪，两个眼泡都肿着。五全也止不住扑簌扑簌地掉下泪来，轻轻地钻到自己炕上，呜咽了好久，要想在意中人身上划策补救方法。仔细一想，她也是局中人，一丝牵全局，如何好在文英身上想方法？

275

从那天起，五全母子二人都生起病来，病中伺候汤水自然是文英一人承当。可怜佳德和五全病得面黄肌瘦，文英也非常憔悴，而且这种心病，虽有卢扁、华佗也难以救治，总之不是草根石屑的药味儿力量能够起他们的母子沉疴的。

　　光阴似箭，不知不觉又是一个月过去。那天傍晚时，文英为着五全病有转机，可以扶杖离床，因此在屋后摆了一只藤椅，请五全坐着，曝着衔山的斜日，看看野景散散心。自己坐在旁边，陪伴寂寞。

　　五全始而一味地叹气，文英再三劝解说："干娘病也不妨的了，区区一个特别邮差，本来有什么稀罕，开除不开除更不足挂念。我特地为了受恩报恩缘故，硬要候你们痊愈了方才放心动身，不然爸的信来了三天，还派着人守候在此，我怎么不提一字？唉！五哥，你知道我心上除了你还有谁？你知道我愿意离开你到别地方去吗？你知道我此去能够生还吗？你果然是我心上一个人，但是爸爸是生我的人，岂非比你更重要？我不能不走这条路了。"文英一面说着，一面已哭出来了。拿了一块手帕，自己不揩，反狠命地授给五全揩泪。

　　五全目前的机警大非昔比，病虽不多时，鲁钝了不知多少，一毫不去辨别文英的话里因由，反在那里满肚皮找安慰话儿。向天上望了望，忍住了悲苦，用手指着天上道："你看那一片一片的云，今天被西北风吹送到了东南方去，明日也许吹了东南风，把那片云仍旧会吹回西北方来的。"

　　文英也含泪接口道："可惜中间有了罡风，把云吹得四散，即使吹回来，也不见得是完璧归赵。何况这云还有与风抵抗的思想，万万不会瓦全。今天一天西北风何等厉害，那云早已四分五裂，粉骨碎身，等不及明天东南好风相送的了。"

　　五全道："水往东流，尚且有西还之日，何况人生离合。"

文英道："水若往西流，必然下雨，所谓天变预兆。我很不愿意天变，还是逝水东流是顺的，反可以两全其美。我劝五哥还是息了这种希望吧。你想水回头倒流，难免天变，流回来了也无趣的。你从前不是讲《左传》给我听，一段石碏的大义灭亲，一段人尽夫也，父一而已。如果照《左传》上事情，反过来做着儿子杀了父亲，还能说大义灭亲吗？女子家为了夫，忘了父，还成话说吗？就把这两层来譬开你的望水西流的心念。五哥是聪明人，也应该觉悟了。至于离合这一层，果然人生常事，但是里头含了种种复杂原因，就格外觉得可惨了。"说到这里，文英又哭得说不成话。

到了明天，文英父亲方面的人等不及了，硬逼着文英动身。文英的母亲照例应该一同前去，但是来信没有提及。文英也极力阻住母亲，说："待女儿上那边试验试验，住得惯就差人再来迎接；住不惯，女儿也就要回来的。"好在文英的妈向来听女儿做主，竟然不去。

文英一走，五全母子的病都霍然痊愈。五全忽然提出一个难题，动问母亲道："譬如我们三不会里举行一桩除暴安良的事情，宣布一个恶人死刑，派一个执行员去执行。却巧这执行员和恶人很有密切关系的，受命的时候没有明白，及至明白，已经来不及了。并且执行员有个对等关系的人，就是恶人罪状里面的人证。执行员为着密切关系，踌躇未决之际，那对等关系人又被恶人诱占或强夺去了，这执行员应该如何呢？要是下手，仍旧受着一个良心裁判，总免不了人家唾骂；若是不下手，占据执行员对等关系人事小，贻害社会事大。而且执行员迁延，本人要受会里边公平裁判，先替恶人受刑，岂非一样留着污名于后世？请问母亲，如何解决？"

他妈点头叹息道："空费心思，假途灭虢，终不免演出莫大惨剧。儿既欲解决此项难题，娘有锦匣一具，儿携带至滦州北门外，找寻一僻静客寓住着。到明年正月十五，你有机会和义妹相见。你将锦匣打开，自能解决儿所问的问题。但是不遇义妹，千万弗开此匣，至要！至要！至于会中给你的十三门手枪，无须再带，况且妈已为你转给一人保藏，不必悬念。"

五全唯唯受训，隔了一天，就动身上滦州。

一九二一年一月十五傍晚的时候，滦州北关市上忽然发现一只疯骆驼，圆蹄骈指，与寻常不同。幸亏从关外调回来的一大队军士正驻扎在北门外面。一个前清的游击衙门里得着信，排队出去把那疯骆驼轰毙。可是疯驼是死了，这个时候，那领队的长官邓振邦也被暗杀了。

邓振邦这时候正在审讯一个刺客，刺客不是别人，即是他用尽心机骗来做义女的王文英。一向是把文英当女儿看待，文英跟他入关为是不信干娘佳德说话，信着狼心狗肺的义父，要入关和生父王荫堂见面。谁知这一天邓振邦赴滦州士绅的元宵春宴归来，酒已半醉，竟想和义女干非礼勾当。文英假说："你若告诉我生父的真实下落，方肯顺从。"邓振邦喝醉了酒，一时不顾前后，将自己所为阴谋和盘托出。文英方信干娘之言，放声大哭。邓振邦尚不醒悟，依然嬉皮涎脸凑近。文英袖中早已藏有利刃，抽出便刺，邓振邦虽是一个中国式的军官，没有什么大能耐，文英终究女子，不是振邦敌手。况且振邦高喊刺客，手下闻信赶入，文英自然被擒。振邦立刻升堂，追问口供。文英瞑目受死，一语不发。振邦立即吩咐枪毙。

哪里知道文英房里新用的一个老妈子忽然上前阻挡。振邦仔细一瞧，这老妈子不是别人，那是自己二十年前在京里边勾诱成婚的一个贵胄女子佳德。当初不但始乱终弃，且还骗取了佳德私蓄捐官到差，巴结上司，一共用去七八万块钱，好容易弄到民政部当差。为了极力钻一个亲王的门路，又偷佳德四五万块钱，总算巴结上了亲王一个红当差。那红当差有个不十全的女儿，听见振邦自己说没有妻小，就挽人露了句口风，想招他为婿。振邦为着要做官，不顾门阀品貌，一口应允，一面和佳德办离婚。佳德自然要交涉，但是于婚姻上有关系的东西，振邦早存心偷去已久，连一张结婚照片都撕去了半张，所有用去和偷去的钱更无凭据。

可怜佳德恰在这时候临盆，经得起这种伤心吗？故而孩子未曾满月，就带着出京，此后毫无消息。振邦自然胆大，和那十不全结婚，认二太爷做岳父。不久光复了，满人失势，振邦哪里还要这十不全的妻子又是老手段，离开了这个，娶了一个皖系要人的侄女儿。在行政、立法两种机关中混了几年，眼光上觉得不如军界弄钱便当，所以运动入了边防军里头掌差使。先是军佐，被他那种吮痈舐痔的手段一阵子施展，居然转了军官，带着家眷赴任。在火车上碰见胡子，把他一只重要官箱带走了。不要说历年宦囊皆在其内，连和佳德结婚的半张照片也连带抢去。振邦未尝不有风闻，佳德隐居关外，这桩事疑是佳德买人出来做的。料到居然被他料到，其实并非佳德买人出来，还是令公郎亲自动手。

从这一回受了打击，刮地皮刮得更厉害，想恢复原状，对于半张照片却也很担心事。万一佳德拿着这东西出面办交涉，与自己大有妨害。今晚佳德果然出现在肘腋之下。振邦这一惊非同小可，一迭连声喊："拿刺客同党！"佳德高擎着十三门勃郎林手枪喝止两边，然后和振邦谈判，要求将文英释放，将半张照片还他，算交换条件。依着振邦，要先拿照片，佳德自然不依，必定要先释放文英，后还照片。争执了好一会儿，振邦恨恨道："没耻妇的一张嘴比刀还锋锐。"没奈何，吩咐将文英释放，一面亲自下案取照片。

佳德见文英已放，即将手枪授给文英，令其防身，先行一步。自己方将半张小照取出，交还振邦。

振邦暗想："照片到手，吩咐手下朝外一排乱枪，这二人尸首总在二门之外、头门之内倒着。"不料将接照片时，外边忽然人声鼎沸，说疯驼闯入衙门来了。振邦急令所有站堂军士，一律上前开枪止住，自己仍伸手来取照片。不料军士放枪，文英就乘着乱枪声音，知道仇人不防，猛向振邦要害连开两枪，振邦还有命吗？倒在地上滚了两滚，就直挺挺躺着不动。

佳德尚有香火之情，看了一看，长叹一声道："始终为你所累的了。"

文英赶快跪在佳德面前，泣诉道："请干娘将干女儿枪毙，以泄此愤。"

佳德伸手向文英拿枪的那条手掔上来，文英当是佳德拿枪打自己，慷慨得很，把枪向上一献。然而文英还是外行，枪柄朝自己，枪口对着佳德。佳德身子伛偻一些，枪口正对腹部，伸手上去，借在文英手中把机一扳，砰的一声，文英哎呀一声，赶快缩手。那颗枪子已经在佳德的肚皮内假道而过，自然立时倒毙。文英失声痛哭，膝行上前，伏在佳德身上号啕大哭。

那时却惊动衙门后邻一家小栈房里的旅客，赶紧上屋，打从二堂天井下来，暖阁后面绕出。那旅客是个少年，手中还捧着一只锦匣，匣里边装着一颗大号炸弹。不是别人，那是五全。一瞧两个尸首，厉声问道："我妈是怎样死的？"

文英回头瞧见五全，又怨又痛，又惭又恨，正色答道："枪在我手中，机是妈自己扳的。"

五全又道："我爸是怎样死的？"

文英道："被我开枪打死的。"

五全掉泪道："你为甚要开枪打死我爸？"

文英道:"替我的爸报仇。"

五全把锦匣轻轻地向地上一摆,脸上现出一种极悲苦的颜色,喉间发出一种极惨的声音道:"既如此说,难道不准我替爸报仇吗?"

文英道:"不共戴天,理当如此。"一面说,一面把枪送上来。这回可内家了,枪口对自己,枪柄对五全。

五全把枪接过来,哭道:"你……你……你……我报仇不能,徇情不能,何必呢?何必呢?爸是军阀,杀惯人的;妈是三不会实行部长,杀惯人的,今日都不免为人所杀。我但愿世界上人以后自己不杀人,人也不杀他。我替爸爸妈妈总忏悔吧!"说完这几句,把枪倒过来,砰砰一连十响,可怜五全身上开了十个窟窿。

文英赶紧站起来想抢住,哪里来得及,那时,一班军士都回过来捉文英。

文英一时没有主张,忽然瞧见地上锦匣内那颗炸弹,凄然一笑,急忙取在手中。那班兵士吓得往外便逃。文英把弹向地上一掷,如同天崩地裂,一霎时火光熊熊,尘飞瓦走。一对怨偶、一对佳偶,都化作飞灰,干干净净地同到天国去了。

血　誓

　　苏州附近的太湖，在五湖之列，也是历史上、地理上一块著名的地方。太湖是俗称，正名是唤作震泽湖，周围有三百余里。单就这一片湖荡而论，已经浩浩无垠，复不见人，容易被草莽英雄据为巢穴，何况这太湖跨了江、浙两省，一共要吴县、无锡、常州、宜兴、长兴、震泽、吴江七县该管。而且湖里头又有东西两座洞庭山对峙着，好比人身脏腑。沿湖四边，什么灵岩、上方、七子、穹窿等等共有七十二座山峰，山势都很峻险，和太湖有连带关系。讲它山脉，从马迹山绵延西去，直要到苏、浙、皖三省交界的顾渚山为止。论它湖源，什么漍湖、石湖、黄天荡、阳塍、金鸡诸湖，果然是它的支流，就是庞山湖、淀山湖、巴城湖以及皖北的固城湖、巢湖也可以算它的尾闾，息息相通哩。不然怎么说太湖帮的大帮好汉，倒是安徽巢湖帮是大宗呢？这些地方要是坐落在欧美，早已用人工来点缀天险，成了一个著名胜迹。无奈我们中国人好静而不好动，单是口里嚷太湖好地方，好在哪里，一时竟回报不出。湖水由它自来自去，山花无主，时谢时开。像这种风月无边大好山水之处，无人管领，那么渐渐地变成宵人逋逃之薮，由一而十，由十而百，由百而千，引类呼群，越聚越多，就应着盲史所说的"深山大泽，实生龙蛇"两句话了。

在那前清德宗朝庚辛回銮之后，北方拳乱平靖，南方却弄得人心思乱，闾里不安。那时上海方面有什么天津帮、南桥帮，成群结党，欺压良民。虽然是癣疥之疾，然而痈疽不治，渐成巨患。

从前小镜子刘丽川戕官拒捕，也是星星之火点起的。而且人人都说，这班痞棍跟太湖强盗是互通声气的，市虎传播，来风空穴，渐渐地由谣言要成为事实。那些专闯江湖的莠民竟然多向太湖内啸聚起来，沿湖一带的乡镇小码头上凭空来了许多客民。那时候大家都叫他广蛋，又叫他作巢湖帮，专向乡民强赊硬卖。后来又和当地土豪劣绅勾结了，索性开场聚赌，贩卖私盐，害得一班安分良民竟有寝食不安之势。

在这当儿，清廷简放了一个瑞莘儒来做苏松太兵备道，大蒙苏抚端午桥的赏识。端方本来和铁良、锡良二人称作满洲三才子，比较地要算是满洲人队里仅见的人才。他知道瑞澄是天津混混出身，所有外边白相人门槛都明白一点，故此特地把这一件整顿地方、息谣安民之事密谕切实认真办理。故此瑞澄一到任，便雷厉风行地访拿流氓。先治了一个张桂卿，天津帮便匿迹销声了。又把南桥十八根扁担里头的首领范高头也抓来打入站笼站死。如此一来，上海地方就安逸了许多。

那时端方已升了两江总督，得了这个消息，又极力专折保奏。瑞澄自己也会打干，不久便升按察，署理江苏布政司，兼营务处处长。瑞澄索性大刀阔斧干一回，把余孟亭、夏竹山、夏小辫子一起抓来劈掉了。那时候南洋也武步北洋，训练新军。苏州的四十六标恰巧开征足额。因为民间有这句太湖强盗的谣言，故此四十六标的营房便指定造在宝带桥畔。四十六桥的标本部虽在葑门觅渡桥，但是觅渡桥的营房只有少数的步兵和两连马队，其余大部分的步队和着工程炮辎重的基本，全在宝带桥。表面上说是跟觅渡桥的营房可以互相呼应，实在防守吴江塘，兼扼石湖和太湖汇流的五龙桥要塞。如此一布置，外间的谣言渐归宁息。人民熙熙攘攘，往往来来，不似以前那种蹙额相告，岌岌不可终日的情形了。

其实在瑞莘儒大捉赌匪盐枭的时候，太湖内并无歹人踪迹。自经这次小小剿抚之后，那"太湖"二字便印入了一个草莽英雄的脑筋里头。此人是木渎镇上商人子弟，姓胡，名叫旭人。他虽商界出身，曾经在苏州高小学校肄业。后来自备资斧到东洋留学，先在大森体育团卒业，又入士官学校修业。经人介绍，入了陶焕卿的光复会。

那年熊成基在安徽举义，旭人首途归国，甫抵上海，已经得着熊成基失败的消息。他便回转故乡，韬光敛迹，仍旧经营父业，一毫没有痕迹露出来，故而人家倒也不注意他。那时候，巷议街谈，无非太湖强盗情事。旭人灵机忽动，自忖："虽生长在太湖边上，倒还未知太湖形势的究竟哩。"

恰巧三伏天气，店务甚闲，那些渔船呢，日间都停泊在镇上避暑，要到晚上才出去打鱼。旭人便趁此机会，雇定了三只熟谙湖边的渔船，也借着消暑为名，在太湖内足足游玩了半月，先把那尽人而知的险要和名胜古迹统计了下来。一交秋凉，他另外再雇了一条船，实行探险，专拣人所未到的地方游去，居然被他找着一块好地方了。那是在西洞庭山过去二十四里湖面，有一个山峤叫洞坑，这一带的水格外流得急，而且四面都是山脚，所以那浪头会四面打拢来。这洞坑的正面和宜昌上流的对我来相似，也是一个巨大山洞，好似城门一般长在水内，望进去就是洞底，重峰削壁。谁知向左一拐弯，却有一个小荡，周围三里有余，天生成椭圆形，南北都是山峰。东边是进口的山道，西尽头乃是一块

284

平阳之地，又是天生的四方形，厥土沃饶，起水又便，大可垦种山田。这块平壤的四周又都是危峰峻岭，只有东北角上有一条窄道，蜿蜒而上。将及山半，有八九丈围圆的一块镜面石，望下去大半太湖在目。由这镜面石再上去，一直到峰顶，有一所伍子胥庙，原来在马脊山的后面，上方灵岩、天平的夹套，就是穹窿山阴的屏障。马脊山下居民甚多，那是产生芋艿芋头所在，每年的秋天市面也做得很大。不过从这子胥庙要到马脊，须得从这峰顶一径往下。到了山下，有一条独龙涧，仿佛两峰的界线相似，要越这条山涧，再翻到马脊山的最高峰，然后骑脊而下，方到马脊镇上。

旭人军事知识甚佳，一瞧此地的水陆形势，真是天生成的一处藏军所在。只要建筑几间竹庐茅舍，先设法把山田垦熟，饷糈有着，然后徐图对外发展，就是《宣和遗事》上的郓城水泊梁山，恐怕还不如此处。故此便兴冲冲折回原路，叫船家开船回去。谁知这船家噘起了嘴很懊丧地道："胡先生，这一个夹套就是太湖里著名的险恶所在，叫作'禹门三级浪，平地一声雷'，方才我们进的那个石洞门就是叫禹门。你是不谙驾舟门道，所以没留心这一层。我们的船进来时节，不是被三个大浪打进来的么？现在你侧耳听吧，不是隐隐约约常听见打雷声音？无论大小船只，到了这里，休想安然出去。在湖道上跑跑的人，谁不知有这块千凶万恶的绝地？不幸打了进来，不在洞门口被石尖硌破船底，便是绝食饿死在此地。如今我们想出去，恐怕没有这样便宜吧。"

旭人始而听了那船家的危词，倒也有些踌躇。回头仔细一研究，原来这空中的声音，那是风吹着山上森林，松涛柏浪同时作响，再加这一面石壁之外便是太湖最广最深的所在，四围又都是荒凉小岛，自然那昼夜不息的波浪在山石上激湍着。这声音递送

285

进来，传声空谷，回音又绝大，自然光天化日之下也好似打雷一般。四面的水内都是山根山脚，自然水浪不一定自西向东，互相激荡着，那水就常常发旋的了。只要船身坚固，驾驭当心，万不会出险。故此旭人便将这层意思向船家说明，叫他留心着出去，只要顺着水势，保管安然出去。船家始而不允，情愿牺牲这条小舟丢在此地，人从旱道翻山回去。后来一探这峡内的水并不深，量量自己的水性，可无性命之虑。预备船在口上硌破，人从峡内逃命，便拼着九死一生，往原路开出。

谁知此地的湖水，因地气关系，跟潮水一样，按时涨落，也是初一、十五子午两潮，初二、十六丑未两潮。他们来的时候遇着落水，外面湖内的水向这山峡内流进来，故此他们一叶小舟随潮而进，并不费力。如今他们出去，又遇涨水，这峡内的水向湖里流出去，所以又不费吹灰之力安然出外。旭人暗想："这峡内的小小湖荡，再不料是三百里太湖的源头水壑哩，以后进出，只消算准了它的时候，万万不会出事的。"

旭人自从探得这一处地方，回到木渎之后，大非昔比了，专门结交朋友，广植势力。

恰巧那时候的官场也禁令废弛，不像以前那样严厉，所以不上半年，胡旭人倒也成了横泾、木渎一带的有名人物，声势浩大起来。

这消息传到苏州营务处处长的耳朵内，自然又当一件大事做了。其时的处长是陆钟琦方伯所兼，便面谕一府三县，要胡旭人到案。旭人早已得信。

恰巧木渎镇上那时候来了两帮客帮赌匪，一帮巢湖帮，为首之人乃是安徽潜山县人，叫焦大鹏；一帮私盐帮，为首之人乃是宁波镇海人，叫长脚顺金。他们本来专在外洋靠贩私盐、抢劫轮船过日子的。为首的当家名叫曾国璋，一帮弟兄有三四千，老巢

286

是在童子洋一个海岛内。不料被署理狼山总兵徐某某为了分赃不匀，就翻脸起兵剿捕，会合着福山总兵及松江提台杨景隆，在东海洋里把曾国璋打败。国璋败到通州吕四场，被擒正法。手下之人四散逃窜，大部分弟兄从东海洋逃到黄海五条沙去，小部分人便由浒浦、白茆等南岸小港口逃进来，到木渎会齐，尚有一百余人。旭人对于这两帮人马早就有心联络，只为一时从中少个说客。

恰巧在这旭人背风火的当儿，木渎镇上又来了个单身汉，此人诨名外国狗。本来是甘露乡下人，在上海开窑子的，因为拜了范高头做了老头子，好好一爿窑子打溜打掉。等到范高头出事，外国狗也遭了嫌疑，上海不能立足，只好在江湖浪荡。他跟胡旭人、焦大鹏、长脚顺金都是熟人，故此他一到木渎，便从中拉场，将三帮人马联络在一起。大家按着年岁，歃血为盟，焦大鹏年纪最大，胡旭人第二，长脚顺金第三，外国狗第四。但是三帮弟兄聚拢一共有三百多人，况且胡旭人又有藩台访案在身，一时未便再在木渎镇上站脚，便由旭人提议，大队人马立即全移到洞坑山内驻扎，做起大规模的水寇来了。

在旭人的心内，原想把这一班人训练好了，将来就去光复苏州的。故此一到洞坑，第一步就是购买枪械，但是怎生买法呢？好在外国狗上海开过窑子，人头熟悉，便由他到上海，托人和贩卖军装洋行的外国人接洽好了，付了定洋。等待货色到了，把箱子打开，零碎装在白相船上，借着打猎为名，在上海道署请了护照，开到太湖内。洞坑方面自然早有人预约定了的地点候着，货财两交。船过处，一毫危险没有。一面把陆地上独龙沟子胥庙都修筑成了炮垒，暗暗地派人把守。半山的那块镜面石改成一所瞭望台，装置了一座大望远镜和着探海灯，以便水路把风。这洞坑的洞口装了一口竹网和着一座竹城，这网上都装了滚钩鸾铃。洞口四面的小山丘山也筑了小炮垒。洞里头的荡内为水军驻扎地点，陆地上盖了草房，拣身体怯弱、年纪衰老的弟兄们派他们耕种山田，强壮点儿的单日在陆地上练习打靶，双日在水内练习战术。

如是者不到半年，这三百多弟兄剔除了百余名老弱之外，其余都练得水陆皆精，成为熟谙战斗的军事人才。旭人暗暗喜道："照此情形，势力渐渐扩张出去，将来怕不成所向无敌的劲旅吗？"

但是他们这样大规模的举动，所需的金钱从何而来呢？那也不必说明，一想便知。除了抢掠，还有别种生财之法吗？不过他们自己不承认抢掠，唤作"借伙食"。在洞坑周围百里之内，譬如木渎、横泾、张渚、马迹等许多小地方，不行动手，要动手总在百里之外。不过张渚是出笋的地方，马迹是出芋的地方，虽是乡下，非常富饶。每年言明要贴给规矩若干金，名叫"贴伙食"。他们受了这一票"贴伙食"，抢是不抢的了，然而赌却还是要赌。自有一班不知死活的乡人，尚敢进这班人开的赌场来赌。如果输了或稍胜些，还不成问题，要是赢了整千整百款子，那就不会放你安逸带回家去。不是硬逼着你再赌，便是依旧把赢来的钱输还他们，再不然永久不还，再不然诈打架、抢台面。这也是那乡下人自不量力，好赌过分，自取其祸，倒不能单说洞坑弟兄骚扰地方。

他们始而只有二百多人，经过训练，不能开码头放大生意。后来一面招募敢死之士，一面收容亡命之徒，弟兄啸聚到八九百人。局面大了，里头分为六大部，一部是筹饷（即赴各处码头开赌），一部是巡风（分内外两种名目，内巡风不出二百余里，外巡风专走京、津、沪、汉等大埠），一部是当家（管理银钱出入），一部是训练，一部是招贤，一部是耕种。每一部定额一百五十五人，设立五个管事头目，每一个头目管三十个弟兄。除了衰弱的隶属耕种部，心腹人隶属当家部，永远不有更动，其余四部的弟兄都是轮流更调，每三个月为一班。做了头目，有一条划子给他乘坐。那些小弟兄在耕种、当家、训练部的，都住在岸上。巡风、招贤两部水陆各半。筹饷部的，全是以船为家。内巡风也有水陆之别，陆地内巡风步哨放到木渎，水上内巡风一路放到苏州胥门，一路放到宜兴。这两路最为紧要。

至于湖州、南浔、常州、无锡、吴江等处，虽然也放步哨，比较苏宜两处稍微放松一点儿。如果有个面生可疑之人，一到木渎，巡风就要上前用暗语试探，探明白为何事而来。万一有熟人在洞坑当弟兄，特来拜访的，那么先由巡风进山去调查，调查得对的，方许这人进来会面。倘然此人派了出门，或在训练部内正用心操演，定例不能与外人交接，由巡风代为回绝，或约后见之期。如果巡风调查不对，或者得着外巡风的报告，晓得来人是当公事，此来有损于己，那么立刻有两个巡风头目带着两支手枪，暗中紧随着此人，得遇当口便下手结果了此人完事。那水上巡风头目的坐船，外表乃是打鱼船，人家不知底细，只认是捕鱼为业。其实船上军火齐备，打鱼是借来遮人耳目罢了。筹饷头目的坐船还可携带家眷，或者包一个土娟，兼营淫业。不过巡风船有时带载客人，遇着单客有油水的，就得动手，所以绝对不能带女人。筹饷船却不能动手开差，在外头自己船头相遇，一时认不出来呢，便看招牌挂得出挂不出（将篙子倒置于船头之正中，或帆上上部左方用一块小方红洋布补缀的，多是洞坑的招牌）。至于他们的隐语，和江湖上金皮利斩的春典大同小异，譬如船叫底子，女人叫妖，天叫乾宫，吃饭叫求汉，铜钱叫把，帽子叫顶工，鞋子叫贴土，长衫叫大蓬子，皮袍叫骚毛大蓬，短衫叫壑血，马甲叫穿心子，帐子叫关张，袜子叫签筒，被头叫天牌，褥子叫地牌，走叫扯，看叫亮，诸如此类，一时也记不尽许多。这是洞坑弟兄内部大概的组织。

但是这许多人当中，胡旭人是个革命健儿，胸怀大志，他岂肯终老盗乡？始而为了饷糈问题，逼得没法，不能不走这条路。后来饷糈已有存贮，足敷三年五载应用，他便劝焦大鹏、顺金、外国狗等洗手莫为，在此地待时而动。开场他们三人怎肯听旭人的忠言，后来因为在这洞坑里头全赖旭人运筹帷幄，才有此日。他们不肯听他洗手的话，他便要辞去二大王交椅不坐了，自愿散伙出山，故此勉强相从。不过和旭人约定，再要开一百次武差使方肯不做。旭人恐怕他们言而无信，特地点了香烛，叫他们对天立誓。他们便道："如果口是心非，再做了一百零一次案子，立刻破案过铁，弟兄们个个流血。"旭人听了他们的血誓，方才放心。谁知一百次武差使开满，旭人把所有水上船只、陆上弟兄统统归到洞坑，一点数目，单缺了一条元字巡风船。船上共有七个弟兄，乃是派在常州上游、丹阳、溧阳、金坛一路的。旭人还认是迟开迟到，候了十余天，不见回来，派得力头目前去打听。在旭人意中，以为这七个人野心不戢，一定盗了条船跑掉了。

谁知又隔了半个月，那头目回来禀报，说这条船在金坛开出去，路经溧阳县境于家宅基，上岸去借伙食，被于家还手，全军覆没，并且尸首和船都架火烧毁。这一消息一传，所有洞坑弟兄个个怒不可遏。就是旭人也动了义愤，下令出八成队伍，开八十一条船，昼夜兼程而进，赶到于家宅基，替七位兄弟报仇雪恨。

其时正是宣统末造，武汉义旗已举，官场中正忙着这件事，所以他们八十一条船安安稳稳地到了于家宅基。

那溧阳地方乡人的风气比无论何处强横，别地方大抵都是城压乡，乡下人见城里有三人惧怯，独有溧阳是乡压城的，乡下人的威势比城里人大，城里人见着乡下人反有三分惧怯。于家宅基的老当家曾经在飞划营吃过粮，当过彭玉麟、黄翼升手下的水师营头哨，自负是个老于行伍之人。和人家谈论起来，口口声声说是出过血汗、见过世面之人。他有两个妻子，大妇养三男五女，次妻养五男二女，都已成婚出嫁。孙子、孙女、外甥、甥女已都有了不少。于老老为巩固自己一家势力起见，把七个女婿都招呼住在一家宅基上，只第七个和第十三个两个儿子自小读外国书，在教会学堂卒业，便在上海洋行里做生意，余者都是务农为业。空闲了，无非练练拳棒。老于自己又素喜好勇斗狠，家里头特辟了一处习武所在，什么马鞍石、梅花桩、石锁、石担、沙包、木马以及各种旧式军械、刀枪叉棍，无一不全。后来知道现在世界火战为要，那些旧式军械不中用了，好在儿子在上海洋行里，便私下买了几杆毛瑟和着那些老式陆战炮回去，益发强横。弄得方圆五六十里内的人都见了他们于家人侧目，所以称他们胡蜂窠，惹不得的。

那洞坑山中元号巡风船七个弟兄是受了此地附近乡人之愚，轻重未量，认作大买卖。等待一动火器，你想六七个人哪里是于家对手，把他们诱进了宅基，四面一围，一阵排枪，六七个人统统打倒。他们认道尚有余党，分往四面一兜抄，只抄着一条渔船。上去一搜，人没有了，单搜着些子弹，明知就是盗船无疑。由老于做主，把船拔起来和七个尸首一齐架火烧了。非但没有损失丝毫，反得着七支快枪、三五百颗子弹。老于知道祸是闯大了，非得报告官派兵保卫不可。无奈他的儿子女婿都像吃了豹子心肝一般，真合着"初出茅庐强如虎"那句俗语，异口同声说不妨事的。老于始而倒也提心吊胆，过了一二十天没消息，也就懈怠了。

谁知洞坑的大队人马下山来了。旭人军事知识甚好，先派人打听明白了这于家根底，看好了四面进出的道路，然后仗着自己人多械足，老实不客气，白天进攻了。终究经过训练的弟兄，凭你于家自家人多，到底众寡不敌。先打死了老于两个儿子、一个女婿，老于赶紧退入庄堡。旭人便下令围着了他们宅基，砍伐了野树，扎了三尖架，架上系了大石条，撞他们的庄堡后门。无如这于家的堡垒建筑得异常坚固，一时倒也撞不开。焦大鹏便吩咐四面堆了柴火烧，里头知道难了，平日又缺乏人缘，附近十里八里的人家一定怕招冤家，不会出力讨救。所以老于的大儿子立到堡上去跟外面人约定，保全他父亲老于和着已经阵亡第三个兄弟的一个独养儿子两条性命，余者都愿听候发落。长脚顺金急于赚开堡门，满口应允。于大说，请你代表全体设个血誓。顺金便冲口而出道："倘然背约，我等弟兄出去，立刻就被鹰爪打散。当家的过铁，弟兄们流血。"

于大听了，方才下去。隔了一点钟工夫，果然一老一少苦凄凄地开了堡门出来，里头一共三四十条男女都自尽的了。

当下焦大鹏等深恐有诈，尚不敢进去。先把这一老一少看押住了，盘问了一会儿。又隔了许久，不见里头动静，方敢进去。四面一检查，但见用枪自己打死的、悬梁自尽的、撞死在石壁旁边的，颠横倒竖，男男女女、老老少少的尸身不计其数。再一调查于家的家私，倒也着实可观。外国狗便出主意，说："把这一老一少开膛破肚，祭奠元字巡风船亡过弟兄，所有细软东西带回山寨。所有粗家什和着尸首房子，他们既然把我们'底子'架火烧掉，我们也照样地对待他们，众位意下如何？"

胡旭人赶紧双手乱摇说："万万使不得，如此一办，不怕受天谴吗？一则犯了一百零一回抢戒；二则顺金答应他们死者，保全老少两命，如何好背反誓约？"

谁知财帛动人心，大家赞成外国狗的说话，不听旭人的忠告。后来还算焦大鹏顾全旭人面子起见，没有把老少二人开膛活祭，给了一个全尸，推在火内烧死，然后搜刮于家财帛。分了三队，回归洞坑。

本则打算不走原路，由宜兴出太湖的了，偏偏风吹得不对，只好仍由原路假道无锡回去。不料跟水师统领钟大炮的坐船浅水兵轮遇到。他们抢来的东西都用麻袋装着，放在船头上。大炮当作贩卖私盐，他本来是缉私营，职务所关，开炮一打，打得弟兄七零八落。胡旭人明知大势已去，跳在湖内死了。焦大鹏当时逃去，后来仍旧在原籍捕获，解到溧阳正法。长脚顺金从这一仗败仗逃出性命，后来跟了王人文入川，居然做小队长。四川回来因无钱度日，依旧为盗，枪毙在西炮台。外国狗由北京捉回来，枪毙在苏州。那洞坑老巢被大炮勒逼捉去之人做了向导，连根掘去。可怜胡旭人数年心血，半世经营，就此铲除干净。如果焦大鹏等谨守誓言，听了旭人的话，或者太湖强盗洞坑四大王的威名至今还在呢。

图书在版编目(CIP)数据

山东响马传·盐枭残杀记/姚民哀著. — 北京：
中国文史出版社,2020.2

ISBN 978 - 7 - 5205 - 1555 - 9

Ⅰ. ①山… Ⅱ. ①姚… Ⅲ. ①侠义小说 - 小说集 - 中
国 - 现代 Ⅳ. ①I246.5

中国版本图书馆 CIP 数据核字(2019)第 250553 号

点　　校：清寒树　旷　野
责任编辑：牟国煜

出版发行：中国文史出版社

社　　址：北京市海淀区西八里庄 69 号院　邮编：100142
电　　话：010 - 81136606　81136602　81136603　81136605(发行部)
传　　真：010 - 81136655
印　　装：廊坊市海涛印刷有限公司
经　　销：全国新华书店
开　　本：720×1020　1/16
印　　张：19.5　　　字数：278 千字
版　　次：2020 年 2 月第 1 版
印　　次：2020 年 2 月第 1 次印刷
定　　价：59.80 元